La
Pharisienne

François Mauriac

La Pharisienne

Bernard Grasset
PARIS

François Mauriac/La Pharisienne

D'origine bordelaise, François Mauriac « monte » à Paris en 1906, y prépare l'École des Chartes, où il est reçu pour donner aussitôt sa démission et entamer la carrière littéraire fulgurante qu'on connaît. Marié en 1913, mobilisé comme auxiliaire du service de santé durant la Première Guerre, François Mauriac, après avoir publié des poèmes sous le titre les Mains jointes, *s'impose dès les années vingt comme l'un des plus brillants romanciers de sa génération. Après* Préséances *(1920),* le Baiser au lépreux *(1922),* le Fleuve de feu *(1923),* Genitrix *(1923), il reçoit le Grand Prix du roman de l'Académie française en 1925 pour* le Désert de l'amour. *Avec* Thérèse Desqueyroux, *qui paraît en 1927, Mauriac s'est définitivement affirmé comme l'écrivain le plus apte à décrire des personnages, le plus souvent provinciaux, tiraillés entre les tentations charnelles et les sollicitations spirituelles. Après son élection en 1933 à l'Académie française, le romancier, parfois taxé de pessimisme, s'attache à donner à ses livres des issues plus lumineuses, tout en publiant des essais d'inspiration religieuse comme* Dieu et Mammon *(1929) et* Blaise Pascal et sa sœur Jacqueline *(1931). Ce qui ne l'empêche pas de continuer à écrire des poèmes et de se révéler un dramaturge de talent. Durant la guerre d'Espagne, il se range publiquement du côté des républicains, et, pendant l'Occupation allemande, rédige un journal de guerre qui deviendra* le Cahier noir *(1943). Prix Nobel de littérature en 1952, François Mauriac commence alors une carrière de journaliste et de polémiste dans* l'Express. *Avec les* Mémoires intérieurs *(1959) et les* Nouveaux Mémoires intérieurs *(1965), il se penche sur son passé et prouve alors que la prose et la poésie font, chez lui, un très beau et sensible ménage.*

Dans la Pharisienne, *roman paru en 1941, François Mauriac a voulu faire le portrait d'une* Maintenon bilieuse *qui, forte d'un état de grâce dont elle se prétend l'heureuse bénéficiaire, s'arroge le droit d'intervenir dans la vie des autres avec une autorité sectaire et féroce. Elle n'hésite pas à détruire le bonheur de ceux qu'elle croit sauver et connaît, de la religion, plus la lettre que l'esprit...*

Son orgueil n'a d'égal que son manque d'altruisme et son ignorance du pardon. Il faudra en vérité beaucoup de temps pour que Brigitte Pian, puisque c'est son nom, comprenne enfin qu'elle s'est fourvoyée sur un chemin qui semblait mener à Dieu mais ne conduisait qu'au mal.

L'histoire, racontée par Louis, le beau-fils de cette marâtre déguisée en femme pieuse, est une cruelle satire de la volonté de sainteté, admirablement menée par un François Mauriac qui aime à analyser les caractères doubles, à dénuder les âmes ambiguës, à révéler, fût-ce violemment, le secret des êtres.

Quarante ans après sa parution, la Pharisienne *confirme la pérennité du talent romanesque de François Mauriac tout en nous faisant pénétrer dans l'intimité d'un auteur que les grands débats religieux ont toujours habité et souvent, comme c'est le cas ici, bouleversé.*

I

— Approche ici, garçon !

Je me retournai, croyant qu'il s'adressait à un de mes camarades. Mais non, c'était bien moi qu'appelait l'ancien zouave pontifical, souriant. La cicatrice de sa lèvre supérieure rendait le sourire hideux. Le colonel comte de Mirbel apparaissait une fois par semaine dans la cour des Moyens. Son pupille, Jean de Mirbel, presque toujours aux arrêts, se détachait alors du mur. Nous assistions de loin à sa comparution, devant l'oncle terrible. Notre maître, M. Rausch, témoin à charge, répondait, obséquieux, à l'interrogatoire du colonel, vieillard grand et fort, coiffé d'un « cronstadt », et dont la veste, boutonnée haut, avait gardé la coupe militaire. Une badine, qui était peut-être un nerf de bœuf, ne quittait pas son aisselle. Quand la mauvaise conduite de Jean avait dépassé les bornes notre camarade traversait la cour, flanqué de M. Rausch et de son tuteur. Le trio disparaissait dans l'escalier de l'aile gauche qui conduisait aux dortoirs. Nos jeux s'interrompaient, jusqu'à ce que jaillît une longue plainte de chien battu (ou peut-

être l'imaginions-nous...). M. Rausch reparaissait
un instant après, avec le colonel dont la cicatrice
était devenue presque blanche dans la face conges-
tionnée. Son œil bleu était légèrement injecté.
M. Rausch marchait, la face tournée vers lui, attentif, avec un rire servile. C'était l'unique occasion de
voir, sous les cheveux frisés et roux, cette affreuse
figure blême, fendue par le rire. M. Rausch, notre
terreur ! Quand nous ne le trouvions pas déjà installé dans sa chaire, au début de la classe, je priais :
« Mon Dieu ! faites que M. Rausch soit mort ;
Sainte-Vierge, faites qu'il se soit cassé la jambe ; ou
même qu'il n'ait qu'une petite maladie... » Mais il
jouissait d'une santé de fer et au bout de son maigre
bras, sa main sèche et dure était plus redoutable
qu'un battoir. Après les mystérieuses punitions que
lui infligeaient ses deux bourreaux (sans doute fort
grossies par nos imaginations enfantines), Jean de
Mirbel entrait dans la salle d'étude, les yeux rouges,
avec une figure où les larmes avaient délayé la
crasse et regagnait son pupitre. Mais nous ne levions
point les yeux de nos cahiers.

— Oui, Louis, approchez ! me cria M. Rausch.
C'était la première fois qu'il m'appelait par mon
petit nom. J'hésitai sur le seuil du parloir où Jean
de Mirbel, debout, me tournait le dos. Sur le guéridon, un paquet ouvert contenait deux éclairs au
chocolat et un baba. Le colonel me demanda si j'aimais les gâteaux. J'inclinai la tête.
— Eh ! bien, ceux-là sont pour toi. Allons, va...

Qu'attends-tu ? C'est le petit Pian ? je connais bien sa famille... Il n'a pas l'air plus faraud que son pauvre père... Mais sa belle-mère, Brigitte Pian, voilà une femme, une vraie mère de l'Eglise ! Non, reste ! ordonna-t-il à Jean qui essayait de prendre le large. Ce serait t'en tirer à trop bon compte. Il faut que tu regardes ton camarade se régaler... Eh ! bien ? décide-toi, mon drôle ! ajouta-t-il en fixant sur les miens ses yeux déjà furibonds que séparait un nez courbe et dur.

— Il est timide, dit M. Rausch. Ne vous faites pas prier, Pian.

Mon camarade regardait par la fenêtre. Je voyais son cou sale au-dessus d'un col rabattu et déboutonné. Personne au monde ne m'effrayait plus que ces deux hommes penchés sur moi et qui me souriaient de tout près. Je connaissais bien l'odeur fauve de Rausch. Je balbutiai que je n'avais pas faim, mais le colonel protesta qu'il n'était pas nécessaire d'avoir faim pour manger des gâteaux. Comme je m'obstinais, M. Rausch me cria d'aller au diable et que tous ne seraient pas aussi bêtes que moi. Tandis que je m'envolais dans la cour, je l'entendis appeler Mouleyre. C'était un garçon atteint d'obésité précoce et qui, au réfectoire, vidait les plats. Il accourut, transpirant. M. Rausch ferma la porte du parloir d'où Mouleyre ressortit, la bouche barbouillée de crème.

C'était un crépuscule encore brûlant de juin. Après le départ des demi-pensionnaires, il y avait, à cause de la chaleur, une courte récréation du soir.

Mirbel s'approcha de moi. Nous n'étions guère amis, et je crois bien qu'il méprisait l'enfant trop sage, l'élève prudent que j'étais alors. Il tira de sa poche une boîte de pharmacie et l'entrouvrit :

— Regarde.

Elle contenait deux cerfs-volants, que nous appelions capricornes. Il leur avait donné une cerise pour les nourrir.

— Ils n'aiment pas les cerises, dis-je. Ils vivent sous l'écorce pourrie des vieux chênes.

Nous les capturions, le jeudi, à la maison de campagne du collège, au moment du départ, à l'heure où ces insectes volent dans la lumière du couchant.

— Prends-en un ; choisis le plus gros. Fais attention ! il n'est pas encore apprivoisé.

Je n'osais lui dire que je ne savais où mettre le capricorne. Mais j'étais content qu'il me parlât avec gentillesse. Nous nous assîmes sur les marches du perron, par où on accédait au corps principal de l'école. Dans cet ancien hôtel particulier, de nobles proportions, deux cents enfants et une vingtaine de professeurs s'entassaient.

— Je vais les dresser à traîner une voiture, dit Jean.

Il tira de sa poche une petite boîte qu'il attacha avec un bout de ficelle aux pinces du coléoptère. Nous jouâmes ainsi un instant. Durant cette récréation exceptionnelle des soirs d'été, aucun élève ne demeurait aux arrêts et les jeux en commun n'étaient pas de rigueur. Sur les autres marches du perron, les enfants crachaient, puis frottaient des noyaux d'abricots jusqu'à ce qu'ils fussent usés, pour les percer, en enlever l'amande, et faire des sifflets. Toute la chaleur du jour persistait encore entre ces quatre murs. Aucun souffle n'émouvait le maigre platane. M. Rausch se tenait à sa place accoutumée, les jambes écartées, du côté des cabinets, où il nous était interdit de rester trop longtemps. Des relents puissants venaient de là, combattus par le chlore et par l'eau de Javel. De l'autre côté du mur, un fiacre roulait sur les pavés inégaux de la rue Leyteire, et j'enviais le passant inconnu, le cocher, et jusqu'au cheval, qui n'étaient pas enfermés dans une pension et que ne faisait pas trembler M. Rausch.

— Je flanquerai une raclée à Mouleyre, dit Jean, tout à coup.

— Dis, Mirbel, qu'est-ce que c'est, un zouave pontifical ?

Il leva les épaules :

— Je ne sais pas trop, dit-il. Des types qui se sont battus pour le pape, avant 70, et qui se sont fait piler.

Il se tut un instant, puis ajouta :

— Je ne voudrais pas qu'ils meurent, lui et Rausch, avant que je sois devenu grand.

La haine l'enlaidissait. Je lui demandais pourquoi, seul d'entre nous, il était ainsi traité.

— L'oncle dit que c'est pour mon bien. Il dit que quand son frère était près de mourir, il lui a juré devant Dieu de faire de moi un homme...

— Et ta maman ?

— Elle croit ce qu'il raconte... Ou bien elle n'ose pas le contredire. Elle n'aurait pas voulu que je sois pensionnaire. Elle aurait préféré que j'aie un précepteur et que je quitte pas La Devize... Mais il n'a pas voulu. Il dit que j'ai une nature trop mauvaise...

— Ma mère à moi, dis-je fièrement, est venue habiter Bordeaux pour mon éducation.

— Tu es tout de même pensionnaire...

— Pour quinze jours seulement, parce que Vignotte, le régisseur de Larjuzon, est malade et qu'il faut que mon père le remplace... Mais elle m'écrit tous les jours.

— Pourtant, Mme Brigitte Pian n'est pas ta vraie mère...

— Oh ! mais c'est tout pareil... C'est comme si elle l'était !

Je me tus aussitôt et sentis mes joues brûlantes. Ma vraie maman m'avait-elle entendu ? Les morts sont-ils toujours à épier ce qu'on dit d'eux ? Mais si maman savait tout, elle savait bien que personne n'avait pris sa place dans mon cœur. Aussi parfaite que fût pour moi ma belle-mère... C'était vrai qu'elle m'écrivait tous les jours, mais sa lettre d'aujourd'hui, je ne l'avais même pas ouverte. Et ce soir, quand je pleurerais dans le dortoir étouffant, avant de m'endormir, ce serait en pensant à mon père, à ma sœur Michèle, à Larjuzon et non à Brigitte Pian. Pourtant mon père aurait voulu que je fusse pensionnaire toute l'année pour pouvoir habiter la campagne ; et c'était ma belle-mère qui avait fini par imposer sa volonté. Ils avaient maintenant un pied-à-terre à Bordeaux où je pouvais rentrer chaque soir.

Ma sœur Michèle, qui détestait la femme de notre père, m'assurait que je lui avais servi de prétexte pour trahir la promesse qu'elle avait faite en se mariant, de vivre à Larjuzon. Michèle sans doute voyait juste : si ma belle-mère répétait sans cesse « que j'étais un enfant trop nerveux, trop sensible pour supporter l'internat », c'était que ce seul argument convainquait mon père et le retenait à Bordeaux. Je le savais, et n'y arrêtais guère ma pensée. Que les grandes personnes s'arrangent entre elles ! Il me suffisait que ma belle-mère ait eu le dernier mot. Mais je comprenais que papa fût malheureux, loin de ses bois, de ses chevaux, de ses fusils. Il devait être content, ces jours-ci... Cette pensée m'aida beaucoup durant les deux semaines d'épreuve.. Et puis, bientôt, ce serait la distribution des prix. Il faudrait alors que Brigitte Pian se résignât à regagner Larjuzon.

— Bientôt, les prix !... m'écriai-je.

Mirbel, un capricorne dans chaque main, les pressait l'un contre l'autre :

— Ils s'embrassent, dit-il. Et sans me regarder, il ajouta : Tu ne sais pas ce que l'oncle a encore inventé, si je n'ai pas cette semaine mon témoignage de discipline ? eh ! bien, je ne passerai pas les grandes vacances avec ma mère... Je n'irai pas à

La Devize. On me mettra en pension chez un curé, le curé de Baluzac, à quelques kilomètres de chez toi, justement... Le curé aura mission de me faire travailler six heures par jour, et de me dresser... Il paraît que c'est sa spécialité...

— Tâche d'avoir ton témoignage, mon vieux.

Il secoua la tête : avec Rausch, c'était impossible, il avait si souvent essayé !

— Il ne me quitte pas des yeux. Tu sais où est placé mon pupitre, juste sous son nez ; on dirait qu'il n'a que moi à surveiller. Il suffit que je regarde par la fenêtre...

C'était trop vrai qu'il n'y avait rien à faire pour Mirbel. Je lui promis que, s'il habitait à Baluzac, pendant les vacances, je le verrais souvent. Je connaissais très bien M. Calou, le curé, qui n'était pas du tout terrible, que je croyais même très bon...

— Non, il est mauvais... On lui donne à dresser des garçons vicieux, dit l'oncle. Il paraît qu'il est venu à bout des deux fils Baillaud... Mais moi, je ne le laisserai pas me toucher...

Peut-être le curé de Baluzac n'était-il gentil qu'avec moi ? Je ne savais que répondre à Mirbel. Je lui dis que sa mère qui ne le voyait jamais, ne renoncerait peut-être pas à passer les vacances avec lui.

— Si l'oncle le veut... Elle fait tout ce qu'il veut, ajouta-t-il avec rage. Je compris qu'il était tout près des larmes.

— Si je t'aidais pour tes devoirs ?

Il secoua la tête : il était trop en retard. Et puis Rausch s'en apercevrait :

— Quand je lui remets une copie passable, il m'accuse d'avoir copié.

A ce moment, Rausch approcha un sifflet de ses lèvres. Il était vêtu d'une longue redingote noire aux revers tachés. Malgré la saison, ses pieds demeuraient au chaud dans des feutres. Les cheveux crépelés d'un jaune ardent découvraient l'ossature du front tavelé. Sur l'œil vairon battaient des paupières enflammées. Nous allâmes en rang vers le réfectoire dont je haïssais l'odeur de soupe grasse. Il faisait grand jour encore, mais des vitres salies empêchaient de voir le ciel. J'observais qu'à notre table Mirbel était le seul qui ne mangeât pas voracement. Le zouave pontifical avait trouvé la punition qui atteignait enfin son pupille : ces vacances dans la cure de Baluzac, loin de sa mère ! Avec ma bicyclette, je pourrais aller le voir tous les jours. Un brusque bonheur m'envahit. Je parlerais de Jean au curé qui était gentil avec moi et me permettait de cueillir des noisettes dans son jardin... Il est vrai que j'étais le petit Pian, le beau-fils de Mme Brigitte « la bienfaitrice »... Mais justement je demanderais à ma belle-mère d'intercéder pour Jean... Je le lui dis dans les rangs, tandis que nous montions au dortoir.

Nous dormions une vingtaine, dans une pièce aérée par une seule fenêtre qui ouvrait sur l'étroite rue Leyteire. Au pied de chaque lit, une table de nuit supportait la cuvette dans laquelle nous pla-

cions nos verres à dents pour que le garçon, avec
un broc, pût emplir à la fois le verre et la cuvette.
En cinq minutes, nous étions déshabillés et cou-
chés. Le préfet des études, M. Puybaraud, baissait
le gaz et récitait d'une voix gémissante trois invo-
cations qui avaient le pouvoir de faire jaillir mes
larmes : je pleurais sur ma solitude et sur ma mort
future, sur ma mère. J'avais treize ans ; elle était
morte depuis six années déjà. Elle avait disparu si
vite ! elle m'avait embrassé, un soir, débordante de
tendresse et de vie ; et le lendemain... le cheval
emballé avait ramené le tilbury vide... Je ne savais
pas comment l'accident s'était produit, on ne m'en
avait guère parlé ; et depuis qu'il était remarié,
mon père ne prononçait plus jamais le nom de
sa première femme. En revanche, ma belle-mère
m'exhortait souvent à prier pour la morte. Elle
me demandait si j'avais une pensée pour elle chaque
soir. Elle paraissait croire que maman avait besoin
de prières plus qu'un autre mort.

Elle avait toujours connu ma mère qui était sa
cousine et qui l'invitait quelquefois pendant les
vacances : « Tu devrais demander à ta cousine
Brigitte de venir à Larjuzon, disait mon père. Elle
n'a plus de quoi s'offrir une villégiature, elle donne
tout ce qu'elle a... » Maman résistait un peu, bien
qu'elle fît profession d'admirer Brigitte. Mais peut-
être en avait-elle peur. C'est du moins ce qu'assurait
ma sœur Michèle : « Maman l'avait percée à jour,
elle sentait bien l'influence que sa cousine avait
prise sur papa... »

J'attachais peu d'importance à ces propos ; mais les exhortations de ma belle-mère m'impressionnaient : il était trop vrai que maman n'avait pas eu le temps de se préparer à la mort. L'éducation que j'avais reçue m'aidait à comprendre l'insistance de Brigitte. Oui, il fallait beaucoup intercéder pour cette pauvre âme.

Ce soir-là, reniflant sous mes draps, je commençai de réciter mon chapelet pour maman, tandis que le préfet des études, M. Puybaraud, baissait le gaz jusqu'à réduire le papillon de feu à n'être plus qu'une minuscule flamme bleuâtre. Il enleva sa redingote et se promena un instant entre nos lits ; déjà s'élevaient les souffles alternés de nos sommeils. En passant près de moi, il dut entendre le sanglot que je retenais, car il s'approcha et mit une main sur ma joue trempée de larmes. M. Puybaraud, ayant soupiré, me borda comme faisait maman et, se penchant tout à coup, me baisa au front. Je passai un bras autour de son cou et lui rendis son baiser sur une joue piquante. Il s'éloigna à pas feutrés, vers son alcôve. Je vis son ombre bouger derrière les rideaux de calicot.

Presque chaque soir, je recevais la même consolation de M. Puybaraud : « beaucoup trop doux, et d'une sensibilité dangereuse... » assurait ma belle-mère qui était assez liée avec lui, car il occupait la place de secrétaire général des Œuvres.

A quelques jours de là, lorsque mes parents revinrent à Bordeaux, et que le valet de chambre m'appela vers six heures pour me ramener à la maison, je

rencontrai M. Puybaraud qui semblait faire le guet
dans la cour. Après avoir, de sa main un peu moite,
rejeté les cheveux qui recouvraient mon front, il
me donna une lettre cachetée en me priant de la
mettre moi-même à la poste. Je le lui promis, très
étonné qu'il n'eût pas confié cette lettre au censeur
par qui devait passer tout le courrier de la maison.

J'attendis d'être dans la rue pour déchiffrer la
suscription. La lettre était adressée à Mlle Octavie
Tronche, professeur à l'école libre rue Parmentade,
à Bordeaux. Je connaissais fort bien cette Tronche,
qui venait à la maison entre deux classes et que ma
belle-mère employait pour diverses besognes. Au
revers de l'enveloppe, M. Puybaraud avait écrit, en
caractères bien moulés : *Pars, pauvre petite lettre,
et rapporte à mon cœur une lueur d'espérance...*
Marchant un peu en arrière du valet de chambre
qui avait pris ma serviette sous son bras, je lus et
relus cette étrange invocation, sur le trottoir du
cours Victor-Hugo, à la hauteur de la rue Sainte-
Catherine, dans ce crépuscule d'avant la distribution des prix, qui sentait l'absinthe.

II

Ici se place la première mauvaise action de ma
vie, j'entends : de celle dont je garde du remords.
Bien que M. Puybaraud ne m'eût pas fait la moindre recommandation au sujet de cette lettre, je comprenais qu'il me jugeait digne de sa confiance, plus
qu'aucun autre de mes camarades. J'ai essayé plus
tard de me persuader que je ne me rendais pas
compte, à treize ans, de ce qui se trouvait en jeu
pour le préfet des études. Au vrai, j'entendais fort
bien de quoi il s'agissait, et j'entrevoyais l'élément
dramatique qu'y ajoutait l'état mi-religieux de mon
maître. Sans doute appartenait-il à une société
laïque (depuis bien longtemps dispersée, aujour-
d'hui), à une sorte de tiers ordre où aucun vœu
n'était prononcé, et il n'était pas sans exemple ni
même très rare qu'avec l'assentiment de ses supérieurs, l'un de ces « frères » abandonnât la communauté pour se marier. Mais M. Puybaraud occupait une place particulière. Ses fonctions l'avaient
mis en rapport avec la direction diocésaine des Œuvres et avec beaucoup de parents d'élèves. Toute la
ville le connaissait, et non pas seulement le haut

clergé et la bourgeoisie : sa silhouette était familière
dans les quartiers les plus pauvres, où les enfants
l'entouraient dès qu'il paraissait au coin d'une rue,
car il avait toujours pour eux des bonbons, des
« pastilles ». Sa redingote, l'étrange chapeau haut
de forme hérissé, qui le coiffait, n'étonnaient plus
personne. Son doux visage était allongé par les deux
« pattes » arrêtées à la hauteur des pommettes.
L'été, il tenait son haut-de-forme à la main, et épon-
geait son front découvert et les cheveux rares et
soyeux qu'il portait longs dans le cou. Il avait des
traits menus, presque trop jolis, les yeux meurtris,
les mains toujours mouillées.

Ma belle-mère, tout en louant les vertus de
M. Puybaraud, jugeait sévèrement « les excès de sa
sensibilité maladive ». J'aurais dû plus qu'à qui-
conque ne lui rien révéler du secret de cette lettre.
Mais c'était à elle précisément que je brûlais de
tout dire. Je me sentais comme gonflé par l'importance de ce secret, en proie déjà au désir d'étonner,
de scandaliser. Pourtant, je n'osai rien découvrir
devant la famille réunie.

Je me souviens de cette soirée. Le pied-à-terre
que mon père s'était résigné à louer était situé cours
de l'Intendance, au second étage. Les soirs d'été,
le fracas des fiacres sur les pavés, les sonneries
du tram électrique qui venait d'être inauguré
cette année-là, rendaient difficiles les conversations.
Quinze jours de campagne avaient suffi pour que
mon père retrouvât son teint coloré, et la perspec-

tive des vacances proches le mettait en belle humeur. Il avait dû pourtant, sur une remarque de sa
femme, quitter la table, pour mettre une cravate
de smoking et revêtir un veston noir. Elle ne pouvait souffrir la tenue négligée à laquelle il s'était
accoutumé à Larjuzon.

Pour elle, malgré la chaleur, elle portait une
guimpe et un col de guipure qui lui enserrait le cou
jusqu'aux oreilles. Sa grande figure, aux joues larges et mates, était dominée par les cheveux gonflés
de « frisons » et que maintenait une presque invisible résille. L'œil était noir, fixe et dur, mais la
bouche toujours souriante, bien qu'elle ne découvrît
presque jamais de longues dents jaunes, déchaussées
et solidement aurifiées. Le double menton donnait
à l'ensemble un caractère majestueux, que souli-
gnaient le port de tête, la démarche, et une voix
timbrée et faite pour le commandement.

On comprenait que sa première vocation eût été
de diriger une communauté. Après la mort du baron
Maillard, son père, préfet de la Gironde sous l'Empire, Brigitte avait consacré le plus clair de sa fortune à l'achat et aux réparations d'un petit couvent
des environs de Lourdes ; elle y voulait réunir des
jeunes filles du monde, sous une règle nouvelle, en
partie inspirée par son directeur, l'abbé Margis.
Mais les travaux n'étaient pas achevés qu'ils ne
s'entendirent plus.

A cette occasion, Brigitte Maillard consulta souvent mon père qui avait travaillé dans sa jeunesse
comme clerc amateur, chez un avoué de Bordeaux.

et qui s'y connaissait suffisamment en chicane. Il la détourna d'un procès scandaleux et perdu d'avance. De son côté, il trouva auprès d'elle des conseils, dans les difficultés que traversait alors son ménage et qui furent si tragiquement résolues par la mort de ma mère.

Lorsqu'on ignorait les raisons qui, à une certaine époque, avaient créé entre mon père et Brigitte Maillard une si profonde intimité, il était difficile d'imaginer comment deux êtres aussi dissemblables avaient pu associer leurs vies. En face de cette haute figure, de cette Maintenon bilieuse, mon pauvre père faisait pitié, avec son air de faiblesse et de bonté, sa parole hésitante, sa bouche gourmande, ses moustaches trop longues faites pour tremper dans les apéritifs et dans les sauces, son teint d'homme surnourri, son gros œil.

Entre les deux époux, ce soir où éclata l'affaire Puybaraud, je revois ma sœur. Michèle avait alors quatorze ans. On s'accordait pour la trouver noire de peau, la mâchoire inférieure était lourde, les cheveux plantés trop bas ; mais d'admirables yeux eussent suffi à la faire aimer et ses dents pures que sa grande bouche montrait toutes quand elle riait ; les bras pouvaient paraître trop musclés, mais non les jambes dont elle était fière et qu'elle découvrait beaucoup, malgré les robes demi-longues dont l'affublait déjà notre belle-mère.

A la vérité, elle montrait avec Michèle assez de patience et presque toujours, c'était elle qui fuyait le combat devant la petite fille agressive. « Mon devoir, avait-elle coutume de répéter, puisque je ne puis prendre aucune influence sur cette enfant, est de sauvegarder, coûte que coûte, la paix du foyer. » Elle triomphait de ce que ces dames du Sacré-Cœur ne pouvaient rien non plus obtenir de Michèle : « C'est une enfant de contradiction et de colère », disait-elle à notre père qui protestait : « Mais non, ma chère... Vous dramatisez toujours ! elle est un peu cabocharde, elle a le tempérament soupe-au-lait de ma pauvre mère... Mais un bon mari arrangera tout ça... »

Brigitte secouait la tête et soupirait : elle voyait les choses de plus haut. C'était sa raison d'être et sa gloire que de voir les choses du plus haut possible. Le soir où éclata l'affaire Puybaraud était un samedi. Nous entendions le murmure de la foule sur les trottoirs du cours de l'Intendance où allait passer la retraite militaire. Michèle et mon père s'étaient accoudés à une extrémité du balcon ; je me trouvai un peu éloigné d'eux, auprès de ma belle-mère. Les martinets aigus rasaient les toits. La circulation des voitures était interrompue. Les murs brûlaient encore ; un souffle apportait parfois l'odeur des tilleuls, et puis cette haleine régnait seule des villes d'avant qu'il y eût des autos et qui sentait le cheval, le pavé mouillé, le cirque. Je luttais encore contre la tentation de livrer le secret de M. Puybaraud, mais je ne doutais point d'être vaincu. Ma belle-mère m'interrogeait avec méthode au sujet de mes examens de fin d'année ; elle voulait connaître les questions posées dans chaque

matière, et comment j'y avais répondu. Je savais
qu'elle ne s'y intéressait que par obligation, que
son esprit était ailleurs. Mais elle me disait ce
qu'elle avait à me dire : dans chaque circonstance
de la vie et dans ses rapports avec les gens, elle
n'hésitait jamais sur ce que devaient être ses paroles, son attitude. Je me décidai :

— Mère, je voudrais vous confier quelque
chose... Mais, ajoutai-je hypocritement, j'ignore si
j'en ai le droit...

Une flamme d'attention s'alluma dans les yeux
noirs, jusqu'alors distraits.

— Mon enfant, j'ignore ce que tu veux me confier. Mais il y a une règle à laquelle tu dois t'attacher aveuglément : c'est de n'avoir rien de caché
pour ta seconde mère, pour celle qui a reçu mission
de t'élever.

— Même un secret qui intéresse d'autres personnes ?

— Surtout s'il concerne d'autres personnes, ré-
pondit-elle d'un ton vif. Et avidement, elle
demanda :

— De qui s'agit-il ? De ta sœur ?

Bien que Michèle n'eût que quatorze ans, elle la
soupçonnait déjà du pire. Je secouai la tête : non,
il ne s'agissait pas de Michèle, mais de M. Puybaraud et d'Octavie Tronche.

Elle retint un cri :

— Quoi ? (et me serrant le bras :) M. Puybaraud ? Octavie ?

J'étais encore un enfant trop ignorant de ce qui

touchait à l'amour humain, pour avoir remarqué que ma belle-mère n'abordait jamais ce sujet, de sang-froid, et qu'elle entrait aussitôt en transe. Comme je lui parlais de la lettre et de la phrase qui était écrite au verso, elle m'interrompit :

— Donne-la-moi, vite !

— La lettre ? Mais je l'ai jetée dans la boîte...

Elle parut déçue :

— C'est le tort que tu as eu, il fallait me la remettre. J'ai charge d'âme en ce qui concerne Octavie qui joue un rôle important à l'école libre qu'elle souhaite de diriger un jour. J'ai non seulement le droit mais le devoir de ne rien ignorer de ce qui la touche... De toute façon, je lirai cette lettre, ajouta-t-elle d'un ton plus calme.

Elle s'aperçut de mon trouble : que penserait de moi M. Puybaraud qui m'aimait tellement ? Ma belle-mère me laissa entendre qu'il ne serait pas nécessaire de me mettre en avant et qu'elle se faisait fort d'amener Octavie à des confidences.

— Remarque, mon enfant, que je ne soupçonne rien de mal. On doit faire crédit à une personne d'autant de mérite qu'en a M. Puybaraud, qui, d'ailleurs, est libre de rentrer dans le siècle, si bon lui semble. Jusqu'à preuve du contraire, nous ne devons le taxer que d'imprudence. J'ai toujours pensé que sa piété tout affective l'exposerait aux démarches les plus inconsidérées ; grâce à toi, je pourrai intervenir à temps...

Elle ajouta à mi-voix, les dents serrées et avec

une brusque violence : « Octavie... Je vous demande un peu ! Toutes des chiennes... »

Les cuivres de la retraite militaire retentirent du côté de la rue Vital-Carle. Une innovation enchantait les Bordelais : chaque soldat musicien portait à son képi une ampoule électrique en guise de pompon. Ma belle-mère rentra dans le salon, et je demeurai accoudé au-dessus de la foule. Des garçons et des filles avaient emboîté le pas aux soldats ; ils se tenaient par le bras et coupaient la chaussée d'une chaîne vivante de cris et de rires. Je ne luttai plus contre la honte ni contre l'angoisse : qu'allait-il advenir du pauvre M. Puybaraud ? Cet instinct de père qui le penchait sur mon lit, au dortoir, ce geste de me border, ce baiser sur le front, je n'en pouvais comprendre alors la signification. Mais je sentais bien que j'avais trahi, ce soir-là, un homme tellement abandonné qu'il avait recours à un enfant de treize ans pour se sentir moins seul. Je me souvenais de *l'Enfant espion* d'Alphonse Daudet et de ce que répétait le soldat allemand au petit Sten : « Bas choli ça !... Bas choli ! » Etait-ce mal ce que j'avais fait ? Ma belle-mère assurait que j'avais accompli mon devoir... Mais pourquoi avais-je des remords ?

Je la rejoignis : elle s'était assise près de la fenêtre et essayait de lire. (On ne pouvait allumer, à cause des moustiques et il faisait trop chaud pour fermer les fenêtres.) Un obscur instinct de compensation me poussait à faire quelque chose de bien : je lui parlai alors de Mirbel, et la priai d'intercéder auprès du curé de Baluzac. J'observai ce grand visage blême dans le crépuscule ; il faisait décidément trop sombre, pour lire ; elle demeurait donc immobile, le buste droit, une habitude conventuelle lui interdisant de s'appuyer au dossier de la chaise. (Je ne me souviens pas non plus de lui avoir jamais vu croiser les jambes.) Je savais qu'elle m'écoutait distraitement et que son esprit demeurait attaché à l'affaire Puybaraud-Tronche.

— Le curé de Baluzac ? me dit-elle enfin. Pauvre abbé Calou ! Je me demande si c'est lui qui se fait passer pour un ogre... Enfin, ça l'aide peut-être à acheter quelques livres... Peut-être serait-ce mon devoir que d'éclairer le colonel...

Je la suppliai vivement de n'en rien faire, puisqu'elle me confirmait dans l'idée que l'abbé Calou ne serait pas un geôlier bien féroce, et surtout je ne voulais pas renoncer à la joie d'avoir Jean de Mirbel comme camarade, pendant les vacances. Mais elle ajouta aussitôt, qu'à la réflexion, ce petit dévoyé ne pourrait que gagner dans la compagnie de M. Calou, et qu'il n'y avait qu'à laisser la volonté de Dieu s'accomplir.

Durant la semaine qui suivit, j'observai craintivement M. Puybaraud ; mais j'étais toujours son « chou », comme disaient mes camarades, et il me traita jusqu'à la fin avec la même faveur. Les examens étaient presque achevés et la chaleur devenait trop accablante pour qu'on pût beaucoup travailler. M. Rausch lui-même se relâchait et nous lisait en classe *le Soldat Chapuzot*. Dans la cour des grands,

les charpentiers travaillaient à dresser les estrades
pour la distribution des prix. Nous répétions chaque
jour les chœurs d'*Athalie*, de Mendelssohn :

> *Tout l'univers est plein de sa magnificence !*
> *Qu'on l'adore, ce Dieu...*

Sans Michèle, je n'aurais peut-être jamais rien
su des premiers éclats du drame Puybaraud-Tronche. Bien que ce fût l'enfant la plus franche, la
moins portée à écouter aux portes, elle se tenait
toujours, vis-à-vis de notre belle-mère, sur la défen-
sive et ne cessait d'observer Brigitte Pian, avec une
lucidité et une malveillance qui ne désarmaient pas.
De plus, Octavie Tronche qui aimait tendrement
Michèle ne résista pas longtemps aux questions de
la petite. Ainsi, fus-je tenu au courant des suites
déplorables de mon indiscrétion.

Octavie Tronche venait travailler chez ma belle-
mère les seules matinées où elle ne fît pas la classe :
les jeudi et samedi, de huit heures à onze heures.
C'était une fille de cheveu terne et rare, dépourvue
de fraîcheur mais non d'une grâce qui venait toute
des yeux, pourtant petits et incolores, et du sourire
charmant de ses lèvres pâles. Les enfants l'ado-
raient et par leur adoration livraient Octavie aux
menues persécutions des autres maîtresses jalouses.
Son corsage pendait sur de maigres épaules, et l'on
ne pouvait avoir moins de poitrine. Au-dessous de
la taille, pourtant, les formes féminines s'affir-

maient et sa jupe monastique ne dissimulait pas l'épaisseur des hanches et de tout le reste. Lorsqu'elle entra ce matin-là dans le petit salon de Mme Pian, de « Madame Brigitte », Octavie fut accueillie par un sourire inaccoutumé :

— La chaleur vous éprouve, ma chère. Je le vois à votre mine.

Octavie assura qu'elle ne se sentait pas fatiguée.

— C'est moins à votre mine qu'à votre travail que je m'en aperçois, ma fille.

Le ton de Brigitte Pian était tout à coup devenu sévère.

— Vous avez commis plusieurs erreurs d'adresses dans l'envoi de notre dernier *Bulletin*. Quelques-unes de ces dames se sont plaintes de l'avoir reçu avec de grands retards.

Octavie, confuse, s'excusa.

— Ce ne serait rien encore, reprit ma belle-mère, mais la circulaire que je vous avais dictée et que j'avais négligé de relire (oui, négligé, je l'avoue : vous voyez que je ne m'épargne guère moi-même), cette circulaire était pleine d'erreurs et d'omissions... Certaines phrases n'avaient plus de sens...

— C'est vrai que je ne sais où j'ai la tête, ces temps-ci, balbutia Octavie.

— La tête, ou le cœur ? demanda Brigitte, d'une voix trop douce qui contrastait avec un visage sévère et sourcilleux.

— Oh ! madame Brigitte... Qu'est-ce que vous voulez dire ?

— Je ne vous demande pas vos secrets, ma fille. La confiance ne se décrète pas.

Et, comme Octavie protestait « qu'elle n'avait aucun secret pour Madame Brigitte » :

— Vous savez jusqu'où je pousse le respect des consciences. Vous êtes une de nos anciennes. Je me fie à vous, non, certes, les yeux fermés ; les yeux ouverts, au contraire, mais avec la plus maternelle sollicitude. Nous avons toutes nos passes difficiles, ma pauvre enfant...

C'était plus qu'en pouvait supporter Octavie qui tomba à genoux et cacha sa tête dans le giron de Brigitte Pian. Celle-ci regardait cette nuque maigre que découvraient les cheveux tirés et réunis en un petit chignon serré, cette chair blême, ces premières vertèbres dans le col bâillant. Il était heureux que la pauvre fille ne pût déchiffrer cette expression de dégoût sur la figure de Madame Brigitte. « Même celle-là ! songeait-elle, même cette créature disgraciée ! » Elle prononça à haute voix mais avec douceur :

— Alors, vous aussi, ma pauvre Octavie, vous croyez qu'on vous aime !

Octavie Tronche leva la tête et protesta :

— Qu'on m'aime, moi ? Oh ! madame, je ne suis pas assez sotte pour le croire... Il ne s'agit pas de ça, bien sûr !

L'espace de quelques secondes, la confusion prêta à ce visage une grâce exquise, ce charme adorable de l'humilité.

— C'est bien assez que quelqu'un consente à ce

que je ne vive que pour lui, et pour les enfants que
Dieu nous donnerait peut-être...

— Mais, bien sûr, Octavie, dit ma belle-mère en
la relevant. Asseyez-vous près de moi, et calmez-
vous. Si naguère j'ai pu vous croire appelée à une
vocation plus sainte, je serais heureuse que vous
fondiez un foyer chrétien. Quoi de plus normal, de
plus simple ? Votre émotion m'étonne.

— Non, non, madame... Ce n'est pas simple, et si
vous saviez...

J'imagine, qu'à cette minute, ma belle-mère
devait jouir, au sens absolu : elle savourait ce plaisir qui n'appartient qu'à Dieu, de tout connaître
du destin d'une personne qui croit nous le découvrir, et de se sentir maîtresse de l'incliner dans un
sens ou dans un autre. Car elle ne doutait point de
son pouvoir sur la conscience anxieuse de M. Puybaraud, et en reçut d'Octavie elle-même confirma-
tion. Après que, par une gradation savante de la
confiance à l'inquiétude, Brigitte en fut venue à
s'écrier : « Votre trouble me trouble moi-même !... »
et qu'elle eut demandé avec angoisse à la pauvre
fille, s'il s'agissait d'un homme marié ou divorcé,
comme l'accusée baissait la tête et dérobait ses larmes, elle l'interrogea sur un ton qui trahissait presque de l'horreur :

— Malheureuse enfant, dois-je comprendre que
la personne en question est liée à quelqu'un qui ne
souffre pas de partage ? Iriez-vous sur les brisées
de Dieu même ?

— Non, madame, non ! Il est libre : ses supé-

rieurs sont d'accord. M. Puybaraud (car vous avez
deviné, madame Brigitte) doit quitter le collège dès
cette semaine ; et nous avons d'ores et déjà la permission de penser l'un à l'autre...

Ma belle-mère se leva, et lui coupant la parole :

— Vous n'avez rien à ajouter. Je ne veux rien
entendre de plus. C'est à vos directeurs respectifs
de prendre leurs responsabilités. Je puis avoir sur
une question de cet ordre des vues qui ne concorde-
raient pas avec les leurs...

— Mais justement, madame Brigitte, s'écria Octavie en larmes, M. Puybaraud n'arrive pas à se laisser convaincre de son droit. Il me répète que, vous
seule, sauriez l'éclairer, que vous seule possédez
assez de lumières pour lui rendre la paix. Comprenez bien, madame, qu'il ne s'agit pas de ce que vous
pourriez croire... On n'a qu'à me regarder : M. Puybaraud n'est pas poussé par de basses convoitises.
Mais il me dit qu'à l'idée qu'il pourrait avoir un
jour un garçon comme votre petit Louis, il sanglote
de joie...

— Oui, oui... répliqua sombrement ma belle-
mère. Le démon n'attaque pas les êtres nobles et
candides sans prendre des détours...

— Oh ! madame Brigitte, vous n'allez pas lui
faire croire qu'il s'agit d'une ruse du démon ?

Elle saisit vivement la main de ma belle-mère
assise à sa place accoutumée, devant son bureau
encombré de circulaires et de dossiers.

— Je ne lui dirai rien s'il ne me demande rien,
ma fille... S'il m'interrogeait, je ne parlerais que

dans la mesure où je me sentirais suffisamment
éclairée, mais alors sans crainte, sans ménagement,
comme j'ai toujours fait.

Octavie joignit les mains et leva ses yeux de tendre brebis vers ce visage indéchiffrable :

— Mais ce regret de n'être pas père, cela peut
n'être pas mauvais... C'est l'avis de son directeur.
M. Puybaraud a tant fait, déjà, depuis des années,
pour le vaincre ! Qui nous dit qu'il n'y a pas là le
signe que sa vocation est de céder à cet appel ?

Ma belle-mère hocha la tête :

— Nous ne devons pas écarter cette hypothèse...
Bien qu'à vrai dire, Dieu n'a pas accoutumé d'appeler une âme sur les hauteurs pour la rejeter dans
les bas-fonds. Que cette sorte d'abandon de poste,
ce recul, ce retour à une vie moins mortifiée, soit
ce qui est demandé à M. Puybaraud : voilà ce que
je croirai si des signes évidents m'en sont donnés ;
car rien ne doit déconcerter notre foi.

— Il dit qu'il a péché par orgueil, qu'il a trop
préjugé de sa force et qu'il faut bénir la Providence
qui l'en avertit avant qu'il ne soit trop tard, insista
Octavie d'une voix suppliante.

— S'il en est sûr, interrompit sèchement ma
belle-mère, qu'a-t-il besoin de chercher plus loin,
et de me mêler à ce débat ?

Octavie reconnut que le malheur était justement
qu'il n'eût aucune certitude et qu'il changeât d'un
jour à l'autre ; et éclatant en larmes, elle ajouta
qu'elle voyait bien que « le siège de Mme Brigitte

était fait et que le verdict serait inexorable ». Ma
belle-mère aussitôt jeta du lest.

— Mais non, Octavie, ne me jugez surtout pas
hostile par principe à ce que la nature déchue
réclame de vous. M. Puybaraud n'est pas seul en
jeu ; et je croirais, volontiers, que vous, du moins,
êtes appelée à remplir les devoirs du mariage et de
la maternité. Oui, répéta-t-elle, l'œil fixé sur l'humble fille (imaginant peut-être ce ventre sous ce
tablier et cette ingrate figure encore enlaidie par
le masque des grossesses), oui, peut-être est-ce en
votre faveur que M. Puybaraud se détourne de sa
vocation. J'envisage tout à coup que sa défaite pourrait vous être nécessaire et entrer dans l'économie
de votre salut.

Ainsi Brigitte Pian prêtait-elle au Père qui est au
ciel les complications et les détours de sa propre
nature. Mais déjà Octavie Tronche, envahie par
l'espoir, relevait, comme une fleur qui reprend dans
l'eau, sa souffreteuse et tendre figure.

— Oh ! madame Brigitte, c'est maintenant que
Dieu vous parle, s'écria-t-elle avec exaltation. Oui,
oui, c'est pour moi, pour moi seule, misérable, que
M. Puybaraud renonce aux joies d'une vie plus
haute, à la paix d'un collège dont il était l'honneur...

— Et vous accepteriez de sang-froid ce sacrifice,
ma fille ? demanda brusquement Brigitte Pian.

Octavie demeura interdite.

— Notez que je ne prétends pas que vous deviez
le refuser. Je dis qu'en dehors de toute autre question, ce problème particulier s'impose à vous : avez-

vous ou non le droit d'accepter qu'un homme tel
que M. Puybaraud, qui vous dépasse infiniment par
tous les dons de l'esprit et par les grâces reçues,
vous sacrifie les fruits de son apostolat, sa gloire
devant Dieu, son honneur devant les hommes ? Car
il ne faut point se dissimuler qu'une désertion de
cet ordre, même (et surtout) aux yeux des mondains,
enlève tout crédit à ceux qui y cèdent. Et à quoi
sert de se boucher les yeux ? Toutes les portes se
fermeront devant lui, et comme il n'est personne
qui soit plus désarmé dans les nécessités de l'existence, vous devez bien vous persuader qu'il va se
trouver engagé par vous dans une vie besogneuse,
pour ne pas dire misérable...

Octavie Tronche fut, de nouveau, tout éclairée
de son humble sourire :

— Oh ! pour cela non, madame Brigitte. Je suis
bien tranquille : je suis vaillante, tant que j'aurai
un souffle de vie il ne manquera de rien, dussé-je
faire des journées... Il ne manquera ni du nécessaire, ni du superflu...

— Vous n'êtes pas forte, vous le savez bien, le
travail de secrétariat que vous fournissez ici (et qui
n'est quasi rien), c'est déjà trop pour vous en
dehors de vos fonctions à l'école libre : ne voyez là
aucun reproche.

Il était vrai qu'Octavie Tronche ne pouvait supporter de veiller, et qu'après ses heures de classe,
les coups de collier pour la préparation des ventes
de charité, la mettaient vite sur le flanc. Ma belle-
mère lui répéta que son devoir était d'envisager ce

côté de la question, aussi pénible que cela fût. Et
comme Octavie avançait timidement qu'ils avaient
espéré que M. Puybaraud pourrait être appointé
par le secrétariat des Œuvres où il travaillait gratui-
tement depuis des années, Brigitte s'étonna qu'elle
pût à ce degré manquer de doigté, de tact. Comment avait-elle pu croire que ce serait possible ? Il
y a de ces choses qu'il n'est pas besoin d'expliquer :

— Il faut que vous ayez perdu le sens, ma fille...
Sans compter qu'il n'est pas dans les usages de
rétribuer, avec l'argent des pauvres, un travail que
tant de clercs peuvent dispenser, sans compter les
pieux laïques. Non, nous ferions tout le possible,
qui serait de recommander M. Puybaraud, dans la
mesure où l'on peut recommander, sans imprudence, un homme qui se serait mis par sa faute
dans une situation aussi basse, et qui, d'ailleurs, ne
possède à ma connaissance ni titres, ni diplômes.

Quand ma belle-mère avait précipité une créature
dans un abîme d'affliction, il lui plaisait de l'en
retirer aussitôt par une grâce toute gratuite. Ayant
donc considéré qu'Octavie Tronche en était au point
de ne pouvoir descendre plus bas, elle prit soin de
la relever peu à peu et de lui insuffler quelque
espoir. La décision à laquelle elles s'arrêtèrent d'un
commun accord, je l'appris à quelque temps de là,
de la bouche même de M. Puybaraud, la veille de
la distribution des prix.

Nous avions travaillé tout le jour, pour accrocher
les oriflammes et réunir en faisceaux les drapeaux
du pape et de la république. M. Puybaraud traversa

la cour et j'allai à lui, comme je faisais toujours,
par un privilège qu'aucun de mes camarades ne me
disputait. Il me fit asseoir sur une des marches de
l'estrade et me laissa entendre qu'il était à la veille
de prendre une décision grave. Mme Brigitte « qui,
comme tous les êtres vraiment saints, dissimulait
tant de bonté sous des dehors austères » avait compris qu'il avait besoin de calme, de solitude pour
réfléchir et se résoudre au meilleur parti ; elle
avait eu la charité de bien vouloir de lui, ces vacances, à Larjuzon...

— A Larjuzon ! m'écriai-je, stupéfait.

Il est des dieux qui ne s'accordent pas à certains
êtres. Il m'était impossible d'établir aucun rapport
entre le pays de mes grandes vacances et un professeur de mon collège. Le prétexte officiel de sa présence à Larjuzon serait de me faire travailler le
latin.

J'essayai d'imaginer, par un jour torride, M. Puybaraud en redingote et en chapeau haut de forme
dans les allées de Larjuzon. Je lui demandai s'il
garderait son costume. Il m'assura que c'était justement l'achat d'un trousseau qui retarderait un peu
son arrivée.

M. Rausch avait quitté sa place, près des cabinets.
En bras de chemise, juché sur une échelle et armé
d'un marteau, il tournait contre un clou toute sa
férocité naturelle. Les élèves échangeaient leurs
adresses de vacances. Le petit orchestre répétait
dans la salle des fêtes l'ouverture du *Voyage en
Chine*. Jean de Mirbel appuyé, par habitude, contre

le mur, bien qu'il n'y eût plus d'arrêts, même pour
lui, baissait la tête, les mains au fond des poches ;
sa casquette « chahutée » de mauvais élève était
posée de travers sur ses cheveux trop longs. Le
léger duvet de ses joues le faisait paraître beaucoup
plus âgé que ses camarades (il était en retard de
deux années). Plus encore que sa mauvaise conduite, peut-être était-ce justement son âge qui le
séparait de nous : cette rive orageuse où il abordait
si démuni de secours, si abandonné, en proie à il
ne savait quelle fatalité dont il ne pouvait parler à
personne.

III

La victoria louée à Langon s'arrêta devant le jardin du presbytère. Le colonel descendit le premier. Le déjeuner qu'il venait d'achever avivait curieusement la couperose de ses joues et faisait paraître blanche sa cicatrice. Son cronstadt penchait un peu sur l'oreille gauche. Le court manteau « mastic » qui s'arrêtait aux reins, et qu'il appelait son « rasepet », portait au revers un bouton de rose fané. Le pantalon de toile à carreaux moulait ses jambes sèches de coq. Il était guêtré de blanc.

Jean, chargé d'une valise et d'une giberne, s'engagea à sa suite dans le jardin où les légumes laissaient à peine la place de poser les pieds. Le presbytère était cerné, pressé de pommes de terre, de haricots, de tomates, et de toutes les espèces de salades. Des groseilliers et des pêchers jalonnaient l'étroit sentier qui conduisait à une porte basse, surmontée d'une croix de la Saint-Jean, faite en moelle de sureau.

Le neveu ni l'oncle ne se doutaient qu'à travers la vitre poussiéreuse du rez-de-chaussée, quelqu'un les suivait du regard. L'abbé Calou attendit d'en-

tendre le heurtoir pour aller ouvrir. Il dépassait
l'oncle de la tête. Un tablier bleu de jardinier recouvrait la soutane. Une barbe de plusieurs jours dévorait les joues jusqu'aux pommettes. Le front était
bas, l'œil bleu et enfantin, le nez large et fendu à
son extrémité, les dents saines ; mais Jean de Mirbel ne remarqua d'abord que les mains énormes,
spatulées, couvertes de poils.

— Je vous amène votre pensionnaire, monsieur
le curé. Je vous avertis que ce n'est pas un fameux
cadeau que je vous fais là. Allons, salue M. le curé,
et plus vite que ça. Que je n'aie pas à te le répéter !
Tu ne vas pas commencer tout de suite à donner
un échantillon de ta jolie nature !

Jean, son béret à la main, baissait la tête, sans
proférer une parole.

— Une bûche ! Je ne suis pas fâché, d'un côté,
que vous vous rendiez compte dès l'abord du type
d'enfant auquel vous aurez affaire. Il faudrait le
battre pour obtenir un bonjour !

— Nous avons tout le temps de faire connaissance, répondit le curé.

Cela était dit d'un ton froid, indifférent. Sans
plus de commentaire, il les préséda au deuxième
étage, pour montrer sa chambre à l'enfant. Elle
était prise sur le grenier, blanchie à la chaux, meublée du strict nécessaire mais très propre et la fenêtre ouvrait du côté de la vieille église, avec son
cimetière, et de la vallée où les pins cachaient ce
petit affluent de la Garonne, le Ciron ; l'œil en

pouvait suivre le cours, grâce au vert plus tendre
des aulnes.

— Je couche et je travaille juste au-dessous.
Nous ne sommes séparés que par ce plancher. Je
l'entendrai même respirer.

Le zouave pontifical assura que ce ne serait pas
de trop et que c'était un lascar « à ne perdre de
vue ni jour ni nuit ». Quand ils eurent regagné
la vaste pièce du rez-de-chaussée que le curé appelait salon, meublée d'un guéridon et de quatre fauteuils, et où le salpêtre avait détruit le papier des
murs, le colonel souffla au curé :

— Il faut que je vous parle en particulier. Toi,
va dans le jardin jusqu'à ce qu'on te rappelle...
Allons ! oust !

Ici, le curé intervint, de sa voix paisible :

— Je vous demande pardon, colonel, mais je
désire qu'il assiste à la conversation que nous allons
avoir. Cela fait partie de mon système, et je vous
prie de me faire confiance : il importe que l'enfant
sache clairement ce qu'on lui reproche et ce que
nous devons redresser en lui.

— Je vous avertis que cela peut avoir des conséquences... Vous ne le connaissez pas... Je me sentirais plus libre...

Le colonel n'était pas content, mais le curé ne
voulut rien entendre. Jean resta donc debout au
milieu du salon, les yeux rivés sur son oncle.

— Comment vous expliquer ? Une bûche, monsieur le curé, cela dit tout. Indécrottable, il n'y a

pas d'autres mots : in-dé-crot-ta-ble, répéta-t-il d'une voix aiguë.

Non, il ne trouvait pas d'autre mot. Comme beaucoup de gens qui se croient fort au-dessus du commun, il ne disposait que d'un vocabulaire très pauvre, et suppléait à cette indigence par l'image, par le cliché, par l'accent et la gesticulation.

— Il se laisserait plutôt tuer, monsieur le curé... Quelquefois il finit par se rendre, mais c'est pour ne plus être battu. Pas bête, avec ça, des moyens... Mais il ne fait pas ses devoirs ; il n'apprend pas ses leçons...

— Qu'est-ce qu'il aime ? Je veux dire : quels sont ses goûts ?

— Ce qu'il aime ?

Le colonel parut interloqué.

— Au fait, qu'est-ce que tu aimes ? Ne rien faire ? oui, bien sûr ! mais en dehors de ça ? Allons, réponds... Non, mais vous voyez ? Vous voyez comme il est ? Réponds ou je t'assomme.

M. le curé le retint le bras levé :

— Laissez, j'apprendrai à connaître ses goûts.

— A connaître ses goûts ? Vous en avez de bonnes, monsieur le curé. Mais je comprends ce que parler veut dire... Et lui, il apprendra à connaître votre système qui doit être simple, je m'en doute, ajouta-t-il, en clignant de l'œil. Il n'y en a pas deux avec un cheval vicieux : l'éperon, la cravache, je ne connais que ça... Et quand je dis : vicieux... Il y a des choses que j'aurais voulu vous confier à part...

Jean de Mirbel était devenu écarlate. Il baissait

tellement la tête que le curé ne vit plus que ses cheveux.

— Ai-je besoin d'ajouter que je parle ici en ma qualité de tuteur et au nom de la comtesse de Mirbel, mère de ce chenapan, et que vous avez carte blanche pour user de tous les moyens qui vous paraîtront propres à le dompter ? Aucune autre limite que celles assignées par la santé de l'enfant, bien entendu.

— Bien entendu ! répéta le curé, sans perdre du regard cette tête honteuse.

— Je repense tout à coup à ce que vous me demandiez à propos de ses goûts. Il aime à lire... Et naturellement il recherche le pire. Il faudra là-dessus le surveiller de près. Il a des idées, déjà... Je ne vous dis que ça ! Oh ! il n'est pas toujours aussi muet que vous le voyez, et quand il se met à vous tenir tête, il a la langue bien pendue. Croyez-vous qu'à Pâques, il a osé soutenir à M. Talazac, notre curé, que si le ministre Combes était de bonne foi, s'il croyait bien faire en chassant les congrégations, non seulement, il n'était pas coupable, mais il s'acquérait des mérites devant Dieu ?...

— Il a soutenu ça ? demanda le curé, intéressé.

— Oui... Hein ? Qu'en pensez-vous ? Et rien n'a pu l'en faire démordre : ni les raisons de M. Talazac, ni l'indignation de ces dames, ni la raclée que je lui ai finalement administrée.

— Vraiment, tu as soutenu ça ? répéta le curé. Et il fixait d'un œil pensif ce petit renard enfermé dans son salon et qui, le poil hérissé, semblait chercher une issue.

— Si vous avez des secrets pour lui remettre la cervelle à l'endroit, les Mirbel vous en seront reconnaissants. Car, pensez-y, monsieur le curé, notre nom, notre fortune, l'avenir de la race, tout repose sur ce petit misérable. Il dit qu'il aimerait mieux crever que de préparer Saint-Cyr ou de s'engager, comme nous avons tous fait. D'ailleurs, il est trop en retard. Il ne peut préparer aucune Ecole. Il a le cynisme d'avouer qu'il ne fera rien, qu'il ne veut rien faire, pas même s'occuper de ses propriétés. Voyez : il ne proteste pas, il ricane. Ne ricane pas comme ça ou je t'assomme.

Jean avait reculé vers le mur. Un sourire découvrait ses canines pointues et blanches, mal plantées. D'un geste d'enfant battu qui devait lui être familier, il se protégeait.

— Ne vous échauffez pas, colonel, dit le curé. Cela me regarde, maintenant. Vous pouvez partir tranquille. Je vous tiendrai au courant ainsi que Mme la comtesse. D'ailleurs, le petit aussi vous écrira.

— Plus souvent !...

C'étaient les premiers mots qui sortaient de sa bouche.

— Au revoir, mon garçon, dit l'oncle. Je te remets en bonnes mains, en de bonnes et fortes mains, ajouta-t-il, en serrant l'énorme patte du curé. Elles ont déjà donné d'excellents résultats, à ce qu'on raconte...

Et il éclata de ce rire perçant, qui surprenait. Le curé le suivit jusqu'à la voiture.

— Et surtout ne le ménagez pas, conclut le colonel, en remettant au curé une enveloppe pour les premiers frais. Ce n'est pas une demoiselle, il a le cuir dur. Vous n'avez aucune crainte à avoir : je vous couvrirai toujours ; et surtout, ne tenez aucun compte de ce que ma belle-sœur pourrait vous écrire. C'est moi qui mène la barque, c'est moi qui décide.

Le curé rentra dans le salon où Jean se tenait debout, à la même place. Il eut un mouvement de recul à l'approche du prêtre, et de nouveau ce geste, ce coude levé, comme pour se garer des coups.

— Viens m'aider à mettre le couvert, dit le curé.

— Je ne suis pas votre domestique.

— Ici, chacun est son propre domestique... Sauf pour le fricot qui est l'affaire de Maria, mais elle a soixante et onze ans et des rhumatismes. C'est du couvert de ton goûter qu'il s'agit. Moi, je ne goûte jamais. Ton ami Louis Pian et sa sœur doivent venir à bicyclette. Ils devraient être déjà là.

Il ouvrit la porte de la salle à manger :

— La tarte et les prunes sont dans le buffet, et une bouteille entamée de sirop d'orgeat. Tu iras chercher l'eau au moment de la boire : celle qui est dans la cruche, à la souillarde. A ce soir, mon garçon... Un mot encore : tu sais que mon cabinet est au-dessous de ta chambre. Il y a beaucoup de livres... Peut-être pas de ceux que tu aimes. Pourtant, en cherchant bien... Enfin, tu peux y fouiller, si ça t'amuse. Ça ne me dérangera pas.

Jean entendit le pas lourd du curé dans l'escalier de bois puis, au-dessus de sa tête, le raclement d'une chaise sur le plancher. Et le silence régna : des cigales, un chant de coq, un bourdonnement de mouches.

— S'il croit qu'il va m'amadouer, s'il s'imagine m'avoir...

Pourtant, il poussa la porte de la salle à manger et renifla l'odeur de la tarte. C'était une pièce mieux meublée que les autres : un cartel ancien, un long buffet Louis-Philippe, une table de cerisier cirée, des chaises de rotin ; une fraîcheur fruitée y régnait. Au-delà de la porte vitrée, la vue s'étendait sur les toitures basses d'étables, sur la pente d'une prairie où le foin était encore en meules.

Quelqu'un me demande : « Comment connaissez-vous tous ces événements auxquels vous n'avez pas assisté ? De quel droit reproduisez-vous des conversations que vous n'avez pas entendues ? » Au vrai, j'ai survécu à la plupart de mes héros dont plusieurs ont tenu dans ma vie une grande place. Et puis, je suis paperassier de nature et détiens, outre un journal intime (celui de M. Puybaraud), les agendas que Mirbel avait trouvés dans la succession de M. Calou. Par exemple, j'ai en ce moment sous les yeux la lettre que l'abbé relisait, tandis que Jean, à la salle à manger, rôdait autour de la table et ne résistait pas à la tentation de mordre dans une prune... Et moi, à bicyclette, avec ma sœur Michèle, j'accourais vers lui sur la route poudreuse et blanche de ces époques d'avant le goudronnage... (Nous avions vu passer à Vallandraut, dans sa victoria, le comte de Mirbel qui s'en retournait, le cronstadt sur l'oreille, ses maigres cuisses croisées, et Michèle avait remarqué sa cicatrice et ce bouton de rose fané au revers du pardessus « mastic ».)

Sans doute ai-je usé de mon droit d'ordonner cette matière, d'orchestrer ce réel, cette vie subsistante, qui ne mourra qu'avec moi et qui demeure malgré les années, tant qu'il me reste la force de me souvenir. Si je mets en forme les conversations, du moins ne changerai-je pas une syllabe à cette lettre de la comtesse de Mirbel, que l'abbé Calou avait reçue, l'avant-veille de l'arrivée de Jean, et qui était signée : La Mirandieuze-Mirbel, d'une écriture aiguë, à l'encre bleue.

« Monsieur le Curé,

« Si je me risque à m'adresser directement à vous, c'est que j'ai appris de Mme Baillaud que vous avez comme éducateur des méthodes assez différentes de celles que vous prête le comte Adhémar de Mirbel, mon beau-frère. Je bénis le ciel que l'idée ne lui soit pas venue de rendre visite à ces Baillaud, et qu'il s'en soit tenu sur votre compte, à cette réputation que vous avez de dompter les

enfants difficiles et de vous entendre à leur serrer
la vis, comme il dit. Je n'y ai pas mis tant de façons
et bien qu'il fût fort délicat de tenter une démarche
auprès de ces anciens droguistes dont les grands-
parents étaient au service des miens, je n'ai pas
hésité à entrer en relation avec eux et j'en ai été
récompensée puisque je sais maintenant à qui je
m'adresse et quelle confiance je puis avoir en votre
caractère. Il importe, monsieur le curé, que vous
connaissiez certaines particularités propres à vous
éclairer sur la nature de mon malheureux enfant ;
et d'abord l'amour qu'il m'a voué et qui est plus
violent que celui qu'un garçon de cet âge a coutume de ressentir pour sa mère : Jean est persuadé
que je ne lui rends pas sa tendresse ; il croit que je
le juge d'après l'image que son oncle me retrace de
lui ; et je dois reconnaître que les apparences lui
donnent raison puisque j'ai l'air de l'abandonner
sans résistance, de le livrer à ce bourreau. Pardonnez-moi l'expression, monsieur le curé, mais quand
vous aurez vu le comte, vous me comprendrez.

« Ici, il me faut vous faire un aveu qui me coûte,
mais c'est au prêtre que je m'adresse, à l'homme
habitué au pardon. Je ne puis rien contre mon
beau-frère : d'abord parce qu'il a reçu par testa-
ment les pleins pouvoirs en ce qui concerne mon
fils ; mais surtout parce qu'il me tient et que mon
mari, durant sa dernière maladie, a remis entre les
mains d'Adhémar un dossier accablant pour moi, à
plus d'un titre. Je ne vous dirai pas que j'ai été une
femme coupable, Monsieur le curé, ayant toujours

agi selon ma conscience et dans la plénitude de mes
droits de femme. Imprudente, incapable de ruse,
de calcul, oui cela, je l'ai été. Il m'eût été facile de
duper mon mari et sans doute en aurais-je eu le
droit. Ce que j'ai souffert jeune femme, les bri-
mades qu'invente la jalousie, la claustration, et tout
ce que la solitude d'un château en Armagnac auto-
rise de supplices cachés, de vengeances impunies,
on en pourrait faire un roman, et il n'est point dit
que je ne l'écrirai pas : car je sais écrire et c'est
même ce qui m'a perdue. Adhémar détient une
malheureuse correspondance que quelqu'un m'avait
rendue, que j'eus le tort de ne pas détruire et où,
le démon de la littérature me poussant, j'ai exprimé
en termes vifs des sentiments auxquels le monde
pardonne à une femme de céder, mais dont il n'excuse jamais l'expression toute crue.

« Vous avez mon secret, Monsieur le curé. Bien
que je ne croie plus aux mystères de la religion,
je crois encore à la vertu de ses ministres, et à leur
discrétion. Il fallait que vous le sachiez : Adhémar
n'est maître de la personne de Jean que parce que
mon honneur est entre ses mains et que, si je bron-
che, il me perd. Ceci vous le peindra : il craint de
ne pas me tenir assez, et a la prétention de m'épouser : ma fortune, qui n'est point médiocre, le tente ;
mais il est juste d'ajouter que ce fut la dernière
volonté exprimée par son frère mourant : il ne cessait de répéter qu'on ne maîtrise bien une femme
que dans le mariage. L'idée même qu'une Mirbel,
née La Mirandieuze, pût divorcer, ne leur a pas

effleuré l'esprit, ni à l'un ni à l'autre. Adhémar a
recours à un chantage qui ne s'exprime que par
allusion ; il me donne à entendre que si je devenais
sa femme, Jean serait élevé entre nous à La Devize,
qu'il me laisserait la haute main sur son éducation
et toute liberté pour vivre une partie de l'année
chez mes parents. Mme de La Mirandieuze a, vous
ne l'ignorez pas, de grandes relations et je n'ai point
renoncé encore à la revanche éclatante que le suc-
cès littéraire pourrait m'assurer... Que faire ? je
n'oppose pas un refus absolu à mon beau-frère ;
j'essaie de gagner du temps. Adhémar a passé la
soixantaine et il est fort rouge au sortir de table :
les écarts de régime où il se trouve entraîné et sur
lesquels j'aurai la générosité de jeter un voile, pourraient permettre certains calculs, si je n'étais précisément une femme très incapable de calculer, et
qui a pu commettre des folies, mais non des bas-
sesses. Après vous avoir donné ces éclaircissements
nécessaires, j'ose espérer que vous ne me jugerez
pas selon les principes étroits dont je sais que vous
avez horreur, mais selon une religion éclairée et
humaine et que vous ne me refuserez pas une grâce
que je ne puis obtenir que de vous. Je souhaiterais
que vous demandiez à Adhémar qu'il me permette
de venir voir Jean à Baluzac. Il ne vous le refusera
pas, si vous lui écrivez que vous estimez cette visite
bienfaisante. Dites-lui que vous pouvez mettre une
chambre à ma disposition. Mais j'irai coucher à
l'auberge de Vallandraut pour ne vous causer aucun
dérangement. J'attends votre réponse avec l'impa-

tience d'un cœur de mère, et je vous prie, monsieur
le curé, de croire au sentiment de gratitude exaltée
que j'éprouve déjà pour le bienfaiteur d'un fils unique et bien-aimé. »

Le curé prit sur sa table un crayon rouge et sou-
ligna : *j'irai coucher à l'auberge de Vallandraut.* Je
regarde en ce moment ce trait rouge à peine pâli
par les années... Le curé avait-il vu là les mots
essentiels, et que tous les autres n'avaient été écrits
que pour amener cette petite phrase ? Je l'ai cru
d'abord ; mais à dire vrai, il ne pouvait avoir le don
de prophétie et la phrase ne dut être soulignée
qu'après que les événements lui eurent donné toute
sa signification. Mais ce qu'il put comprendre, dès
ce soir-là, c'est que pour rien au monde Adhémar
de Mirbel n'aurait consenti à se servir, contre sa
belle-sœur, de documents qui eussent déshonoré la
famille. Il n'était guère plus vraisemblable qu'à
soixante-dix ans et fort riche, le colonel songeât à
épouser la comtesse.

M. Calou tira d'un tiroir une chemise sur le dos
de laquelle figurait cette mention : *Simulatrices.*
Il y classa la lettre, referma le tiroir, un instant
attentif au murmure de nos voix à travers le plancher, à nos rires, au bruit des assiettes remuées ;
les coudes sur son bureau, il demeura ainsi un long
moment immobile, la figure cachée par ses énormes
mains.

IV

— C'est douceâtre, dit Jean, après avoir vidé
son verre d'orgeat. Il me faut du fort, à moi.

Et il fouilla dans le buffet. Je sentais bien qu'il
crânait ; mais j'étais scandalisé. Peut-être Mirbel
était-il vraiment un garçon impossible ? Il remuait
des bouteilles à demi vides, les ouvrait, reniflait
pour deviner à l'odeur ce qu'elles contenaient.

— Ce doit être du cassis, ou de l'angélique, ou
de l'eau de noix, des liqueurs de religieuses... Mais
le curé n'est pas un type à s'envoyer de ces sirops...
Tiens, voilà de quoi il doit se fiche plein la lampe,
s'écria-t-il tout à coup, en brandissant une bouteille
déjà entamée d'armagnac... Et de 1860, encore !
(il fit claquer sa langue) l'année où l'oncle Adhémar a attrapé à Castelfidardo sa belle blessure...

Michèle protesta : il n'allait pas en boire l'après-
midi ? L'armagnac se buvait au dessert...

— Au dessert, le curé sera là.

— Jean, tu ne vas pas faire ça ?

— Je me gênerai ! et pas dans un verre à li-
queur, vous savez !

Il m'était difficile de démêler dans son attitude

la part de la comédie. L'élève taciturne, toujours puni, du collège, ne ressemblait guère à ce gamin casseur d'assiettes. Je ne compris pas tout de suite que c'était la présence de Michèle qui le déchaînait, car il ne lui adressait que de rares paroles et ne lui répondait que par monosyllabes. A peine paraissait-il la voir.

— Il y en a trop, Jean, tu vas te rendre malade.

— Et d'une seule lampée, tu vas voir...

Il rejeta la tête en arrière, mais s'engoua et se mit à tousser. Michèle le tapa dans le dos. Le parfum de l'alcool emplissait la pièce.

— M. Calou va s'en apercevoir, dis-je.

— Nous ajouterons un peu d'eau dans la bouteille, il pensera que son armagnac s'est éventé...

— Mais l'odeur, Jean ! tu empestes l'eau-de-vie, et tout le presbytère le sent...

Nous entendîmes le raclement de la chaise écartée, et les gros souliers de l'abbé Calou dans l'escalier. A peine entré, il renifla et nous dévisagea.

— Ils ont découvert mon armagnac, les canailles, dit-il d'un air jovial. Et s'adressant à Jean : Avoue qu'il n'est pas mauvais, et tu dois t'y connaître, toi ! A La Devize, vous en avez du fameux, j'en suis sûr, c'est le bon endroit... Louis, tu devrais amener ton ami au bord du Ciron. Est-ce qu'il aime la pêche ? Oui ? Alors, montre-lui les trous... Les brochets font des ravages, mais il y a des « assèges »...

Il ouvrit la porte vitrée de la salle à manger qui donnait directement derrière la maison et nous suivit un instant des yeux. Nous traversâmes la prairie à demi fauchée. Les orages de cet été pluvieux ne laissaient pas le temps de faire les foins. Nous avancions vers la ligne d'aulnes. Déjà les libellules fauves et bleues annonçaient l'approche du courant invisible. Nous enfoncions dans le pré marécageux. C'était un après-midi accablant et moite. L'alcool avait dû donner de l'audace à Jean, car il marchait auprès de Michèle, derrière moi, assez loin pour que je ne pusse entendre ce qu'ils disaient. Je leur montrais le chemin, tout envahi d'une vague détresse, source de cette souffrance qui a pénétré et corrompu ma vie. Ce n'est pas mon histoire que je raconte, et dans la trame serrée de ces destins, je voudrais que le fil en demeurât invisible. Mais je ne puis me taire sur cette blessure que j'ai reçue, enfant. Il n'est rien de si répandu que la jalousie sous sa forme simple. Celle dont j'ai commencé de souffrir à treize ans, dans cette prairie mouillée où je tendais l'oreille pour surprendre quelques-uns des mots qu'échangeaient mon ami et ma sœur, cette jalousie-là n'est point si commune, — je l'espère du moins pour la race des hommes sur laquelle pèsent de suffisantes malédictions.

Déjà, je n'eusse pu démêler si j'étais atteint dans ma tendresse pour Michèle ou dans l'amitié que je vouais à Jean. Il m'était odieux que Michèle lui parlât à mi-voix du même ton de confidence dont j'avais bénéficié seul jusqu'à ce jour : Michèle m'appartenait, je ne l'avais encore partagée avec personne, et voici que Jean la prenait à part, la faisait rire, ce Jean que depuis quinze jours je m'enchan-

tais à imaginer sur tous les chemins de Larjuzon,
que je mêlais à mes projets de vacances, que je
rêvais d'avoir pour moi seul, pour moi tout seul ;
mais il m'échappait lui aussi. Comment ne l'avais-je
pas pressenti ? « Ils me traitent comme un gosse,
ils se cachent de moi... » Parfois, je devais m'arrêter
pour les attendre. Je les perdis même de vue à un
tournant et je dus revenir sur mes pas. Comme j'ap-
prochai d'eux, ils s'interrompirent.

— De quoi parlez-vous ?

Ils se regardèrent en riant, sans répondre. Jean
mâchonnait une herbe. Michèle était un peu rouge
et son grand chapeau de paille l'obligeait, pour me
voir, à lever la tête. J'insistai : de quoi parlaient-
ils ? De choses qui n'intéressaient pas les petits garçons, assura Michèle. Jean se pencha vers son
oreille. Cette fois je compris : « Croyez-vous qu'il
soit *instruit* ? » demanda-t-il.

« Etre instruit », dans notre langage, cela signifiait connaître les secrets de la vie, les mystères de
la procréation. Je devins écarlate et repartis en
avant, avec ce surcroît de chagrin : ils se cachaient
de moi pour parler de ce qui est défendu ; leur
complicité me séparait d'eux davantage encore.

Ma belle-mère m'avait permis de demander à
Jean de déjeuner le lendemain à Larjuzon. Je réso-
lus de ne point lui transmettre une invitation dont
je m'étais d'avance tant réjoui ; mais maintenant,
j'avais peur de cette journée où Michèle me prendrait Jean, où Jean me prendrait Michèle. Oui,
plutôt me priver de le voir ! Qu'il reste à crever

d'ennui dans son presbytère ! Après tout, son oncle
avait savoir ce qu'il faisait en lui serrant la vis.
disait au collège « que Mirbel était un sale
e » : on ne le gardait que parce que son tuteur
ait un héros de Castelfidardo. Peut-être, en ce
moment, racontait-il à Michèle ce que j'appelais
des *histoires de saletés*. Il ne fallait pas que Michèle
le fréquentât. J'avertirais ma belle-mère. Mieux
valait renoncer à lui, ne plus le voir jamais,
qu'éprouver ce serrement à la gorge, cette contrac-
tion au creux de l'estomac, cette douleur, ce mal
sans remède puisque le remède se trouvait éloigné
infiniment de mes prises, dans sa volonté, dans le
cœur, dans la pensée cachée de mon ami et de ma
sœur ligués contre moi ! Inavouables tortures ! Bien
sûr, au bord du Ciron dont je dominais le cours
rapide, appuyé à ce pin qu'avait rendu énorme l'eau
qui baignait ses racines, j'ignorais encore que cette
torture fût inavouable, et c'était par orgueil que je
m'efforçais de dissimuler mon dépit. Sans plus les
attendre, et pour leur donner le change, j'avais
marché vite, je séchais mes pleurs, je reprenais
souffle, je composais mon visage. Ils riaient et je
les entendis rire longtemps encore avant de les
avoir aperçus. Au-dessus des fougères remuées, le
chapeau de paille de Michèle bougeait ; ils appa-
rurent enfin. Ma sœur me demanda comment Jean
de Mirbel pourrait se rendre le lendemain à Larjuzon, car il n'avait pas de bicyclette.

— La brute me l'a confisquée... dit-il.

La brute, c'était son oncle. Je répondis froidement que je n'y pouvais rien.

— Je pensais que je pourrais lui laisser ma bécane, dit Michèle ; je te ramènerai ce soir sur le cadre de la tienne...

— Huit kilomètres sur le cadre ? Merci bien ! je ne veux pas éreinter mon vélo. Mirbel n'aura qu'à faire à pied la route de Larjuzon si le cœur lui en dit : huit kilomètres, ce n'est pas la mer à boire !

— Je m'en doutais ! s'écria Michèle furieuse. Son vélo, c'est sacré ! Tu ne vas pas faire des histoires ?

— Non, il n'en fera pas, dit Jean, en me prenant le bras d'un air mi-câlin, mi-féroce ; hein, Louis, pour moi tu veux bien ?

Je dégageai mon bras d'un geste brusque et allai m'asseoir sur une souche.

— Il boude, dit Michèle. Nous n'avons pas fini !

Je ne boudais pas, je souffrais. Je regardais les araignées d'eau lutter contre le courant. L'eau transparente agitait les longues mousses. Des vairons nageaient à l'entour. Leur ombre se dessinait sur le fond de sable. Les plantes qui aiment l'eau et la menthe écrasée m'entouraient de ce parfum dont je me souviendrai à ma dernière heure, pour dire adieu aux beaux jours des étés anéantis, à ma vieille douleur, à mon jeune amour. Je ne boudais pas, je souffrais d'une souffrance d'homme. Les deux autres avaient dû s'asseoir à quelques pas de moi, car je les entendais chuchoter, mais les fougères me

les cachaient. Tout à coup la voix de Jean s'éleva et
je compris qu'il faisait exprès de parler haut :

— Ne vous inquiétez pas : il se fera une raison.
S'il s'entête, eh bien, nous prendrons les grands
moyens...

Je me levai et courus vers lui.

— Quels moyens ? Espèce de brute, essaye un
peu...

Il m'avait saisi les poignets, il me faisait mal, mais
je serrai les dents pour ne pas crier.

— Répète un peu que tu ne prêteras pas ta bicyclette à ta sœur ?

— Lâche-moi, tu me tords les poignets !

— Répète un peu que tu ne veux pas revenir sur
le cadre ?

Je fus brusquement délivré : Michèle avait
assailli mon bourreau, elle criait, furieuse :

— Je vous défends de toucher à mon frère !

— Eh bien ! quoi ? Je ne vais pas vous le
casser !

Ils se mesuraient d'un œil hostile. Un grand
calme s'était fait en moi : ils se disputaient, ils
devenaient ennemis ; Michèle me préférait à lui ;
et lui, il n'aimait pas Michèle. C'était à cause de moi
qu'ils se dressaient l'un contre l'autre. Je ressentis
à la poitrine un desserrement délicieux ; et, comme
chaque fois que le mal s'éloigne, je crus qu'il disparaissait à jamais. Je ne les haïssais plus ; toute
ma tendresse fleurissait de nouveau pour chacun
d'eux. Bien sûr, nous reviendrions, Michèle et moi,
sur ma bicyclette ; mais je ne pouvais céder tout

de suite ; et puis, il m'était doux de les regarder
marcher, éloignés l'un de l'autre. Au tour de Mirbel,
maintenant, de nous précéder en mâchant une
herbe, et je le suivais d'un peu loin en tenant la
main de ma sœur. Je tenais la main de Michèle et
regardais Jean marcher devant moi... C'était cela, le
bonheur. L'herbe était mouillée. Un orage, qui ne
grondait pas, surgit et dressa au-dessus des pins son
front obscur. Des hommes et des femmes s'agitaient
autour d'une charrette à demi chargée de foin.

— Oui, dis-je, une fameuse brute, ce Mirbel...

— Il est tout de même gentil...

— Oui, mais c'est une brute.

— En tout cas, arrangeons-nous pour qu'il vienne
déjeuner demain.

De nouveau, la gorge serrée, je demandai à
Michèle, si elle y tenait tant que cela.

— Tu trouves que c'est rigolo, cette année, Larjuzon, avec ton Puybaraud, et Brigitte qui frétille
autour de ce gros ver blanc !

— Oh ! Michèle !

— Elle en fera tant, Brigitte, qu'elle rendra le
séjour de Larjuzon insupportable, même à papa.
Bien sûr que je vais laisser ma bicyclette à Mirbel...

— Alors, criai-je, furieux, tu reviendras à pied !

Jean s'était retourné. Il triomphait de notre dispute réveillée : voilà ce que c'était que de ne pas
lui avoir permis de me mettre à la raison ! il savait
comment il fallait traiter les mômes...

Nous contournâmes le presbytère, criant tous à
la fois ; je protestai :

— Il est à moi, mon vélo, non ?

— Vous êtes bien bonne de lui demander la permission, dit Jean à Michèle. Vous l'enfourcherez avant qu'il ait eu le temps de le prendre. Et s'il ne veut pas monter sur le cadre, eh bien ! il s'enverra les huit kilomètres à pied.

Je pris les devants et saisis ma bicyclette, mais Jean ne me laissa pas le temps de m'éloigner : accroché au guidon, il mit son pied dans une roue et je fus renversé. M. Calou, qui devait nous épier, sortit précipitamment du presbytère, courut vers moi et me releva. Je n'avais qu'une éraflure au bras. Il se tourna vers Mirbel :

— Va dans ma chambre, descends la teinture d'iode et le paquet d'ouate qui se trouvent sur la toilette.

Il donna cet ordre avec son calme habituel, mais d'une voix comme traversée par un grondement sourd, en dévisageant Mirbel et ses gros poings à demi fermés. Mon camarade obéit avec promptitude. Quand il redescendit, l'abbé lavait ma blessure à la pompe. Il s'adressa à Jean, sans se tourner vers lui :

— Tamponne-le avec l'ouate, là... Mets de l'iode ; pas trop. Ça pique un peu ? Maintenant faites votre déposition, Michèle.

Elle se lança dans un récit confus. Elle nous donna tort à tous les deux : Mirbel avait été brutal, mais j'avais tout fait pour l'exaspérer.

— Serrez-vous la main, dit l'abbé.

Je pris la main de Jean qui ne la retira pas. Sur quoi M. Calou déclara qu'il allait nous mettre tous d'accord. Il ne permettait pas que nous revenions deux sur une même bicyclette ; mais le lendemain il prêterait la sienne à Jean pour qu'il pût se rendre à Larjuzon. Durant quelques heures, l'abbé se passerait de vélo, car il n'y avait pas de malade grave dans la commune. Pourtant, des cas imprévus risquaient de se présenter : il demanderait donc à Jean de revenir avant quatre heures.

— Mais vous, les Pian, vous n'aurez qu'à le raccompagner ici, pour finir la journée ensemble.

Plus rien d'hostile ne grondait dans sa voix. Il ne pleuvrait pas : le vent avait balayé le ciel. Le curé nous demanda d'arroser ses salades et nous conseilla de nous mettre pieds nus pour ne pas tremper nos souliers. En récompense, il nous permit de dépouiller les groseilliers, Maria ayant fini de faire ses confitures.

Jean attendit que l'abbé fût rentré dans la maison pour déclarer qu'il n'était pas venu ici en service et qu'il ne se laisserait pas traiter comme un domestique. Mais, à peine Michèle et moi fûmes-nous déchaussés, qu'il ne put y résister, enleva ses espadrilles et prit un des arrosoirs que portait ma sœur. Telle est l'enfance que ce jour d'été où nous courions pieds nus sur du gravier qui nous faisait mal, et où nous nous éclaboussions exprès, est resté en nous comme un souvenir de pur et calme bonheur ; pourtant ma joie était traversée d'angoisse parce que c'était à Michèle que Jean jetait de l'eau. Elle avait retroussé sa jupe jusqu'au genou et feignait de se fâcher avec des rires aigus qui ne ressemblaient pas

à son rire habituel. Mais je me refusais à souffrir.
Je portais en moi cette douleur engourdie qu'un
rien aurait suffi à éveiller et je criais plus fort que
les autres pour m'étourdir. Lorsque le soleil eut disparu derrière les pins, nous dûmes songer au départ.
Jean demanda à quelle heure on déjeunait à Larjuzon.

— A midi, mais arrivez dès que vous pourrez, dit
Michèle. Nous sommes debout à huit heures. Dès
que vous pourrez prendre le vélo de l'abbé...

Je protestai qu'il ne fallait pas priver trop longtemps le curé de son vélo. On pouvait l'appeler pour
un malade... Jean répondit de sa voix mauvaise que
« personne n'avait besoin de curé pour mourir ».
Michèle parut choquée et je remarquai qu'elle lui
dit adieu d'un air contraint. Mais elle se retourna
deux fois pour répondre à Mirbel qui agitait son
béret. Il portait une veste de marin, sur un jersey
rayé blanc et rouge. Il avait les pieds nus et son pantalon était retenu au-dessus des genoux par un
élastique.

Plus tard, j'appris de lui ce qu'avait été cette première soirée au presbytère. Il erra un instant autour
de la maison, désœuvré. Baluzac avait à peine droit
au nom de village : une seule auberge et aucun
autre magasin que la pharmacie Voyod où le curé
ne voulait pas que son pensionnaire mît les pieds.
C'était la seule défense positive qu'il lui eût signi-
fiée. L'abbé Calou lui avait aussi parlé de son
cabinet plein de livres : les livres tenaient dans la

vie de Jean une place que personne de son entourage ne soupçonnait. Il appartenait du côté paternel à une famille où ce goût eût été dénoncé, chez un garçon, comme un signe inquiétant. D'ailleurs, son tuteur et sa mère étaient persuadés qu'il ne recherchait que les récits scabreux ou obscènes et, en vérité, il avait donné quelque apparence à ces soupçons.

Jean ne pouvait rien contre ses désirs : la pensée que cette maison était pleine de livres, fût-ce de livres pour les curés, et qu'il y avait là toute une bibliothèque dans laquelle il avait le droit de fouiller, éveillait en lui une tentation aussi violente que les pires. Mais il résistait, ne voulant pas que M. Calou eût l'impression qu'on pouvait avoir si aisément Jean de Mirbel et qu'il donnait de la tête dans le panneau tendu. Cependant il gagna le premier étage en s'appliquant à ne pas faire craquer les marches.

Il y régnait une forte odeur de pipe. Jean hésita, s'approcha de la porte, mais l'orgueil le retint. Il ne se doutait pas que l'abbé, aux écoutes, avait surpris le glissement des espadrilles et qu'il le guettait avec plus de passion qu'un pêcheur qui regarde une truite tourner autour de la nasse. M. Calou n'y tint plus et entrouvrit la porte :

— Tu avais besoin de quelque chose, mon drôle ?

Et, comme Jean secouait la tête :

— Si tu veux un livre ?

L'enfant pénétra dans un nuage de tabac. Des livres, il n'en avait jamais tant vu : du plancher au

plafond, sur les chaises, sur la cheminée, des bro-
chés, des reliés ; et un escabeau à roulettes pour
atteindre les derniers rayons, et un bureau pour lire
et écrire debout ! Que de merveilles ! Des livres
ennuyeux, c'était sûr... Mais on ne savait jamais,
et aucun livre ne semblait à Jean tout à fait
ennuyeux.

Le curé s'était remis à sa table, sans plus lui prêter d'attention. Jean grimpa sur l'escabeau : quel
dommage qu'il eût cette douleur à la nuque, ces
nausées... L'armagnac qu'il avait bu, par bravade,
le tourmentait et cette odeur de pipe l'achevait ! Il
descendit précipitamment, prit un bouquin au hasard et lut le titre : *Traité de la concupiscence —
Lettre et maximes sur la comédie — La logique —
Traité du libre arbitre*, par Bossuet. Est-ce qu'il
allait vomir et s'évanouir dans le cabinet du curé ?
A tout prix, tenir le coup ! Pour oublier son mal,
il ouvrit le livre, et se força à lire : ... *Cette femme
qui, dans les Proverbes, vante les parfums qu'elle a
répandus sur son lit et la douce odeur qu'on respire
dans sa chambre, pour conclure aussitôt après :
« Environs-nous de plaisir et jouissons des embrasse-
ments désirés », montre assez par son discours à
quoi mènent les bonnes senteurs préparées pour
affaiblir l'âme, l'attirer aux plaisirs des sens par
quelque chose qui, ne semblant pas offenser directement la pudeur... »*

— Tu es pâle, mon petit, tu es même vert... Ça
ne va pas ?

Jean protesta que ce n'était rien, un peu de mal au cœur...

— Etends-toi.

L'enfant refusa : cela passerait tout seul, il se trouvait déjà moins mal. De nouveau, il fit un effort pour attacher sa pensée à la page ouverte... L'abbé entendit le corps de Jean heurter le plancher, mais doucement, car il s'était retenu à l'escabeau. Il se sentit porté par deux bras puissants, eut un haut-le-cœur. Le curé, sans dégoût, lui tendit la cuvette et lui soutint la tête, de sa grosse main. Jean rouvrit les yeux, et demanda à descendre au jardin. Il était désespéré d'être tombé ainsi par surprise au pouvoir de l'adversaire.

— Je descends aussi, dit l'abbé. Je vais finir de réciter mon bréviaire à l'église. Tu pourras m'y rejoindre. C'est une belle petite église, tu verras... bâtie par Bertrand de Goth qui devint le pape Clément V, un « pays » à nous, comme tu ne le sais peut-être pas, et qui est né à Vallandraut, à moins que ce ne soit à Uzeste où est son tombeau... Un pape comme il n'en faudrait pas beaucoup...

Jean répondit que les vieilles pierres ne l'intéressaient pas.

— Viens, tout de même, faire une petite visite à Notre-Seigneur...

Enfin ! le curé se découvrait ! Jean sans oser lever les yeux, grommela qu'il ne croyait plus à toutes ces histoires...

— Vraiment ? demanda M. Calou, d'un ton où ne perçait nul scandale.

— Ça vous étonne ?

Mirbel avait pris un air avantageux.

— Pourquoi donc serais-je étonné ? dit le curé.
Ce qui est étonnant, c'est de croire... L'étonnant,
c'est que ce que nous croyons soit la vérité ; l'étonnant, c'est que la vérité existe, qu'elle se soit incar-
née et que je la tienne prisonnière, là, sous ces
vieilles voûtes qui ne t'intéressent pas, et grâce au
pouvoir de ces grosses mains qui font l'admiration
de l'oncle Adhémar ! oui, mon drôle, je n'en reviens
pas, moi qui te parle, tant c'est absurde, tant c'est
fou, ce que nous croyons ; et pourtant c'est vrai !

Le curé se moquait-il ? Jean lança :

— En tout cas, ce que tout ça m'est égal, maintenant !

Et il essayait de braver l'adversaire, les yeux dans
les yeux ; mais malgré lui, son regard se dérobait.

— Maintenant, oui, mon pauvre drôle... Mais
nous verrons plus tard.

Alors, Jean, avec défi :

— Vous ne m'aurez pas.

— Ce n'est pas moi qui t'aurai... Comment le
pourrais-je ?

— Alors, si ce n'est pas vous... Qu'y a-t-il d'autre
que vous, ici, à part Maria ?

Le curé ne répondit pas. Une idée le préoccu-
pait :

— Mais, dis donc, comment t'en tirais-tu, au collège ? On ne plaisante pas sur les confessions ni sur
les communions...

Jean répondit d'un ton suffisant, que cela ne

l'avait jamais embarrassé : tous les samedis, confession : il avouait n'importe quoi... tous les dimanches, communion : qu'est-ce que ça pouvait faire, de ne pas y croire ? Ça ne faisait ni chaud ni froid... L'éclat qu'il attendait ne se produisit pas.

— Tu trouves ? demanda M. Calou.

Jean soutint avec insolence ce regard qui s'arrêta sur lui, d'une tristesse et d'une douceur dont tout de même il se sentit gêné.

— Tous les samedis ? tous les dimanches ?... Depuis combien de temps ? Depuis deux ans ? Mon Dieu !

M. Calou contemplait ce visage si beau, ce front intact sous les cheveux sombres où courait la flamme d'une mèche plus claire. Il ne put que dire :

— Va t'étendre encore un peu avant le dîner ; va, mon petit.

Et il s'éloigna vers l'église, sans se retourner, d'un pas rapide ; ses épaules courbées le faisaient paraître moins grand.

V

Ma mémoire distingue mal ce premier déjeuner
de Mirbel à Larjuzon de tous ceux qui le suivirent.
Durant le mois d'août, nous ne nous quittâmes plus.
S'il ne venait pas chez nous, c'était Michèle qui le
relançait à Baluzac, et pour rien au monde je
n'eusse consenti à ne pas accompagner Michèle puisque tout mon repos était détruit si je les savais
ensemble loin de moi : ma vie s'organisa autour de
cette nécessité d'être toujours entre eux.

A vrai dire, je n'y eus guère de peine d'abord. Les
jours néfastes où ils se rejoignaient et me fuyaient,
étaient moins nombreux que ceux où Michèle pestait
contre les deux garçons et avait à se défendre des
tours que nous inventions contre la « fille ». Notre
trio ignorait l'accord : il fallait que ma sœur ou
moi tenions l'emploi de victime. Je ne me sentais
heureux que lorsque je devais défendre Michèle
contre Jean, et la protéger de ses taquineries souvent méchantes. Mais presque toujours, à l'instant
même où je les croyais à jamais brouillés, surve-
naient entre eux de brusques réconciliations. C'était
lorsque je me jugeais le mieux défendu contre toute

alliance de ma sœur et de mon ami, qu'il se passait
des scènes inexplicables, torturantes pour moi,
comme ce jour où nous la faisions rager par des
allusions à « l'histoire des gâteaux » qui, répétait
Mirbel, avait créé entre nous deux, une amitié à
la vie, à la mort. « Quelle histoire de gâteaux ? »
demandait ma sœur. Nous nous regardions en clignant de l'œil, un doigt sur la bouche, avec des
serments solennels de le cacher toujours à la fille.
Nous commençâmes de courir autour d'elle ; nous
tirions ses boucles et nous échappions en frottant
un index contre l'autre : « bisque, bisque, rage... »
Je restais à une distance prudente, mais Jean tour-
billonnait autour d'elle comme un démon, la frôlait,
s'échappait de nouveau... Soudain, Michèle se pré-
cipita, les griffes en avant, et lui sauta au visage.
Il ne se défendit pas, trébucha, s'affala dans
l'herbe ; quand il se fut relevé, nous vîmes que
sa joue griffée était en sang. Nous demeurâmes
interdits ; Michèle était pâle.

— Oh ! Jean, éponge-toi, je n'ai pas de mouchoir.

Mais lui, laissait couler le sang sur sa joue. Je
crus qu'il allait foncer contre Michèle, mais non : il
lui souriait. Que ce sourire lui ressemblait peu !
On eût dit que Jean avait des droits sur elle, et elle
sur lui, qu'il était libre d'accepter qu'elle lui fît mal.
Enfants, ils entraient à leur insu dans ce monde où
les coups ont la même signification que les caresses,
où les injures sont chargées de plus d'amour que les
plus tendres paroles. Et le rideau se refermait
sur eux : je ne les voyais plus ; je restais seul de

l'autre côté de la toile, petit garçon perdu dans un
monde peuplé de ces ogres inconsistants : les grandes personnes.

Si Mirbel s'apprivoisait un peu, toute la gloire en
revenait à ma sœur, non à M. Calou (du moins
jusqu'à la fin d'août où un événement survint que
je raconterai en son temps). Ce que le curé avait
obtenu de son pensionnaire, dès le premier jour,
n'était pas négligeable, mais durant les semaines qui
suivirent, il ne fit plus aucun progrès : « J'ai un
chat dans la maison, notait M. Calou dans son
carnet de cet été-là, un chat qui entre et sort de la
bibliothèque sans remuer une chaise, flaire les livres, se glisse dans la salle à manger, s'assied au
bord de la table et lampe sa soupe. Il refuse la
lutte, accepte de travailler une heure par jour,
assiste le dimanche à la messe. Je me suis découvert
trop tôt : il hait ma douceur... « votre douceur de
prêtre », comme m'a dit un jour, ce jeune homme
de Bordeaux, avec horreur... Je voudrais qu'il n'y
eût rien dans mon aspect, rien dans mon langage
qui écœurât. Oui, c'est bien cela : rien d'onctueux
au sens écœurant. Que l'onction du Christ était
dure ! Quel diamant il faut devenir pour fendre les
cœurs ! Jean aurait moins haï ma férocité contre
laquelle il s'était prémuni... »

L'abbé Calou avait peut-être surpris le secret de
Jean, mais il ne connaissait pas le mien. Qui d'ailleurs aurait pu le comprendre et me l'expliquer à

moi-même ? On ne porte pas le fardeau d'un enfant, il n'est à la mesure de personne.

M. Puybaraud s'occupait de mes études et de mon âme, avec une ardeur dont je ne lui savais aucun gré. Il m'aimait, certes ; on répétait en famille que je l'adorais, et j'entrais dans ce jeu sans résistance. « Louis ne jure que par M. Puybaraud... » Au vrai, j'aurais accepté l'idée de ne plus jamais le revoir en ce monde sans en ressentir le moindre chagrin. On ne saurait mesurer l'indifférence des enfants à l'égard des adultes, même de ceux auxquels ils paraissent le plus étroitement liés. En dehors de Jean, de Michèle et, sur un autre plan, de mon père et de ma mère morte, aucune créature n'avait à mes yeux de réalité. Ce qu'on appelle : les autres, composait pour moi une figuration ; ils peuplaient le fond de la scène ; ils faisaient cercle, mais sans le voir, autour de mon cœur déchiré ou comblé, selon la place que j'occupais par rapport à Michèle et à Jean.

M. Puybaraud pouvait faire le tour du parc avec moi, orienter ses propos vers l'édification ou la culture de l'esprit, je lui donnais la réplique, en lui témoignant cette gentillesse un peu fourbe qui m'ouvrait si aisément les cœurs, dès que je m'en donnais la peine. Rien ne décelait au pauvre homme que mon cœur souffrait à mille lieues de lui, que je lui dévidais des propos sans aucun lien avec mes pensées ni avec mes sentiments réels, que je lui échappais sans gêne, sans effort, ne lui laissant que

cette apparence d'un enfant sage et attentif, sur
laquelle il déversait les trésors de sa belle âme.

J'avais sur lui l'avantage de ne rien ignorer de
sa propre histoire, mais ne m'y intéressais guère.
Le Puybaraud de ces vacances-là était en pleine
mue, à mi-chemin du siècle. Un panama avait
remplacé le haut-de-forme, et un veston la redingote ; mais il usait ses pantalons noirs et ses che-
mises empesées, même par les jours torrides. Il gardait avec moi le ton d'un éducateur chrétien, tout
en me confiant de lui-même beaucoup plus qu'il
n'est d'usage d'en livrer à un enfant. Aujourd'hui,
après tant d'années écoulées, et lorsque M. Puybaraud n'est plus que poussière, en relisant son journal, ce débat tout à coup me passionne, ce drame
dont je fus le témoin distrait, car il touche aux
problèmes dont je me sens chaque jour plus hanté,
à mesure que j'avance vers la mort.

Durant la première semaine du séjour de M. Puybaraud, Brigitte Pian ne s'ennuya pas à Larjuzon :
les journées étaient trop courtes pour épuiser le
bonheur d'aider un homme à débrouiller l'éche-
veau de sa vie intérieure ; elle n'avait plus le sentiment de perdre son temps ni d'aller contre sa
vocation qui était de révéler aux autres les vues que
Dieu avait sur eux, du fond de son éternité. M. Puybaraud venait lui proposer à domicile un cas pri-
vilégié où elle était assurée de donner toute sa
mesure, bien qu'elle ne se dissimulât pas le péril :
elle y trouvait une satisfaction trop vive, non certes

coupable, même de loin, mais elle ressentit d'abord trop de joie d'être écoutée comme un oracle par M. Puybaraud. Soumission tout apparente, hélas ! Très tôt, Brigitte Pian dut reconnaître qu'elle avait affaire à une brebis plus rétive qu'il ne paraissait au premier abord. « C'est une âme fuyante... » se disait-elle, dès la seconde semaine. Elle en vint à l'accuser de se dérober à la grâce, c'est-à-dire à ses directions.

La tendance de Brigitte Pian était de pousser les âmes vers les sommets, comme elle disait, et elle s'efforçait d'ouvrir les yeux de M. Puybaraud sur une des ruses du malin, qui est de retourner contre une âme chrétienne l'humble idée qu'elle se fait d'elle-même. Mon maître était persuadé qu'il n'avait guère présumé de ses propres forces en ne se croyant pas appelé au destin commun des hommes, et qu'il devait rejoindre, puisqu'il était temps encore, le chemin battu par tous les morts dont il était né, prendre une femme, lui aussi, en avoir des enfants, les nourrir comme un oiseau fait de sa couvée. Mais Brigitte Pian n'ignorait pas qu'il est souvent nécessaire d'arracher aux âmes ce masque de fausse humilité dont elles s'affublent. Elle affirmait, comme si elle en avait reçu communication de Dieu lui-même, que M. Puybaraud n'avait été enlevé à son collège, que parce que de toute éternité, il se trouvait destiné au cloître. Elle assurait que pour lui le vrai débat tenait dans l'unique question : à quelle porte devait-il frapper, à quelle règle s'assujettir ?

Non seulement Mme Brigitte ne gagnait rien
contre M. Puybaraud bien qu'elle eût porté la lutte
sur le terrain même qu'elle avait choisi, mais elle
dut reconnaître qu'elle se heurtait en lui à une
influence beaucoup plus puissante que la sienne,
— et laquelle, grand Dieu ! Celle de cette Octavie
Tronche qui inspirait à ma belle-mère un sentiment assez semblable à ce que les gens du monde
appellent le mépris. Mais Brigitte savait que nous
ne devons mépriser personne, et que même l'âme
d'Octavie Tronche a beaucoup de valeur aux yeux
de Dieu.

Ma belle-mère s'étonnait qu'absente, Octavie eût
plus de pouvoir sur M. Puybaraud, que lorsque à la
ville elle le rencontrait chaque jour. C'est que si
mon maître ne la voyait plus, il recevait d'elle une
lettre quotidienne, que Mme Brigitte dévorait du
regard et que M. Puybaraud lisait devant elle, durant le petit déjeuner du matin, avec une attention
incroyable. En vérité, tout ce qui parfois décevait
M. Puybaraud dans l'ingrate figure d'Octavie (bien
qu'il fût sensible au charme tout spirituel qui en
rayonnait) céda à l'admiration et au plus tendre
respect, durant cette séparation où la jeune fille
ne se manifestait plus à lui que par ces pages écrites
chaque soir avant de s'endormir.

Cette correspondance que j'ai trouvée dans l'héritage de M. Puybaraud ne saurait être publiée ici ;
non qu'elle ne le mérite, mais je doute qu'il existe
assez de lecteurs pour sentir ce charme de l'humilité
vraie, celle qui s'ignore elle-même et à qui son

propre rayonnement demeure inconnu. Je ne puis
cependant la passer entièrement sous silence parce
que la victoire qu'Octavie remporta sur ma belle-
mère, retentit cruellement dans plus d'une destinée.

Bien qu'Octavie eût beaucoup de considération
pour Mme Brigitte, elle trouvait, à distance le cou-
rage de lui résister et mettait en garde son ami
contre une trop grande défiance à l'égard de nos
propres lumières. Elle lui assurait que « même une
personne très supérieure à nous par la vertu, par
l'expérience et par les inspirations, ne peut sup-
pléer à cette connaissance personnelle du vouloir
divin qui est le fruit de la vertu d'abandon... Mon
idée est qu'il est bien d'écouter les conseils venus
du dehors, pourvu qu'ils ne nous détournent pas
de cette soumission attentive et surveillée à ce qui
se passe en nous. C'est en nous que Dieu parle
d'abord, mon ami, ne le croyez-vous pas ? Il me
paraît impossible que ce que je ressens pour vous
avec tant de force aille contre sa volonté ; la lumière
est dans votre direction, et si j'essaie de lutter contre
le mouvement qui m'y porte, je ne trouve que
ténèbres. Et ce qui me rassure, c'est qu'en vue de
votre bien temporel et spirituel, je renoncerais à
vous, non sans déchirement bien sûr, mais presque
sans lutte, cela je puis l'affirmer. Aussi égoïste que
je sois (et Dieu sait si je le suis !), je vous aime
bien trop pour me chercher moi-même. Je vous
aime tellement que je ne me débattrais pas une
seconde contre l'influence qui s'exerce sur vous à
Larjuzon, si j'étais assurée qu'elle sert à votre

bonheur et si on ne mêlait beaucoup trop de sub-
tilités à notre cas qui est très simple, très ordinaire.
Il y a un point d'ailleurs sur lequel, autant qu'une
pauvre fille ait le droit d'en juger, Mme Brigitte voit
faux : elle n'est pas pénétrée comme vous l'êtes
et comme je le suis, de cette vérité que toute chair
quoique blessée est sainte, et que le plus beau des
mystères de Dieu, en dépit du péché originel, est
la naissance d'un petit enfant. Je lui ai entendu proférer sur ce sujet des paroles que j'ai peut-être
mal interprétées. Oh ! mon ami, que j'adore en vous
ce sentiment que Dieu vous a donné pour les
enfants, pour ces petits enfants qu'il faut que nous
devenions si nous voulons obtenir une place au
Ciel ! Mais, incapable de leur ressembler, c'est
pourtant déjà beaucoup que de les mettre au monde.
Sans doute, il existe des vocations plus hautes...
Pourtant, en devenant votre femme, je ne crois pas
aller contre l'appel du Christ, contre son exigence
de tout quitter pour le suivre ; car je me soumets
d'avance à sa volonté adorable, à travers vous, mon
bien-aimé, à travers ceux qui naîtront de nous... A
cette seule pensée, je tressaille de joie... »

M. Puybaraud ne me montrait pas ces lettres et
je ne mesurai la défaite de ma belle-mère qu'au
sombre de son humeur, durant les repas surtout,
dont l'atmosphère devint presque irrespirable.

J'avais conscience que les affaires de M. Puybaraud allaient mal et que ses rapports avec Brigitte
Pian tournaient à l'aigre, mais j'étais moi-même

trop malheureux pour y prêter attention. Depuis
que Michèle avait griffé la joue de Jean, leur
alliance avait été scellée. Je ne bénéficiais plus
jamais de ces périodes où mon ami, redevenu
enfant, se joignait à moi pour taquiner la « fille ».
Leur unique souci, à chaque visite de Jean, était de
se ménager des instants de solitude et ils usaient,
pour me fuir, d'autant de ruses que j'en dépensais
moi-même pour ne les perdre jamais de vue. J'avais
honte de mon importunité, elle m'était odieuse et
pourtant je m'attachais à leurs pas, et feignais de ne
pas voir les signes d'impatience irritée qu'ils échangeaient.

Il suffisait que ma belle-mère m'appelât, que
M. Puybaraud eût une version corrigée à me remettre ou que je dusse m'absenter, ne fût-ce que quelques instants, pour être assuré qu'à mon retour,
Michèle et Jean se seraient envolés. Dans l'allée
où retentissait tout à l'heure le rire de Michèle, où
mon ami appelait le chien, de sa grosse voix
d'homme-enfant, je n'entendais plus que le chucho-
tement du vent dans les branches mouillées par
l'orage. Je criais leurs deux noms : « Michèle !
Jean ! où êtes-vous ? » et puis je me taisais, sachant
bien que, même s'ils m'avaient entendu, ils eussent
parlé plus bas encore, étouffé leurs pas, brouillé
leurs traces.

J'imaginais mal l'espèce d'attrait auquel ils cé-
daient, car je ne le ressentais pas moi-même dans
ma chair encore endormie. La jalousie naît de l'in-
soutenable vision du plaisir qu'une créature aimée

reçoit d'un autre et lui prodigue. Je doute que je
fusse capable alors de rien me représenter dans
cet ordre. Mais, leur bonheur, dû en partie à mon
absence, voilà bien en effet ce qui me faisait mal
à crier.

Je me souviens du jour où M. Puybaraud décida brusquement de partir. Durant le déjeuner,
M. Calou, qui avait accompagné Jean à Larjuzon,
parla presque seul. M. Puybaraud lui donnait la
réplique ; mais Mme Brigitte ne desserrait pas les
lèvres. Sa grande figure sombre aurait dû me faire
peur. En face d'elle, mon père tassé, la bouche
près de l'assiette, mâchait sans regarder personne.
Jean et Michèle, séparés par toute la table, se parlaient des yeux ; et moi, assis auprès de M. Puybaraud, je feignais de ne perdre aucune de ses
paroles. Mais rien n'existait au monde que cet
échange muet entre ma sœur et mon ami, que cette
paix de Michèle, que ce repos où je la sentais établie
parce que Jean se trouvait là. A ses yeux, je faisais
partie du reste du monde, c'est-à-dire de ce qui
n'existe pas. J'appartenais au néant.

La pluie orageuse ne nous permit pas de boire le
café sous les chênes. Ma belle-mère s'excusa de son
silence, se plaignit d'une migraine et me demanda
d'aller chercher dans sa chambre un cachet d'anti-
pyrine. Ces deux minutes suffirent à Jean et à
Michèle pour s'enfuir malgré la pluie. Je voulus
les poursuivre, mais l'averse ayant redoublé, ma

belle-mère me le défendit : « Tant pis pour Michèle, Toi, reste. »

Elle ne voyait donc rien ? La conduite de Michèle aurait dû lui faire horreur. Mais elle n'avait d'yeux que pour M. Puybaraud. Sa migraine qui n'était pas feinte l'obligea de se retirer. Aucune présence au monde n'aurait pu empêcher mon père d'aller faire sa sieste. Je demeurais donc seul dans la salle de billard à regarder à travers la porte vitrée la campagne ruisselante. Au salon, M. Puybaraud et l'abbé Calou parlèrent à mi-voix d'abord, mais bientôt je ne perdis plus rien de leur conversation. Mon maître se plaignait d'une tyrannie indiscrète. Je compris que M. Calou se moquait de sa pusillanimité et lui conseillait de prendre le large sans plus tarder.

« Ils ont dû se mettre à l'abri, me disais-je, dans la métairie abandonnée. » J'imaginais Michèle et Jean dans cette cuisine où seuls les bergers allumaient du feu, parfois, où les murs étaient noircis par des dessins, par des inscriptions qui faisaient rire Jean et que je ne comprenais pas. Ils s'embrassaient, ils étaient doux l'un pour l'autre. Michèle n'était jamais douce avec moi : même quand elle se montrait tendre, sa tendresse avait toujours un caractère de brusquerie. Jean, lui, à ses meilleurs moments, me parlait toujours en maître. Une brute, mais non pour Michèle. Il lui disait : « Vos mains sont froides » et il les retenait dans les siennes, un long moment. Il n'était jamais doux à mon égard...

Douceur que j'ai toujours attendue des êtres ! Ainsi je souffrais devant la campagne pluvieuse.

M. Calou voulut profiter d'une éclaircie pour rentrer à Baluzac. Il me demanda d'appeler Jean. Je fis sonner la cloche mais ce fut en vain : Jean ne parut pas. L'abbé Calou assura alors que son pensionnaire était assez grand pour revenir seul. Il fila sur sa bicyclette après avoir pris congé de Mme Brigitte qui, guérie de sa migraine, fit quelques pas dans l'avenue, avec M. Puybaraud. Depuis le perron, je les voyais aller et venir : mon maître parlait presque seul. L'entretien fut bref, et bien qu'il ne vînt jusqu'à moi aucun éclat, je compris qu'il avait tourné au pire. En passant, M. Puybaraud me caressa les cheveux. Il était très pâle :

— Je pars demain, mon petit Louis, je vais préparer ma valise.

Je l'entendis à peine : où étaient Michèle et Jean ? l'heure du goûter ne les avait pas ramenés à la maison. Je ne me rappelais pas qu'ils fussent jamais demeurés si longtemps seuls. Ce n'était plus le chagrin qui dominait en moi, mais la colère, la rage, le désir de leur faire mal : tout ce qui existe déjà de vil en nous à cet âge où l'homme que nous serons est déjà tout formé, tout équipé, avec son contingent d'inclinations et de passions.

Il ne pleuvait plus. Je marchais vite sous les arbres chargés de pluie. Parfois, une goutte me mouillait les oreilles, glissait le long de mon cou. C'était un pâle été sans cigales. S'il y avait eu à

Larjuzon un autre garçon, une autre fille, avec lesquels j'aurais pu faire bande à part... Mais aucun
visage, aucun nom ne s'offrait à ma pensée. A un
tournant, je vis venir vers moi ma belle-mère. Elle
m'observa, un instant, la main sur mon front. Je ne
pus me retenir d'éclater en larmes et fus incapable
d'abord de répondre à ses questions :

— Ils s'échappent de moi, balbutiai-je enfin.

Elle crut à un jeu d'enfants :

— Fais semblant de ne pas t'en apercevoir :
c'est eux qui seront le plus attrapés.

— Non, non : ils ne demandent que ça...

— Que ça ?

— Oui, insistai-je à mi-voix, être seuls...

Ma belle-mère fronça les sourcils : « Qu'est-ce
que tu veux dire ? » demanda-t-elle. Le soupçon,
un instant éveillé, ne se fixa pas : elle était trop
préoccupée elle-même, prisonnière de son propre
tourment ; mais la graine que j'avais jetée n'en avait
pas moins rencontré une terre propice, et tôt ou
tard, elle germerait.

— On est toujours puni d'attacher trop d'importance aux autres, murmura Brigitte Pian, avec
amertume. Vois-tu, mon petit Louis, je me demande
parfois si je ne me passionne pas trop pour leur
salut. Oui, je sais que le moindre d'entre eux a un
prix infini. Je sacrifierais ma vie pour qu'un seul
soit sauvé... Et pourtant, je suis effrayée, à certaines
heures, du temps que j'aurai perdu (du moins en
apparence, car Dieu seul est juge), en faveur de
créatures médiocres, pour ne pas dire viles. C'est

l'épreuve des grandes âmes que de s'épuiser dans les ténèbres au service d'esprits inférieurs, subalternes...

Ce dernier mot siffla entre ses lèvres serrées. Je compris que le type de l'esprit subalterne était, à ses yeux, M. Puybaraud. En quoi M. Puybaraud l'intéressait-il ? Est-ce qu'elle l'aimait ? Et si elle ne l'aimait pas, me disais-je, pourquoi se mettre dans un tel état à propos de lui ? Quel mal ou quel bien pouvons-nous recevoir des êtres que nous n'aimons pas ?

J'aperçus de loin Michèle assise sur une marche du perron. Sans que je lui eusse posé aucune question, elle me dit qu'ils avaient fait un tour à bicyclette et que Jean avait regagné Baluzac, sans repasser par Larjuzon. Elle devait descendre de sa chambre : elle s'était recoiffée avec soin, ses mains et son visage avaient été lavés. Elle m'observait, cherchant à deviner mes impressions ; mais je jouais l'indifférence et prenais plaisir à me sentir tout ensemble malheureux et maître de moi.

Je montai me coucher de bonne heure, avec l'intention de lire au lit, mais je ne le pus : à travers le plancher, les grondements d'une dispute violente me parvinrent. J'appris le lendemain de Michèle que ma belle-mère ne s'était plus contenue et qu'elle avait fort mal traité M. Puybaraud. Lui-même d'ailleurs avait perdu tout contrôle, exaspéré de ce qu'aux raisons qu'il donnait à ma belle-mère pour lui expliquer sa décision d'épouser Octavie, elle avait répondu, les yeux au ciel, que c'était une épreuve qu'elle avait toujours attendue, qu'elle consentait bien volontiers au sacrifice qu'il exigeait d'elle...

— Voyons, madame Brigitte, il ne s'agit pas de sacrifice pour vous... Cette affaire me concerne seul...

Mais Mme Brigitte ne voulait rien entendre. Elle était blessée et pardonnait l'injure reçue. C'était cette même réaction qu'elle opposait toujours aux personnes qui croyaient devoir l'avertir d'un tort qu'elle avait eu ou d'une injustice qu'elle avait commise : bien loin de le reconnaître et de se frapper la poitrine, elle tendait la joue gauche, protestait qu'il était excellent qu'elle fût ainsi méconnue et calomniée, et ajoutait une maille à ce tissu serré de perfection et de mérite dont elle s'enveloppait tout entière et à quoi elle ne s'interrompait jamais de travailler. Attitude qui avait pour effet d'exaspérer les gens et de les pousser à des paroles méchantes dont Mme Brigitte tirait derechef avantage, devant sa propre conscience et devant Dieu.

Pourtant, ce soir-là, elle céda à la rage dont elle débordait et dut passer toutes les bornes, puisque le lendemain, au petit déjeuner (qui nous fut servi plus tôt que d'habitude, car mon maître prenait le train de huit heures), elle s'abaissa jusqu'à lui faire, en ma présence, amende honorable.

— Mais si ! j'ai été indigne, lui répétait-elle dans une ivresse d'humilité. Je tiens à le proclamer devant Louis : quand je crois qu'une âme se trompe et va à sa perte, je ne me contiens plus... Mais l'excès de zèle ne suffit pas à excuser tant de violence. On n'a jamais fini de dompter sa nature, et je reconnais humblement que j'ai une nature de feu, ajouta-t-elle avec une visible satisfaction. Il faut que vous me pardonniez, mon ami.

— Non, madame Brigitte, protestait M. Puybaraud. Je ne puis supporter que vous vous abaissiez devant moi, je n'en suis pas digne !

Mais elle ne voulait rien entendre et prétendait garder le bénéfice de son geste : les frais en étaient faits et il ne lui coûtait rien d'aller à l'extrémité d'une humiliation qui obligeait sa victime à lui rendre les armes et qui la grandissait à ses propres yeux (une maille de plus au tissu de perfection).

— D'ailleurs, vous jugerez par ma conduite envers Octavie et envers vous, si je garde la moindre rancune. Je vous ai dit ce que j'ai cru en conscience devoir vous dire. Maintenant, c'est fini, je vous confie tous les deux à Dieu et vous n'aurez pas d'amie plus sûre dans la vie nouvelle si pleine d'embûches et, je le crains, d'épreuves, qui s'ouvre à vous.

M. Puybaraud lui prit la main et l'approcha de ses lèvres avec ferveur : que deviendraient-ils sans Mme Brigitte ? La situation d'Octavie à l'école libre, la sienne au Comité dépendaient d'elle, en somme : elle n'aurait qu'un mot à dire... Il épiait le visage de sa bienfaitrice qui, soudain, se vida de toute expression. Les paroles de Brigitte Pian devinrent vagues. Elle parlait de la Providence à qui il fallait se confier, qui ne nous abandonne jamais, et qui nous suit avec amour dans les moments les plus

durs et lorsque nous nous croyons abandonnés. Et,
comme M. Puybaraud revenait à ses moutons, elle
lui répéta qu'elle ne pouvait rien décider, n'ayant
qu'une voix au « Conseil », comme les autres mem-
bres du Comité.

— Oh ! madame Brigitte, insista-t-il, vous savez
bien que si vous prenez notre cause en main...

Mais, ce matin-là, ma belle-mère se sentait en
veine d'humilité, et plus M. Puybaraud voulait
qu'elle fût toute-puissante, pour les maintenir, lui
et Octavie, dans leurs fonctions, plus elle s'effaçait
et trouvait de joie à disparaître, à s'anéantir.

VI

Après le départ de M. Puybaraud, Larjuzon connut quelques jours de calme. Ma belle-mère ne quittait guère sa chambre ; elle écrivait et recevait beaucoup de lettres. La chaleur régnait enfin, mais l'orage qui ne rôdait plus derrière les pins, grondait au fond de plus d'un cœur. Cette semaine-là, Jean ne vint qu'une seule fois à bicyclette et il passa avec moi cet après-midi, mais je n'en ressentis aucun plaisir : l'instinct de souffrance qui ne me trompe jamais, m'avertissait que Jean ne cédait pas à son inclination, qu'il suivait un plan établi d'avance avec Michèle.

Elle ne chercha pas à nous accompagner lorsque nous allâmes nous asseoir au bord du ruisseau. Jean fut doux avec moi, ce jour-là, comme je l'avais tant désiré, et pourtant je ne m'étais jamais senti si triste ; car cette douceur avait son principe là même où mon chagrin prenait sa source : dans l'influence que Michèle avait acquise sur lui. Je souffrais de ce bonheur qui le baignait de toutes parts, lui, l'enfant, hier encore méconnu et torturé.

Nous nous parlions peu : il suivait son rêve et

moi j'avais l'esprit occupé d'un soupçon : il s'était
entendu avec Michèle pour se rencontrer ailleurs
qu'ici. Presque chaque jour, Michèle partait sans
moi à bicyclette, pendant que je travaillais. Ils
devaient avoir des rendez-vous entre Baluzac et Larjuzon... Il n'était venu aujourd'hui que pour donner
le change... Je l'observais tandis qu'il taillait une
branche d'aulne. Il me dit qu'il allait me faire un
sifflet. Sa figure brunie rayonnait de bonheur.

— M. Calou est tout de même un chic type. Figure-toi qu'il a écrit à l'oncle pour que maman
vienne me voir... L'oncle l'a permis : elle viendra
la semaine prochaine, elle couchera à Vallandraut...

— Oh ! mon vieux : que je suis content !

Oui, j'étais content : ainsi c'était la visite de sa
mère qui lui donnait tant de joie ! Michèle aussi,
bien sûr ! mais pas seulement Michèle...

— Tu ne connais pas maman ? tu sais que c'est
une beauté, ajouta-t-il en faisant claquer sa langue.
Des peintres connus ont demandé à faire son portrait. D'ailleurs, tu la verras : elle compte venir
remercier ta belle-mère. Elle tient à venir, elle me
l'a écrit. Elle sera très contente de faire cette démarche et ce n'est pas dans ses habitudes ! Je lui ai
beaucoup parlé de toi, de Michèle. Je suis sûr que
Michèle lui plaira. Maman aime les natures sponta-
nées. Je ne crains qu'une chose, c'est que Michèle
se surveille trop, tu sais, quand elle veut être bien
élevée, qu'elle fait sa bouche en cul de poule, ce
n'est pas son genre. Il ne faut pas qu'elle soit trop
bien coiffée, tu ne trouves pas ?

Je ne répondis rien : c'était à lui-même qu'il parlait, et qu'étais-je à ses yeux ? Il regarda sa montre,
bâilla, et, soudain, me prit par le cou et m'embrassa.
Il débordait de tendresse, j'en recevais une goutte
parce que je me trouvais là, mais je savais que
c'était à Michèle qu'il avait donné ce baiser.

Ce jour-là, ils se séparèrent sur une poignée de
main assez froide. Mais comme il était déjà sur sa
bicyclette, ils échangèrent quelques mots à voix
basse. Durant le dîner, ma belle-mère parla de la
comtesse de Mirbel et de sa visite attendue. A l'entendre, c'était une personne qui, par sa grâce même
et par sa beauté, représentait ce que le monde offre
de plus délicieux. Elle avait fait beaucoup parler
d'elle. Sans doute la charité nous interdit de croire
ce qui se colporte et Brigitte Pian n'ajoutait aucune
foi à ces abominations : tant qu'on n'a pas vu de
ses yeux, on n'a le droit de rien affirmer. D'ailleurs,
si le scandale avait été grand, il fallait reconnaître
que, depuis son veuvage, Julia de Mirbel, sauf les
quelques mois passés à Paris chez les La Mirandieuze, vivait fort retirée au château de La Devize,
et que son attitude témoignait d'une grande dignité.
Il ressortait de ces propos que la fille du préfet
de l'Empire attachait beaucoup d'importance à la
démarche d'une personne dont les parents n'auraient pas honoré les siens d'un regard. Cette visite
représentait, dans cet ordre, le seul plaisir d'amour-
propre que ma belle-mère pût encore connaître,
car elle appartenait sans conteste à la première

société de la ville, moins par ses origines et par sa fortune, que grâce à son pouvoir occulte dans le monde édifiant et au prestige d'une vertu éclatante. C'était sans doute le nom de Mirbel qui avait ouvert à Jean les portes de Larjuzon, sans que ma belle-mère poussât les hauts cris et bien qu'on eût toujours parlé de lui, chez nous, comme d'un mauvais sujet et d'une « forte tête ».

Après le dîner, la lune se leva et Michèle voulut faire le tour du parc. Mon père sortit de sa torpeur pour lui répéter exactement la phrase que notre mère lui disait toujours, à ce moment-là : « Couvre-toi, on sent l'humidité du ruisseau... »

La même joie dont Jean débordait cet après-midi, je la retrouvais dans Michèle ; la même joie, le même enivrement. La lune éclairait son visage légèrement prognathe, cette lèvre inférieure gonflée qui lui donnait un caractère avide, presque animal. Et telle était en effet sa nature : je n'ai rencontré personne au monde qui ait eu autant que Michèle, et dès sa quinzième année, un tel appétit de bonheur. Il se trahissait à sa façon de mordre à pleines lèvres dans un fruit, d'enfouir son nez au fond d'une rose, et à l'abandon enchanté de son sommeil qui la surprenait parfois sur l'herbe, à mes côtés. Mais elle n'attendait jamais passivement du dehors toute jouissance : l'instinct de lutte et de conquête la tourmentait, et elle me le prouva bien, ce soir-là, en me parlant de Jean. Car c'était pour me parler de lui qu'elle m'avait demandé de faire le tour du

parc. Elle s'y décida, un peu avant de longer les
prairies pleines de brouillard, mit son bras nu
autour de mon cou, et je sentis son souffle contre
mon oreille : c'était fou ce qu'elle avait à me dire...
Je ne la croirais pas, tellement c'était merveilleux !

— Oui, figure-toi, nous sommes fiancés... Mais
si ! c'est sérieux, bien qu'il n'ait pas dix-sept ans
et moi je vais en avoir quinze... Personne, bien sûr,
ne pourrait le croire ; on nous rirait au nez... Aussi
ne le dirons-nous à personne, sauf à toi, à toi seul,
à toi, notre petit Louis... Pourquoi pleures-tu ? Ne
trouves-tu pas que c'est merveilleux ?

Merveilleux ! Il n'y avait pas de mot qui lui fût
plus familier. Je cachais ma figure contre son épaule
et elle me laissa pleurer sans m'interroger, habituée
à mes larmes que je versais à tout propos. Je ressentais d'ailleurs une grande paix : il n'y avait plus
de question à se poser, tout était résolu, je n'avais
plus à espérer ni à attendre que cette place de confi-
dent qu'ils m'assignaient. Je ne serais plus jamais
le premier, l'unique dans le cœur de Michèle. L'eau
faisait son doux bruit glacé au bas des prairies.
Michèle sentait l'œillet chauffé ; elle m'essuyait les
yeux avec son mouchoir, en continuant de me parler à voix basse.

J'avais deviné juste : ils se rencontraient plusieurs fois par semaine, derrière le moulin de M. Du
Buch. Leur terreur était que ma belle-mère les
découvrît. Michèle me fit jurer de ne rien dire qui
pût la mettre sur leur piste. Alors, je me souvins
d'avoir rapporté à Brigitte Pian que Jean et Michèle

se cachaient de moi. Je l'avais dit sans penser à mal
(l'avais-je dit sans penser à mal ?). Peut-être son
attention avait-elle été éveillée ?

— J'ai peur d'elle, Louis, elle déteste tellement
qu'on soit heureux ! Je sens qu'elle m'en veut, surtout, parce que je n'ai pas l'air de souffrir. Il faut
nous tenir sur nos gardes... Mais Jean est si impru-
dent !

Elle me parla de lui avec une liberté dont j'aurais
été bien incapable. Elle n'ignorait pas le risque
qu'elle courait : c'était quelqu'un de plus terrible
encore que ne l'imaginait son oncle. Je me demande
aujourd'hui pourquoi elle le trouvait si terrible, car
il m'a dit lui-même qu'il eût cru commettre le plus
atroce sacrilège, s'il avait rien tenté de plus que de
l'embrasser chastement... Peut-être savait-elle qu'il
ne resterait pas cet agneau, toute sa vie... D'ailleurs elle n'avait pas peur de lui. Et puis, c'était de
celui-là et non d'un autre qu'elle serait la femme :
elle l'avait choisi, et lui aussi l'avait choisie bien
qu'ils fussent encore des enfants. Vivrait-elle cent
ans, aucun autre garçon n'existerait à ses yeux. Il
n'y avait pas à revenir là-dessus. Il était si intelli-
gent et si fort...

— Et puis, tellement beau, tu ne trouves pas ?

Non, je ne le trouvais pas beau. Qu'est-ce que la
beauté pour un enfant ? Sans doute, est-il surtout
sensible à la force, à la puissance. Mais cette question dut me frapper puisque je me souviens encore,
après toute une vie, de cet endroit de l'allée où
Michèle m'interrogea ainsi, à propos de Jean. Sau-

rais-je mieux définir, aujourd'hui, ce que j'appelle
beauté ? saurais-je dire à quel signe je la reconnais,
qu'il s'agisse d'un visage de chair, d'un horizon,
d'un ciel, d'une couleur, d'une parole, d'un chant ?
A ce tressaillement charnel et qui, pourtant, intéresse l'âme, à cette joie désespérée, à cette contem-
plation sans issue et que ne récompense aucune
étreinte...

— Ecoute, Michèle, repris-je, tu sais ce qu'on dit
de Jean, au collège, qu'il est un sale type ?

— Oui, peut-être... Mais M. Calou ne trouve pas
qu'il le soit. Et puis, il y a une chose qui va te faire
bondir : mieux vaut être un sale type que d'être
vertueux comme Brigitte Pian...

— Oh ! Michèle !

— Oui, plutôt en enfer sans elle qu'au ciel avec
elle !

— Oh ! chérie, c'est un blasphème, protestai-je,
ça va te porter malheur. Demande vite pardon. Vite,
fais un *acte* !

Elle esquissa docilement un rapide signe de croix,
marmotta quelques paroles : *Je me repens de tout
mon cœur du péché que j'ai commis contre votre
adorable majesté...* Puis, éclata de rire :

— Sais-tu ce qu'a dit M. Calou à Jean ? A propos de Brigitte ? Que ce sont de ces personnes qui
choisissent Dieu, mais que Dieu, lui, ne choisit peut-
être pas...

— M. Puybaraud, répondis-je choqué, trouve que
M. Calou a trop d'esprit pour un prêtre, qu'il est
trop mordant et que ses idées sentent le fagot.

Michèle ignorait ce que voulait dire : sentir le fagot. Mais je ne répondis pas à sa question, préoccupé depuis un instant d'un bien autre souci :

— Ecoute, chérie, lui demandai-je brusquement, je voudrais que tu me dises... Tu ne te fâcheras pas ? Est-ce qu'il t'embrasse ?

— Bien sûr ! dit-elle. Et ardemment, elle ajouta : tu ne peux pas savoir... C'est merveilleux ! Mais, par exemple, rien de plus, Louis. Rien de rien ! Ne va pas t'imaginer...

Grand Dieu ! qu'auraient-ils pu faire de pire que de s'embrasser ? J'avais les joues en feu. Je regardais Michèle qui avait un an de plus que moi (mais elle était déjà une femme et moi encore un enfant). Qu'elle me paraissait vieille ! chargée d'expérience et de péchés !

— Que tu es bête, Louis ! Puisque je te dis que nous sommes fiancés...

Elle aussi cherchait à se rassurer ; sa conscience n'était pas tranquille. Mais une vague nouvelle de bonheur la recouvrit tout à coup, et elle fredonna d'une voix qui n'était pas posée encore, qui avait de brusques fêlures, cet air de Gounod que notre mère chantait par des nuits pareilles :

Le soir ramène le silence...

Je mis du temps à m'endormir : non que j'eusse plus de chagrin que d'habitude, mais un remords me tourmentait. J'essayais de me rappeler de quel front Brigitte Pian avait accueilli ma plainte contre Jean et Michèle « qui se cachaient de moi ». Je la

connaissais trop pour me rassurer sur ce qu'elle
n'avait rien manifesté : je n'ignorais pas sa maîtrise et qu'elle ne cédait jamais à un premier mouvement. Elle enfouissait ses griefs et les déterrait
des semaines après, alors que personne ne se souve-
nait plus de ce qui en avait été le prétexte. Je recevais des observations sur la conduite que j'avais
tenue en telle circonstance, l'année précédente, et
dont elle me parlait pour la première fois.

De légers changements dans ma belle-mère accru-
rent mon inquiétude et je mis ma sœur en garde.
J'attirais son attention sur ce que Mme Brigitte restait moins dans sa chambre et qu'en dépit de la
chaleur, on la surprenait à toute heure du jour dans
les escaliers ou même dans le parc. Elle entrait au
salon sans qu'aucun craquement eût annoncé sa
venue. Michèle tenta de me rassurer en rappelant
que notre belle-mère n'avait plus M. Puybaraud à
se mettre sous la dent. Mais le jour où Jean revint
à Larjuzon, je connus à certains signes qu'il était
entré dans l'orbe des préoccupations de Brigitte.
Un matin, au petit déjeuner, elle s'étonna de ce que
Michèle filait sur les routes à l'heure de la sieste
et lorsque les animaux eux-mêmes restent à l'étable.

Brefs éclairs qui annonçaient le cyclone. J'eus du
moins la consolation de me dire que mes craintes
avaient été vaines et que je n'étais pour rien dans
ce malheur. Je n'ai pas eu encore l'occasion de parler des Vignotte : l'homme d'affaires de Larjuzon
et son épouse n'occupaient cette place que depuis
peu d'années. Ils y avaient été introduits par ma

belle-mère et ce fut sans doute la première cause de sourd dissentiment entre elle et mon père. Brigitte, à peine mariée, s'était mal entendue avec le vieux Saintis qui était né sur la propriété et dont mon père supportait, sans en souffrir, le franc-parler, l'ivrognerie et la paillardise. Une personne qui s'établit à la campagne, après avoir toujours vécu à la ville, a vite fait d'entrer en lutte contre les paysans et de se les mettre à dos : c'est un thème bien connu, que Balzac a traité. Mais, à l'opposé de ce qui se passe dans ces sortes d'histoires, les paysans de Larjuzon furent battus par la dame de la ville. Saintis, après boire, se montra si grossier à l'égard de ma belle-mère que mon père fut contraint de s'en séparer. Il ne pardonna jamais à sa seconde femme de l'avoir mis dans cette nécessité.

Les Vignotte, que patronnait Brigitte, ne furent pas acceptés de bon cœur par mon père : il ne pouvait souffrir son nouvel homme d'affaires et regrettait le vieux Saintis, tout ivrogne et chapardeur qu'il fût.

Dans un pays où toute langue est redoutable, celles des Vignotte étaient de beaucoup les plus redoutées. Mme Vignotte, dont la bouche dévastée aspirait les lèvres et les joues, et qui n'était plus qu'un énorme bec chaussé de bésicles sous les faux bandeaux d'un noir luisant, ne revenait jamais de chez les fournisseurs sans faire à Mme Brigitte des rapports où les attaques de front étaient rares, mais non les sous-entendus ni les rires étouffés. L'étrange était que cette vieille femme fort dévote et qui

n'avait jamais quitté le village, ne semblait déconcertée ni réduite au silence par l'adultère, il va
sans dire, mais même par l'inceste, et que toutes les
aberrations et jusqu'aux crimes de Sodome la trouvaient avertie, ricanante et clignant de l'œil.

Le bourg était le domaine de la vieille, mais au
père Vignotte appartenaient les bois et les champs
qu'il dominait de sa carriole perchée sur de hautes
roues, dans ses randonnées de métairie en métairie.
Que de couples qui se croyaient bien cachés, à
l'heure la plus brûlante ou au crépuscule, furent
découverts par son œil d'épervier ! Quelquefois, il
n'apercevait pas la bête elle-même, mais deux bicyclettes derrière un buisson, symboliquement accrochées l'une à l'autre, suffisaient à le remplir d'une
affreuse joie. Or, un jour, non loin d'une cabane
pour la chasse à la palombe, il reconnut, toute
petite auprès d'un grand vélo poussiéreux, cette
même bicyclette que, la veille, Mlle Michèle lui
avait demandé d'huiler... (Comme si c'était son travail !)

Selon sa méthode, Brigitte Pian ne fit pas état
d'abord de ce que lui rapportait Vignotte. Elle feignit de ne pas le croire et par là l'incita à redoubler
sa surveillance. Plus elle refusait de se laisser convaincre et plus il se montra brutal dans ses accusations et jusqu'à affirmer que Mlle Michèle et le
petit de chez M. Calou... Cela fut dit et juré avec
de grands serments. Il l'avait vu de ses yeux ou
c'était tout comme. Car ce n'était pas au père Vi

gnotte qu'on ferait croire qu'un garçon comme le drôle de chez M. Calou pouvait rester plus d'une heure enfermé avec une fille dans une palombière... Allons ! Voyons ! il ne faut tout de même pas raconter des histoires : on a été jeune, on sait comment ça se passe. Ce n'est pas parce qu'il s'agit d'une demoiselle... Et d'ailleurs, il suffisait de la regarder ; celle-là... Il y avait beau temps qu'Abeline Vignotte l'avait percée à jour : ça ne l'avait pas étonnée. « Moi, je lui disais, non, Abeline, des agaceries, oui, peut-être... — Ah ! ouiche ! qu'elle me répétait, on n'a qu'à voir comme elle est développée des hanches et de tout ! C'est malheureux, tout de même ! une fille qui a sous les yeux l'exemple de madame Brigitte ! »

Brigitte avait décidé d'attendre la visite de Mme de Mirbel, avant de prendre un parti. L'affaire, d'ailleurs, était grave à bien des égards, et délicate : M. Pian adorait Michèle et il était difficile de prévoir comment il réagirait. D'après un carnet de M. Calou, et qui a trait à cette histoire, il semble aussi que ma belle-mère ait été, à ce moment-là, retenue par un scrupule (car elle était dès cette époque scrupuleuse, bien qu'elle ne le fût pas encore jusqu'à la folie). Ce qui la troublait, c'était de ne pouvoir se dissimuler la joie qu'elle ressentait de ce malheur, dont elle aurait dû être honteuse et consternée ; car enfin, n'était-elle pas la seconde mère de Michèle ? Mais cela seul importait pour Brigitte Pian devant une difficulté de cet ordre : vaincre le scrupule par la logique. Il lui

fallait trouver une raison qui légitimât son plaisir
et le fît entrer dans le système de son perfectionne-
ment.

Ce qui l'aida, cette fois-là, ce fut d'avoir fixé son
esprit, l'espace de quelques secondes, sur les perspectives brillantes d'une alliance avec les Mirbel,
— perspectives d'ailleurs bien lointaines, bien dou-
teuses, et auxquelles il eût été fou de s'attacher,
étant donné l'âge du garçon. Mme Brigitte n'eut
guère de peine à repousser cette tentation, mais
s'en glorifia et ajouta diligemment une maille à
l'épais tissu de ses mérites. Oui, selon l'esprit du
monde, elle aurait dû tirer avantage de ce scandale ; mais non, elle le ferait tourner au salut de
cette misérable enfant. Que cette petite eût, sinon
touché le fond de l'abîme, du moins qu'elle l'eût
si jeune approché, c'était un malheur, certes, mais
qui rendrait possibles les mesures décisives pour son
relèvement. La situation serait nette ; les écailles
tomberaient des yeux de M. Pian, et tout l'esprit de
la maison pourrait être transformé ; enfin rien ne
serait plus profitable à Michèle que l'humiliation
dont elle allait être abreuvée.

Mme Brigitte nourrissait avec soin, à l'égard de
Michèle, des pensées miséricordieuses : car la miséricorde était un article qu'elle ne négligeait pas.
Comment n'eût-elle pas été indulgente, en se rappelant de qui cette pauvre enfant était la fille ? La
première Mme Pian avait été précipitée dans les
ténèbres par une mort brusque et terrible et sur
laquelle avait plané le soupçon, trop fondé, du sui-

cide. Brigitte détenait un dossier que la charité l'avait retenue d'ouvrir devant son époux aveuglé. Elle y avait résisté jusque-là, malgré les comparaisons désobligeantes pour elle et même injurieuses, auxquelles M. Pian se livrait parfois. Il avait fallu à Brigitte beaucoup de vertu pour se taire, — une vertu héroïque, Dieu le savait. Mais peut-être le jour était proche où, pour défendre la fille, elle devrait étaler sous les yeux du père et de l'époux outragés, les preuves écrites que la femme qu'il pleurait ne méritait pas ses larmes, mais qu'en revanche, la fille imprudente, sinon coupable, devait être pardonnée, à cause du lourd héritage dont elle subissait le poids écrasant.

Ainsi, Brigitte Pian colorait le plaisir qu'elle goûtait par avance. C'était une logicienne, fidèle à une route droite, jalonnée de principes évidents et où elle ne faisait un pas qui ne reçût à l'instant même sa justification. Plus tard, elle céderait à ces inquiétudes obscures qu'elle refoulait encore sans trop de peine : elle quitterait la route rassurante et battrait les buissons dans le maquis des motifs inavouables. Un jour viendrait où ses actes accomplis à jamais la harcèleraient, en tournant vers elle un visage inconnu et horrible. Mais elle en était encore bien éloignée et il fallait que beaucoup d'autres souffrissent encore par sa faute, avant que cette femme eût la révélation de l'amour qu'elle croyait servir et qu'elle ne connaissait pas.

VII

De la journée que passa la comtesse de Mirbel à Larjuzon, je n'ai gardé d'impression très vive que sur un point : Jean m'apparut, ce jour-là, dans une lumière toute nouvelle. Le mauvais garçon trop précoce, le cancre dont l'oncle Adhémar et M. Rausch ne pouvaient venir à bout qu'à coups de cravache, le type dangereux, bien qu'il fût parfois gentil, presque tendre, c'était cela : le mal, qu'il représentait pour moi. Je l'aimais, bien sûr, mais sans aucun sentiment d'estime. Et par une contradiction qui ne me gênait guère, ma sœur s'était beaucoup diminuée à mes yeux en s'attachant à lui.

Mais Jean, auprès de sa mère, m'apparut très différent : il ne la quittait des yeux que pour guetter sur nos visages les signes de notre admiration. A chaque trait qui échappait à la comtesse, il me regardait en riant, comme s'il avait eu peur que je n'aie pas compris ou que je fusse insensible à tant d'esprit. Dès les premières minutes, il avait joui de notre surprise devant une créature si fine, si jeune, et qui était la mère de ce grand garçon de dix-sept ans. Aujourd'hui, le miracle de la jeunesse retrouvée court les rues ; il suffit d'y mettre le prix. Mais, en ce temps-là, une mère de famille étonnait si elle avait gardé la taille d'une adolescente. Ainsi fûmes-nous d'abord plus frappés par l'aspect juvénile de la comtesse que par sa beauté qui était presque parfaite, mais non éclatante.

Elle avait peur du soleil et mettait autant d'acharnement à le fuir qu'elle en dépenserait aujourd'hui pour lui livrer tout son corps. Ce n'était pas assez de la voilette qui enveloppait son canotier et son visage ; elle ouvrait son ombrelle fanfreluchée pour traverser la moindre coulée de soleil, et elle n'enleva à demi ses gants longs que durant le déjeuner. Très attentive à l'effet qu'elle produisait sur nous, elle se montrait simple avec affectation. Après qu'on eut servi le café sous les chênes, Jean entraîna sa mère dans l'allée du tour du parc pour qu'elle pût causer avec Michèle. Durant leur brève absence, l'abbé Calou et mes parents échangèrent des remarques acides.

— C'est une personne supérieure dans son genre, dit ma belle-mère. Sur un plan qui, bien entendu, ne m'intéresse nullement et du seul point de vue du monde. Le culte de son propre corps poussé à ce degré a un caractère nettement idolâtrique, qu'en pensez-vous, monsieur le curé ?

Bien qu'à cette époque elle tînt encore l'abbé Calou pour un bon prêtre érudit, mais un peu simple et dénué d'ambition, ma belle-mère le trouvait de jugement faible et bizarre et comme elle disait « l'avait à l'œil », car elle se reconnaissait un droit

de surveillance sur toute soutane qui passait à sa
portée.

— La comtesse de Mirbel est une « littéraire »,
disait le curé, et il éclata d'un rire sans proportion
avec une parole aussi peu comique. Savez-vous
qu'elle écrit des romans ?

— Elle ne les a pas publiés ? demandai-je.

— Non, lança ma belle-mère, sarcastique, elle se
contente de les vivre.

Grand Dieu ! une médisance, et devant un enfant
qui risquait d'en être scandalisé ! Une maille, deux
mailles venaient de sauter dans le tissu de perfection ; mais déjà, Brigitte Pian s'acharnait à la
reprise : ce qu'elle en disait ne correspondait à
rien qu'elle sût de façon certaine ; elle regrettait
de n'avoir pas retenu à temps cette saillie.

— Je vous donne l'absolution, madame, dit
l'abbé Calou.

— Il y a des mots qu'un prêtre ne doit pas prononcer à la légère, riposta Mme Brigitte en fron-
çant les sourcils.

Nous vîmes venir de loin la comtesse entre son
fils et Michèle. Jean marchait le visage tourné vers
sa mère ; il riait et se penchait pour écouter avec
inquiétude les réponses de ma sœur. Il ne nous
voyait pas : ces deux créatures adorées nous cachaient à lui. Je souffrais, mais sans jalousie. Je
me sentais ému aux larmes. Jean n'était pas ce
que nous avions cru ; il était bon, bien qu'il parût
méchant quelquefois. Brigitte Pian observait le

groupe qui approchait. Les coins de la bouche un peu tombants, sa grande figure ressemblait à un masque ; mais je ne pus rien déchiffrer sur cette face confite. L'abbé Calou, lui non plus, ne les perdait pas des yeux ; il paraissait préoccupé et triste. Lorsque nous fûmes à portée de les entendre, une discussion avait éclaté entre la mère et le fils.

Jean la suppliait de permettre qu'il l'accompagnât à Vallandraut. Elle secouait la tête : il fallait s'en tenir strictement au programme tel qu'il avait été fixé par l'oncle Adhémar. Il était entendu qu'elle dînerait de bonne heure au presbytère avec Jean, puis la voiture la ramènerait à Vallandraut où elle se coucherait aussitôt pour repartir le lendemain : le train était à six heures, elle devrait se lever à l'aube. Leur séparation aurait donc lieu, ce soir, chez l'abbé Calou.

Mais Jean ne renonçait jamais à ce qu'il désirait. Les raisons de sa mère glissaient sur lui, ne l'atteignaient pas ; rien ne comptait que son désir de passer auprès d'elle une partie de la nuit. Son projet secret était même de veiller avec elle et d'attendre la venue du jour.

— Songez que nous sommes séparés toute la vie, que je ne vous vois jamais, et vous refusez de me donner une soirée, une nuit, alors que cela vous est possible.

Il avait pris ce ton exigeant que je connaissais bien et cette expression butée qui exaspérait M. Rausch. Mais sa mère mettait autant de volonté dans son refus que lui dans son insistance. Michèle,

discrète, s'éloigna d'eux. Le ton de la dispute montait ; nous entendîmes Mme de Mirbel la clore d'une
voix sèche :
— J'ai dit : non, et ce sera non : tu demandes
toujours plus qu'on ne te donne. Tu gâtes à plaisir
cette journée... Non, je ne veux pas entendre un
mot de plus.

Et elle s'approcha de nous avec ce sourire qui
semblait l'illuminer tout entière, mais on la devi-
nait tendue et frémissante. Jean l'observait en dessous, l'œil plein de défi. Après que ma belle-mère
et Michèle eurent servi des sirops de groseille et
d'orgeat, la comtesse regagna sa voiture en expri-
mant de nouveau à ma belle-mère sa gratitude, mais
elle nous parut plus distante et plus distraite qu'à
l'arrivée. Je suivis des yeux la victoria qui s'éloi-
gnait. Jean était assis sur le strapontin. Aucune joie
n'éclairait plus sa figure obstinée que cacha bientôt
l'ombrelle, brusquement déployée, de la comtesse.

Des événements que je vais rapporter, aucun
détail n'est imaginaire, bien que Jean n'y ait fait
devant moi que de rares allusions ; mais un carnet
entier de l'abbé Calou leur est consacré.

A peine la victoria eut-elle atteint la grand-route,
que Jean revint à la charge. Il ressemblait, quand
il s'acharnait ainsi, à un chien courant sur une piste.
Mais ce fut en vain : sa mère s'enfermait dans son
refus avec une décision exaspérée. A bout d'argu-
ments, elle se tourna à demi vers l'abbé Calou qui
les observait en silence.

— Voyons, monsieur le curé, puisque vous êtes chargé de Jean, veuillez lui faire entendre raison.

Il répondit sèchement « qu'aujourd'hui, il avait passé la main ». Elle repartit avec un rien d'insolence que c'était pourtant le moment ou jamais de faire montre de sa fameuse poigne. Là-dessus, Jean se leva, pâle de rage, et profitant de ce que les chevaux, à une montée, ralentissaient leur train, sauta de la voiture et manqua de glisser sous une roue.

Le cocher tira sur les rênes ; l'attelage se cabra. Quand la comtesse et le curé l'eurent rejoint, Jean s'était déjà relevé. Il n'avait aucun mal. Sur cette route déserte, la mère et le fils s'affrontèrent un instant du regard, sans échanger de parole. Le temps était couvert avec des retours de soleil ; les cigales s'interrompaient, reprenaient dans une sorte de long prélude grinçant. Le cocher avait peine à tenir ses chevaux, harcelés de mouches plates qu'il chassait de son fouet.

— Je ne puis que donner raison à ton oncle : tu es un enfant intraitable.

Mais lui, reprenait son argumentation : il ne l'avait pas vue depuis le dernier trimestre ; elle avait fait ce voyage exprès pour lui et elle voulait le frustrer de la seule soirée qu'ils pourraient passer ensemble.

— Jean, dit-elle, mon enfant chéri, j'ai promis à ton oncle, j'ai engagé ma parole... La prochaine fois, je te réserverai une nuit entière ; et je n'attendrai pas la fin des vacances. Mais il ne faut pas mettre l'oncle contre nous. Allons, monte, assieds-

toi entre nous deux. Il ne vous gêne pas trop, monsieur le curé ? Serre-toi contre moi... comme un
bébé, ajouta-t-elle en l'enveloppant de son bras.

Il ne résistait plus, s'abandonnait. Il avait cédé,
enfin ! L'ombre des pins s'allongeait, rayait la route
d'un talus à l'autre. L'abbé Calou détournait la tête.

— C'est l'heure d'attraper des cigales, dit Jean.
Elles descendent avec le soleil, le long des pins ;
elles chantent presque à hauteur d'homme.

La comtesse soupira, délivrée. Il parlait d'autre
chose, il avait lâché prise. Devant le presbytère, elle
avertit le cocher que ce n'était pas la peine de déte-
ler, qu'elle partirait pour Vallandraut avant huit
heures. Mais l'homme ne voulut rien entendre : il
voulait faire boire et manger ses bêtes ; par ces
chaleurs, elles avaient besoin d'être ménagées. La
comtesse obtint seulement qu'il n'enlèverait pas les
harnais.

A table, elle se plaignit de ce que le trop bon
déjeuner de Mme Pian ne lui permettait pas de
faire honneur aux poulets de Maria. Il n'était que
sept heures et la lumière horizontale embrasait la
petite salle à manger du presbytère, malgré le store
baissé.

— Comme c'est sympathique ! disait-elle, je me
représente ainsi la salle à manger de Jocelyn...

Elle salissait à peine son assiette et se tournait
sans cesse vers la cuisine. Le service était lent,
Maria n'ayant personne pour l'aider. Le curé dut
se lever plusieurs fois et il revenait de la cuisine
avec le plat, mais sans gaieté, sans bonne grâce,

encore bouleversé peut-être par ce qui s'était passé dans la voiture. Jean ne s'étonnait pas que le prêtre demeurât insensible au charme de sa mère. C'était dans l'ordre : « Ça ne pouvait coller entre eux », songeait-il. Et puis, elle ne dissimulait pas assez sa hâte de partir. Elle-même s'en rendit compte et chercha une excuse : le cocher lui faisait peur, elle lui trouvait une mine patibulaire.

— Je n'ai pas envie de me trouver tard sur les routes avec cet homme...

Jean l'interrompit :

— Je vous escorterai à bicyclette, maman.

Elle se mordit les lèvres :

— Jean ! Tu ne vas pas recommencer ! Tu m'avais promis...

Il baissa la tête. Maria apportait le « réduit », son triomphe.

— Vous n'en mangerez pas beaucoup comme celui-là, dit le curé.

La comtesse fit l'effort d'avaler quelques bouchées. Elle n'en pouvait plus, mais elle avait le goût de plaire et il lui eût été trop dur de partir en laissant derrière elle des êtres déçus. Elle essaya donc d'être aimable avec son hôte, et tendre avec le petit. Le curé ne se dérida pas. A peine le dessert achevé, il sortit pour aller lire un peu de bréviaire. La comtesse comprit qu'il voulait leur ménager quelques instants de tête à tête, avant la séparation. Jean le comprit aussi, et se rapprocha de sa mère. Il aurait pu dire très précisément ce qu'elle ressentait à cette minute : il savait qu'elle avait hâte de partir

et honte de le manifester. Elle s'obligeait à caresser
les cheveux de son garçon, mais consultait souvent,
d'un œil furtif, le cartel accroché au-dessus de la
cheminée. Jean, qui avait surpris son regard, l'avertit : « Il avance beaucoup... » Elle protesta qu'elle
pouvait lui donner un instant encore. Elle lui faisait
des recommandations, d'une voix distraite. Cet abbé
Calou n'était pas si terrible, en somme... Jean n'était
pas malheureux.

— Non, maman, non... Et même je suis heureux,
très heureux, ajouta-t-il avec une timide ardeur.

Elle ne vit pas ses joues empourprées, elle ne
s'aperçut pas de son frémissement. La veille, il avait
résolu de se confier à sa mère, il espérait qu'elle ne
rirait pas, qu'elle ne se moquerait pas de lui, qu'elle
prendrait la chose au sérieux... Mais il avait laissé
passer le temps et maintenant il était trop tard pour
s'épancher... Mieux valait ne pas prononcer le nom
de Michèle à la dernière minute. Ces raisons, qu'il
se donnait, en dissimulaient une autre qu'il n'eût
pas osé s'avouer : il était inutile de se livrer à cette
créature lointaine. Bien des années plus tard, un
jour que Jean me parlait au coin de mon feu, rue
Vaneau, à Paris, des heures les plus sombres de sa
vie, il n'oublia pas ce crépuscule encore torride,
dans la salle à manger du presbytère, où il était
assis tout près de sa mère adorée, leurs genoux se
touchant presque, et il épiait ses regards sans cesse
tournés vers la pendule. A travers la porte vitrée,
il apercevait le curé qui allait et venait, dans le
potager, en lisant son bréviaire.

— Je reviendrai avant la fin des vacances, mon chéri, je te le promets ; et, cette fois, tu auras ta soirée complète.

Il ne répondit pas. Elle ordonna au cocher de baisser la capote de la victoria. Jean monta sur le marchepied et appuya ses lèvres contre le cou de sa mère.

— Descends ; tu vois bien qu'il ne peut tenir ses bêtes...

Un nuage de poussière s'éleva, puis retomba. Jean attendit que la voiture eût disparu au dernier tournant, et revint dans le jardin. Il se déchaussa, prit des arrosoirs et commença d'arroser les plants de chicorées qu'il avait repiqués la veille. M. Calou, sans lui adresser la parole, alla à l'église pour son adoration. Lorsqu'il rentra, Jean était couché et lui cria : bonne nuit, à travers la porte, d'une voix déjà ensommeillée. Avant de se coucher, le curé redescendit pour s'assurer qu'il avait mis la barre à l'entrée. Contre son habitude, il ne laissa pas la clé accrochée au clou, dans le corridor, mais il la prit et alla la cacher sous son traversin. Puis, s'étant mis à genoux contre le lit, il pria plus longtemps que les autres soirs.

M. Calou crut d'abord que le vent l'avait réveillé : il soufflait violemment, bien que la nuit fût pure et que la lune éclairât le plancher. Un contrevent battait quelque part. S'étant penché à la fenêtre, le curé reconnut que c'était un volet de la chambre

au-dessus de la sienne, et où couchait Jean. L'espa-
gnolette avait dû se décrocher. Il enfila sa soutane,
gagna l'étage du grenier et ouvrit le plus doucement
qu'il put la porte de Jean pour fermer la fenêtre.
Un violent appel d'air renversa sur la table un vase
plein de bruyère que Michèle avait cueillie. L'abbé
vit au premier coup d'œil que le lit était vide. Après
quelques secondes, il reprit sa respiration, descendit
au rez-de-chaussée et vérifia la porte dont la barre
n'avait pas été enlevée, ni la serrure forcée. C'était
par la fenêtre que le fou avait dû s'enfuir, en s'ac-
crochant à la gouttière. Le curé alla reprendre la
clé sous son traversin, et sortit.

La nuit était vouée au vent et à la lune. Un
immense bruissement de pins entourait le presbytère ; ce n'était pas la plainte heurtée et souvent
rompue de la mer : aucune vague, aucun écroule-
ment d'écume ne brise la houle végétale. Le curé
alla d'abord à la resserre où étaient garées les deux
bicyclettes (il en avait loué une à Vallandraut pour
son pensionnaire) et il n'y trouva que la sienne. A
l'angle de la maison où aboutit la gouttière, le clair
de lune lui permit de discerner dans le sable les
traces d'une chute : Jean avait dû sauter d'assez
haut, car les trous des deux talons étaient nettement marqués. L'abbé revint à la resserre, prit son
vélo, hésita.

Il était près de minuit : l'enfant avait dû s'enfuir
vers onze heures ; trop tard pour intervenir : le
mal était fait. Quel mal ? Pourquoi se monter la
tête ? Une scène furieuse entre la mère et le fils,

dans l'auberge de Vallandraut, au milieu de la nuit, qu'y avait-il là de tragique ? et surtout qu'importait au curé de Baluzac ? Bien sûr, il avait la charge de ce garçon ; il s'en était déclaré responsable ; mais l'enfant rentrerait à l'aube et le plus simple serait de fermer les yeux : il ne faut pas s'apercevoir de certaines choses et ne jamais se mettre dans le cas de rendre inévitable une répression qui nous ferait perdre d'un coup tous les avantages acquis... Mais il s'agissait bien de cela ! Le curé fit quelques pas entre les groseilliers, poussa le portail et regarda la route vide sur laquelle la lune veillait.

Rien à faire pour courir au secours de l'enfant, de cet enfant qu'il chérissait et qui, peut-être, à cette minute même, subissait une épreuve mortelle. La mère avait ses raisons pour vouloir demeurer seule, toute la nuit. Elle avait opposé à Jean une résolution têtue, farouche, presque haineuse. L'abbé Calou essaya de se persuader qu'il déraisonnait... Mais quoi ! il connaissait cette espèce de créatures : leur exigence (dont Jean avait hérité), cette frénésie qui leur ferait fouler aux pieds le corps même de leur propre fils. Peut-être s'exagérait-il le péril parce qu'il aimait Jean.

C'était la première fois qu'il s'attachait à un de ses pensionnaires. Il n'en avait pas encore eu l'occasion, depuis qu'il se chargeait de redresser les « natures difficiles ». Il ne s'était pas imposé cette tâche par besoin. Son frère, propriétaire dans le Sauternais et à qui il avait fait abandon de sa part, lui envoyait chaque année une somme qui variait selon la récolte, mais qui n'excédait jamais six mille francs : avec son traitement et son très faible casuel, c'était beaucoup plus qu'il ne lui en fallait car il vivait de son potager, de son poulailler et des dons en nature de ses paroissiens.

S'il se chargeait de garçons que leurs parents renonçaient à mettre au pas, il ne cédait donc à aucun désir de profit ; simplement, il tendait ses filets, menait une quête patiente, ne se décourageait pas de voir un jour s'abattre, dans sa maison, cet oiseau sauvage qui mériterait ses soins, et dont il ferait un homme. Il croyait avoir plus de chances de le découvrir en n'appelant à lui que des réfractaires. Sans doute était-ce chez M. Calou un reste de romantisme, un héritage du séminariste qu'il avait été, que cette prédilection pour les « mauvais esprits » ; mais elle rejoignait en lui un goût plus secret, plus enfoui : celui des êtres jeunes et menacés ou déjà atteints par la vie, de ceux qui ne s'inquiètent pas d'être perdus ou sauvés, et dont il faut se porter garant devant le Père. Il ne s'agissait pas là d'une vertu, mais d'une préférence, d'une inclination.

Jusqu'à ce jour, il avait supporté ses pensionnaires parce qu'il aimait l'enfance et l'adolescence. Mais chez tous, le charme passager de leur âge recouvrait un fond solide et permanent de vulgarité, de sottise et de muflerie. Une grâce éphémère revêtait de ses feux le petit bourgeois insensible et de modèle courant. Avec Jean de Mirbel, pour la première fois, l'abbé Calou avait obtenu ce qu'il attendait de Dieu : il avait été visité enfin par un enfant qui avait une âme.

Mais une âme inaccessible. Cela importait peu ; l'abbé Calou était de ces êtres qui, dès leur jeunesse, ont été voués au désintéressement du déclin, lorsque le cœur ne demande plus rien en échange de ce qu'il donne. Le pire était que Jean ne se laisserait aimer ni protéger. L'abbé n'avait pas même été capable de conjurer le risque de cette rencontre nocturne de la mère et du fils, alors qu'il le tenait sous sa coupe et qu'une surveillance toute matérielle aurait suffi. Que serait-ce lorsque l'enfant aurait quitté le presbytère et qu'il courrait toutes les routes du monde ? (Car l'abbé ne l'imaginait pas sédentaire et végétant au fond d'un château de l'Armagnac.) Et pourtant, même à ce moment-là, le curé de Baluzac ne se croirait en rien dégagé de la charge qu'il avait assumée à l'égard du petit... Où était-il maintenant ? Où le poursuivre ? Où l'atteindre ? Sans doute rentrerait-il à l'aube ; sinon l'abbé irait au-devant de lui. En attendant, rien à faire que d'avoir du café chaud. Il revint à la cuisine, et ayant poussé les volets afin que la lune l'éclairât, mit le feu à quelques copeaux ; puis il s'assit sur la chaise basse de Maria, tira de sa poche un rosaire en noyaux d'olivier et ne bougea plus. La lune baignait sa nuque aux cheveux incultes, et comme il avait les coudes appuyés aux cuisses, les mains énormes, portées en avant, prenaient une importance étrange, démesurée.

VIII

Jean avait attendu, pour s'évader, d'entendre à travers le plancher le souffle du curé endormi. L'horloge n'avait pas sonné onze heures lorsqu'il fila sur la route illuminée. Le vent le poussait, de sorte qu'il pédalait sans effort, dans une sorte d'ivresse calme, dans la certitude qu'aucune force au monde ne l'empêcherait jamais d'accomplir ce qu'il avait une fois résolu. Il verrait sa mère, cette nuit ; il veillerait à son chevet jusqu'à l'aube ; il en était assuré comme il était certain de tenir un jour Michèle entre ses bras. Jamais il n'avait ainsi roulé la nuit, dans la clarté céleste, porté par le vent au-dessus d'un monde désert. Aucune appréhension de ce qui allait se passer entre lui et sa mère ; devant témoin, elle avait paru la plus forte, mais seule, il la tiendrait à sa merci.

Il allait vite et bientôt traversa le brouillard du Ciron, à l'endroit où la route se creuse, un peu avant les premières maisons de Vallandraut. Alors il perdit d'un coup sa superbe. Il imagina l'auberge déjà barricadée. Que dirait-il pour expliquer sa venue, pour faire réveiller sa mère ? Quel prétexte

imaginer ? Tant pis : il lui dirait qu'il était malade
à la pensée de ne pas la revoir et que M. Calou lui
avait conseillé de courir sa chance. En pleine nuit,
dans une auberge, sa mère ne pourrait protester
bien fort à cause du scandale ; et il l'attendrirait,
oui, il finirait bien par l'attendrir ; en tout cas, il
ne céderait pas à la rage ; il pleurerait contre sa
robe, il lui baiserait les mains.

Il atteignit la place où des carrioles aux bran-
cards levés dessinaient sur le sol l'ombre d'une
bête cornue. La lune déclinante frappait la face
lépreuse de l'hôtel Larrue et l'inscription en lettres
noires : *On loge à pied et à cheval.* L'estaminet était
encore éclairé ; il entendit le choc des billes. Il
appuya son vélo au mur, et demanda une bouteille
de limonade à une grosse fille somnolant sur une
chaise, près du comptoir désert. Elle répondit de
mauvaise grâce qu'il était trop tard, que l'hôtel
devrait être fermé déjà, qu'on ne servait plus de
consommations après onze heures. Alors il posa la
question qu'il avait préparée : la comtesse de Mirbel se trouvait bien à l'hôtel ? il était porteur d'un
message urgent.

— La comtesse ? Quelle comtesse ?

La fille méfiante crut à une farce. Elle dit qu'elle
avait autre chose à faire que d'écouter des histoires
et que lui aussi, à son âge, il ferait mieux de rentrer
chez lui que de traîner.

— Mais, voyons, vous avez bien une dame ici
(il songea qu'elle n'avait peut-être pas donné son

nom), une dame blonde, avec un canotier, un tailleur gris...

— Une dame blonde ? Attendez voir...

Une lueur s'alluma dans l'œil stupide.

— Avec un tailleur, répéta la fille, et une voilette à pois et une belle valise qu'elle avait laissée
ici en garde...

Jean, impatienté, l'interrompit : où était sa
chambre ?

— Sa chambre ? Mais elle n'a pas couché ici.
Elle est venue simplement prendre son bagage...
C'est à Balauze qu'elle couche, insista la fille. J'ai
porté un télégramme ce matin à l'adresse de l'hôtel
Garbet pour retenir une chambre.

Jean réfléchit que Balauze était la sous-préfec-
ture et que sa mère avait dû calculer qu'elle trouverait plus de confort chez Garbet. Mais alors pourquoi lui avoir raconté qu'elle passerait la nuit à
Vallandraut ? Il demanda à quelle distance il se
trouvait de Balauze. Douze kilomètres... Une petite
heure de vélo.

— Elle a voulu coucher chez Garbet, reprit la
fille soudain bavarde (et sans doute hostile à la
dame qui avait dédaigné l'hôtel Larrue). Mais
savoir si ce n'est pas dans le fossé de la route qu'elle
passe sa nuit...

Jean s'inquiéta :

— Pourquoi ? Elle avait de mauvais chevaux ?

— Des chevaux ? Pensez-vous ! c'est une voiture
à pétrole qui est venue la chercher. Tout Vallandraut était sur les portes ! Vous pensez, le bruit

que ça fait et l'odeur de pétrole et d'huile et la poussière !... Sans compter la poule de Mme Caffins qu'ils ont écrasée... Mais pour ça, il faut être juste, ils l'ont payée plus que son prix... Et si vous aviez vu le monsieur, avec les grosses lunettes qui lui couvraient presque toute la figure, un vrai masque pour vous faire peur, avec un cache-poussière gris jusqu'aux pieds... Mon Dieu ! ce qu'on invente aujourd'hui...

— Alors, à l'hôtel Garbet, à Balauze ? sur la place de l'église ? Vous êtes bien sûre ?

Il remercia, enfourcha son vélo, ne reprit pas la route de Baluzac et tourna à droite. Maintenant, il avait vent debout et peinait contre cette force invisible, contre cette puissance hostile ou peut-être pitoyable, qui retardait sa course vers Balauze. S'il avait été avec les Pian, il n'eût pas osé montrer sa faiblesse ; mais seul, il dut mettre pied à terre dès la première montée. Malgré le vent frais de la nuit, son visage ruisselait et ses jarrets lui faisaient mal. Il ne pensait qu'à sa fatigue : c'était un homme déjà, mais encore un enfant pour tout ce qui touchait à sa mère. Il n'imaginait pas qu'elle pût avoir part à ce qu'il connaissait ou pressentait des passions et des crimes humains. Son père et son oncle faisaient à ses yeux figure de bourreaux. Il avait gardé de ses premières années à La Devize le souvenir de cette voix suraiguë de son père, petit coq furibond et pattu, tournant autour de sa mère, martyre silencieuse. L'oncle Adhémar, avec la même voix, gardait quelques formes vis-à-vis de sa belle-

sœur, mais cela n'effleurait pas l'esprit de Jean
qu'elle ait jamais pu mériter leur haine.

Et pourtant, il n'avait pas souvent passé de journée avec sa mère sans qu'elle dérangeât l'idée qu'il
se faisait d'elle, ni sans qu'il fît l'expérience de sa
sécheresse et surtout de son insincérité. Cette trom-
perie au sujet de la nuit passée à Balauze n'aurait
pas dû le surprendre ; car à La Devize et plus
encore à Paris, chez ses grands-parents La Mirandieuze, où elle séjournait cinq mois, de janvier à
juin, Jean, durant les vacances de Pâques, avait
maintes fois surpris les contradictions de la comtesse
qui ne se donnait jamais la peine d'accorder entre
eux ses mensonges. Si elle déclarait, par exemple,
qu'elle brûlait de connaître une certaine pièce dont
tout le monde parlait, elle oubliait qu'un soir de
la semaine précédente elle était sortie pour l'entendre, et qu'elle en avait donné, le lendemain, un
compte rendu enthousiaste et vague. Que de fois
Jean, avec l'intraitable logique de son âge et pour
qui les paroles de sa mère prenaient une valeur
absolue, l'avait-il déconcertée par son éternelle ob-
jection : « Pourtant, maman, vous aviez dit !... »
Ce qu'elle avait dit ne concordait pas toujours, ni
même très souvent, avec ce qu'elle racontait en ce
moment même. Elle n'essayait pas d'arranger :
« Vraiment, j'ai dit ça ? Tu as dû le rêver, mon
chéri... » Mais si Jean avait jamais pu nourrir un
soupçon, rien n'en subsistait, dès qu'ils étaient séparés. Comment ne lui aurait-il pas prêté une âme
conforme à son admirable visage ? L'idée de péché,

dans son souvenir, ne pouvait s'allier à ce front si pur, à l'attache de ce nez un peu trop court, à ces paupières lourdes sur des prunelles couleur de mer : « glaukopis » (Jean avait souligné ce mot grec dans son dictionnaire), à cette voix surtout de contralto avec des vibrations, de légères fêlures, voix inoubliable et qui m'enchante encore aujourd'hui lorsque je vais voir la vieille dame dont le temps n'a pu détruire que les mains ; mais l'architecture du visage demeure intacte sous la peau flétrie, comme une merveille grecque survit aux siècles, et les paupières sont les bords ravagés de la même eau verte aux reflets de varech et d'algue.

Jean poussait son vélo, à cette dernière montée avant d'atteindre Balauze, nullement troublé par ce qu'il avait entendu, mais inquiet de ce qui pourrait se passer à l'hôtel Garbet entre sa mère et lui, en présence de l'étranger. Qui donc, parmi les amis de sa mère, possédait une voiture à pétrole ? Ce devait être Raoul... On l'appelait Raoul, chez les La Mirandieuze, ce dramaturge fameux, avec la complaisance des gens du monde à appeler par son petit nom un homme aussi célèbre que l'était celui-là. Au vrai, il ne s'appelait pas Raoul et je ne livrerai pas ici le véritable nom, tout oublié qu'il soit aujourd'hui, de celui qui fut aussi célèbre que le sont les Donnay, les Bernstein, les Porto-Riche. Si plus rien ne reste d'une œuvre qui était alors placée très haut, si les titres mêmes de ses pièces les plus célèbres s'effacent de la mémoire des hommes, il n'en a pas moins laissé une profonde trace

sur beaucoup de vies qui ne sont pas encore ache-
vées et qui, comme celle de la comtesse de Mirbel,
se traînent et stagnent avant de s'anéantir dans
l'oubli.

Qu'un lien secret existât entre sa mère et ce qua-
dragénaire corpulent, Jean n'aurait pu un instant
l'imaginer. « Elle avait dû trouver commode et
amusant, songeait-il, de faire le trajet en voiture à
pétrole ; mais ce n'était pas chic de l'en avoir privé,
lui, qui aurait été fou de joie... » Il traversa une
rue étroite et sombre qui débouchait devant la
cathédrale sur la place entourée d'arcades. Elle
était déserte ; il en fit le tour en vélo et eut quelque
peine à découvrir l'hôtel dans l'ombre de l'église.
Il avait été aménagé dans les dépendances de l'ancien évêché et n'était séparé de la cathédrale que
par une étroite ruelle. Le portail et la porte cochère
étaient clos, tous les volets fermés, sauf au premier
où deux fenêtres semblaient entrebâillées. Sonner,
frapper à la porte, éveiller la maison en pleine
nuit ? Mais sous quel prétexte ? Il aurait pu demander un gîte, mais il n'avait presque pas d'argent. Sa
mère paierait pour lui ?... Il hésitait, pourtant. Et
bien qu'il ne soupçonnât rien, il sentait obscuré-
ment que ce n'était pas une chose à faire, qu'il ne
devait pas tenter un pas de plus dans la direction
où il s'était follement engagé. Quant à rebrousser
chemin vers Baluzac, c'eût été se déclarer vaincu,
et il n'y aurait consenti pour rien au monde. Il résolut de s'installer sur cette sorte de corniche basse,
entre deux contreforts de la cathédrale, et d'atten-

dre le matin. La ruelle était si resserrée qu'il se
tenait ainsi presque sous les fenêtres de l'hôtel.
Quand sa mère sortirait, il l'embrasserait sans rien
dire, de toutes ses forces ; elle serait tellement saisie
qu'elle ne lui poserait aucune question ; elle verrait
alors combien il l'aimait, lui qui avait fait cette
course en pleine nuit et qui avait veillé, exténué de
fatigue et de faim, simplement pour pouvoir l'embrasser une fois encore. Elle reposait derrière ce
mur, sans doute au premier étage, dans la chambre
aux volets entrebâillés, car elle dormait toujours la
fenêtre ouverte. La lune avait disparu derrière le
chevet de l'église mais sa lueur diffuse pâlissait le
ciel et n'y laissait palpiter que de rares étoiles. Jean
avait froid et la pierre le meurtrissait. Il se coucha
dans l'herbe, mais d'invisibles orties le mordirent
et il se releva en gémissant. Un dernier chien, qu'il
avait éveillé, aboya puis se tut. L'heure des coqs
était encore éloignée. Alors il pensa à Michèle ; il
y pensa chastement, lui, qui n'était plus pur ; il la
tenait en esprit dans ses bras mais sans autre plaisir
que celui du repos contre un cœur fidèle. Et si près
de lui, de l'autre côté de la rue, derrière ces volets
mi-clos...

Plus tard, il ne devait plus rien ignorer de ce qui
concernait sa mère. Toutes les liaisons de cet homme
étaient publiques, mais toutes aussi marquées du
même signe horrible. Beaucoup de romans s'appellent ou pourraient s'appeler *Un cœur de femme* ;
beaucoup de psychologues professionnels se sont
penchés sur le mystère féminin... La raison d'être

au monde de l'homme qui, cette nuit-là, partageait, à l'hôtel Garbet, le lit de la comtesse de Mirbel, fut de ramener ce mystère à ses très humbles proportions. Ses victimes savaient précisément ce qu'elles attendaient de lui. Toutes celles qu'il avait possédées se reconnaissaient à ce signe : une soif inapaisable. Elles devenaient toutes des errantes détachées de leur devoir humain, obsédées par ce qu'elles avaient subi. « Vous ne vous connaissez pas vous-même, leur soufflait-il, vous ignorez vos possibilités, vos limites, vous ne savez pas jusqu'où vous pouvez aller... » Une fois abandonnées, il leur restait cette périlleuse science du plaisir qu'il est plus difficile d'acquérir que les vertueux ne l'imaginent, car les êtres vraiment pervers sont presque aussi rares en ce monde que les saints. On ne rencontre pas souvent un saint sur sa route, mais non plus l'être capable d'arracher de vous ce gémissement, ce cri où il entre de l'horreur, surtout à mesure que l'ombre du temps s'allonge sur un corps miné et lentement détruit à la fois par la durée et par le désir, par les années et par une passion qui ne s'assouvit plus. Rien n'a été écrit du supplice de la vieillesse pour certaines femmes et qui est l'enfer commencé dès ici-bas.

Jean perdit conscience assez longtemps, la tête renversée dans l'angle formé par le mur et par le contrefort. La douleur d'une fausse position le réveilla, ou peut-être le froid, ou peut-être cette voix d'un homme à la fenêtre au-dessus de lui :

— Viens voir : je ne sais pas si c'est la lune ou l'aube qui éclaire le ciel.

Il parlait à quelqu'un qui se trouvait dans la chambre et que Jean ne pouvait voir. Il se tenait un peu en retrait et de profil. Une robe de chambre de soie sombre l'enveloppait.

— Couvre-toi, ajouta-t-il, la nuit est froide.

Il s'accouda et se poussa un peu pour faire place à la femme, mais il occupait à lui seul presque toute la fenêtre et la douce forme blanche eut peine à s'insérer entre le mur et ce buste épais.

— Quelle solitude merveilleuse ! et ce silence... Non, chéri, je n'ai pas froid...

— Mais si ! Mets mon raglan sur tes épaules.

Elle disparut, puis revint, couverte d'un manteau d'homme qui l'élargissait et faisait paraître sa tête toute petite. Ils demeurèrent ainsi un assez long temps, sans échanger de paroles.

— Comme on est peu de chose, dit l'homme... Les gens qui dorment dans ces maisons, crois-tu qu'ils aient vu mes pièces, qu'ils connaissent seulement mon nom ?

— Ils les ont lues dans *l'Illustration.*

— C'est vrai, dit-il rassuré, le supplément de *l'Illustration* pénètre partout... Quand ce ne serait que chez le coiffeur... Quel décor, hein, cette place ! mais moi, le plein air, ce n'est pas mon genre : il faut que ça se passe entre quatre murs.

Elle répondit quelque chose à voix basse, en refrénant un rire. Il rit aussi et ajouta :

— On abat un des quatre murs : c'est ça que

devrait être le théâtre, la pièce suprême que je
rêve...

— Sans dialogue, alors ?

Ils chuchotèrent. Jean n'entendit plus que les
coups de bélier du sang dans ses oreilles.

Une heure sonna.

— Non, non, il faut dormir maintenant...

De nouveau, ce rire refréné. Elle appuya sa tête
contre l'épaule offerte. Jean regardait le pignon
qui dominait la façade ; la porte cochère devait
être très ancienne, un fer à cheval était cloué dans
le vantail. Il lut : *Hôtel Garbet, noces et repas de
société.* Il comparait dans son esprit l'homme qui
était à cette fenêtre et dont il reconnaissait chaque
intonation, avec ce monsieur mûr, aux mèches tein-
tes et ramenées sur un crâne blanc et que les La
Mirandieuze appelaient Raoul. Le secours que,
d'instinct, l'enfant cherchait au fond de lui-même
contre une douleur atroce qu'il n'éprouvait pas
encore, ce secours se manifesta dans un mot qu'il
prononça à voix distincte : « C'est rigolo... » Il
répétait d'un ton de gouaille : « Non, mais quelle
rigolade ! » Et encore : « Eh ! bien, ma vieille ! »
Il entendit le léger bruit de la fenêtre refermée.
« Et puis après, si ça l'amuse ? ils ne font de mal
à personne... » Et, tout à coup, une panique le prit
à l'idée d'être découvert, d'avoir à lui parler, à
entendre ses explications. Quelle horreur, ce visage
imaginé de sa mère, honteuse et balbutiante... ! Il
sauta sur son vélo, traversa la place, ne sentit pas
d'abord sa fatigue tant il éprouvait de joie à élargir

la distance entre lui et cette chambre de Balauze ; mais à la première montée, il faiblit, mit pied à terre, traîna sa bicyclette jusqu'à une meule, s'effondra dans le foin, perdit conscience.

Que le foin lui tenait chaud ! Il brûlait, malgré le froid de l'aube. La tête lui faisait mal. C'était une alouette qui devait chanter au-dessus de lui dans la brume. Près de son oreille, une poule et sa couvée grattaient la terre en caquetant. Il essaya de se lever, frissonna. « Quelle fièvre je tiens ! » se dit-il. Il prit son vélo et tâcha de faire quelques pas. A cent mètres, au carrefour de la route d'Uzeste, une branche de pin suspendue au-dessus de la porte, annonçait une auberge. Il eut peine à avancer jusque-là et à commander un café chaud : une vieille le dévisageait en marmottant du patois. Le soleil inondait le banc du seuil où il se laissa tomber. Et si la voiture à pétrole surgissait tout à coup ? Mais non, ils se lèveraient tard, ils avaient tout leur temps, les salauds... Quels salauds, tout de même... Non pas de faire l'amour, mais de faire les mijaurées... Lui, il avait fini de marcher... Il ne marcherait jamais plus, bien sûr, et pour personne. Tout le monde couche avec tout le monde : c'est ça, la vie. Avec qui couchait l'oncle Adhémar ? Et M. Rausch ? Et M. Calou ? ce serait amusant de le surveiller, celui-là. Il le leur demanderait, à tous... A moins qu'il ne crève d'ici là...

Il trempa ses lèvres dans le café, but quelques gorgées et se détourna pour vomir. La tête appuyée au mur, il ferma les yeux, n'ayant même plus la

force de chasser les mouches sur sa face brûlante.
Une bicyclette passait ; elle ralentit. Il entendit un
cri, son nom répété plusieurs fois. L'énorme figure
anxieuse de M. Calou était tout près de la sienne.
En faisant un effort, peut-être aurait-il pu essayer
de comprendre, de répondre. Mais puisque le curé
se trouvait là... il n'y avait plus qu'à s'abandonner,
qu'à se laisser couler. Il se sentit soulevé comme un
petit enfant, déposé sur un lit dans une chambre
obscure qui sentait le fumier. M. Calou l'enveloppait de sa vieille pèlerine noire, puis il discuta
longtemps avec l'aubergiste qui ne voulait pas louer
sa carriole parce que c'était jour de marché à Balauze. « Ça coûtera ce que ça coûtera... » répétait
la voix irritée de M. Calou. Les sabots du cheval
retentirent enfin sur le pavé de la cour. On avait
mis de la paille dans la carriole. Le curé souleva
Jean endormi dont la tête ballottait sur son épaule
et l'étendit dans la paille, après l'avoir recouvert
de la pèlerine. Il avait enlevé le tricot qu'il avait
passé à l'aube sous sa soutane, et le roula sous la
nuque du garçon.

Cette pleurésie fut sérieuse : durant quinze jours,
on put tout craindre. Le zouave pontifical séjourna
quarante-huit heures au presbytère et tomba d'accord avec M. Calou pour ne pas déranger la comtesse. On lui parla d'une grosse bronchite et elle
ne manifesta aucune inquiétude. La cure d'altitude
n'existait pas encore, ou du moins l'usage en était-il
fort peu répandu. Le médecin consultant de Bor-

deaux préférait à tout l'air des pins, pour ces sortes
de maladies et il conseilla au colonel d'accepter
l'offre de M. Calou : le curé se chargeait de préparer en deux ans l'enfant au baccalauréat, en lui
évitant tout surmenage. Mais ce qui décida le zouave
pontifical, ce fut sa répugnance à renvoyer son
neveu dans un collège déshonoré par « le scandale
du mariage Puybaraud ».

Le soir où la décision fut prise de laisser Jean à
Baluzac, le curé aurait voulu que Dieu fût encore
quelqu'un dont il pût baiser les mains, embrasser
les pieds, en signe de gratitude. Jean gardait un
silence hostile et n'ouvrait la bouche que pour
demander d'un ton impératif ce qui lui était nécessaire. M. Calou ne savait rien de ce qui s'était passé
à Balauze ; mais il lui suffisait de voir la blessure :
comment le coup avait été porté et avec quelle
arme, il l'apprendrait un jour, tôt ou tard, ou peut-
être jamais. Ce n'était pas cela qui importait, mais
d'empêcher l'infection de se répandre. Au crépuscule, il s'assit au chevet de Jean somnolent, et lui
demanda si un hiver à Baluzac ne lui faisait pas
peur ; le garçon répondit que n'importe quoi valait
mieux que Rausch, mais qu'il regrettait pourtant
de ne pouvoir exécuter son projet de lui « casser
la gueule ».

Le curé feignit de croire qu'il plaisantait.

— ... Et puis, tu verras les bonnes flambées que
je fais, les soirées de travail, de lecture ; on prend
des notes, on sirote de l'eau de noix ; le vent d'ouest

fait gémir les pins, lance des paquets de pluie contre les volets...

D'une voix empruntée, Jean dit que « ça devait manquer d'amour... » M. Calou répondit calmement que le tout était d'avoir un amour au cœur.

— Voyez-vous ça ! (Toujours la voix d'un autre, la voix étrangère.)

L'abbé, sans se déconcerter, remit le rosaire dans la poche de sa soutane, en tira une pipe qu'il flaira (il ne fallait pas fumer dans la chambre de Jean).

— Oh ! moi, dit-il, je suis un vieil homme et j'ai trouvé le port.

— Oui, oui, le bon Dieu ? On connaît ça !

Le curé se leva, mit la main sur le front de Jean.

— Le bon Dieu, d'abord et toujours, bien sûr !

Et puis, il avait un fils, un enfant méchant, ou plutôt qui voulait être méchant, mais c'était son enfant...

Jean se redressa sur ses oreillers et cria :

— N'allez pas vous faire des idées. J'exècre tout ce que vous représentez, si vous voulez le savoir...

— Tu vas faire monter ta fièvre, dit le curé.

Comme il souffrait, le pauvre petit ! « Il s'acharne contre moi parce que je suis là, et qu'il n'a personne d'autre à mordre... » L'abbé réfléchissait, les coudes aux genoux, tenant exprès sa figure dans l'ombre parce que Jean, du fond de ses oreillers, s'efforçait de voir si le coup avait porté ; mais la lampe l'eût-elle éclairée en plein, le malade n'aurait rien déchiffré sur cette face vidée de toute expression. Et soudain, il eut honte de ce qu'il avait dit.

— Ce n'est pas contre vous que je dis ça, reprit-il, la tête basse.

M. Calou haussa les épaules :

— Ce sont des mots pour te détendre... mais bientôt tu pourras recevoir des visites.

— Je ne connais personne.

— Et les Pian ?

— Du moment qu'ils ne sont pas venus, qu'ils n'ont pas écrit...

— Ils font prendre des nouvelles tous les jours.

— Mais ils ne sont pas venus... insista-t-il en se tournant du côté du mur.

Un de nos métayers, habitant Baluzac et qui nous livrait le lait chaque matin, nous apportait en effet des nouvelles de Jean. Mais le curé s'étonnait de ce que nous n'avions donné directement aucun signe de vie. Il ne doutait pas que Mirbel n'en fût peiné, sans pouvoir mesurer à quelle profondeur notre apparente indifférence l'avait atteint. Cependant le curé de Baluzac, persuadé qu'il y avait de « la mère Brigitte » là-dessous, résolut de se rendre à Larjuzon dès que son malade irait mieux, pour en avoir le cœur net.

IX

A Larjuzon, le courrier arrivait lorsque la famille était réunie pour le petit déjeuner. Ma belle-mère, qu'elle revînt de la messe ou qu'elle descendît de sa chambre, était déjà habillée strictement, et boutonnée jusqu'au cou. Le matin où je lus à haute voix la lettre de M. Calou nous annonçant la maladie de Mirbel, elle montrait sa figure dure, froncée, des mauvais jours : elle devait, à onze heures, faire le catéchisme aux enfants de la première communion qui, à l'entendre, étaient sournois et stupides, incapables de rien comprendre à rien et ne se plaisant qu'à se pincer mutuellement dans leurs parties charnues. Sales, avec cela, souillant les parquets et sentant mauvais. Quant au moindre sentiment de gratitude, ah ! bien ouiche ! on pouvait s'éreinter à leur service : les parents seraient les premiers, le cas échéant, à piller votre maison et à vous assassiner.

Les jours de catéchisme, nous savions que le moindre choc suffisait pour que se manifestât la nature de feu, dont le ciel avait gratifié Mme Brigitte.

— Mon Dieu, s'écria Michèle, à peine eus-je achevé la lettre, il faut aller tout de suite à Baluzac. Et moi qui ne suis pas encore habillée...

La voix de ma belle-mère s'éleva :

— Tu ne prétends pas aller ce matin à Baluzac ?

— Mais si, bien sûr ! ce pauvre Jean...

— Je te l'interdis.

— Pourquoi pas ce matin ?

— Ni ce matin ni ce soir, trancha Mme Brigitte, blême de colère.

Nous nous regardâmes stupéfaits. Bien que ses rapports avec ma sœur fussent toujours tendus, elle avait jusqu'alors évité les conflits ouverts.

— Qu'est-ce qui vous prend ? demanda Michèle, déjà insolente. Il n'y aucune raison d'attendre à demain.

— Tu n'iras pas non plus demain. Tu n'iras plus jamais à Baluzac, cria-t-elle. Et ne fais pas l'étonnée, petite hypocrite.

Mon père dressa une tête effarée au-dessus du *Nouvelliste* :

— Mais, Brigitte, pourquoi vous mettre dans cet état ?

— Je n'ai que trop tardé (et sa voix se fit solennelle).

Et comme Michèle demandait de quoi elle était accusée :

— Je ne t'accuse de rien, déclara ma belle-mère. Je ne crois au mal que lorsque je le vois.

Mon père se leva. Il était vêtu de sa vieille robe

de chambre marron. Des touffes de poil gris sortaient du col déboutonné de sa chemise.

— Il n'empêche que vous laissez entendre...

Elle fixa sur son époux un œil angélique :

— Je souffre de vous faire souffrir. Mais il faut
que vous le sachiez : on dit qu'elle retrouve le petit
Mirbel derrière le moulin de M. Du Buch.

Michèle répondit fermement qu'il était vrai
qu'elle avait rencontré Jean quelquefois. Où était
le mal ?

— Ne fais pas la naïve, ça ne te va pas. On t'a
vue.

— Qu'a-t-on pu voir ? Il n'y avait rien à voir.

Mon père l'attira tendrement à lui.

— Il n'y a aucun mal, en effet, à rejoindre le
petit Mirbel au moulin de M. Du Buch. Mais tu
as beau n'être qu'une enfant, tu portes plus que
ton âge, et les gens du bourg, les femmes surtout,
sont des vipères.

Brigitte lui coupa la parole :

— Des vipères, en effet... Et vous n'avez pas à
prendre la défense de Michèle contre moi. C'est
pour la mettre à l'abri de médisances, qui sont peut-
être des calomnies, que j'interviens avant qu'il soit
trop tard. Ce petit Mirbel est un dévoyé. Que Dieu
me pardonne de l'avoir reçu dans cette maison !
Jusqu'où est-il allé ? ajouta-t-elle à mi-voix, d'un
air sombrement réfléchi. C'est la question.

Qu'elle était devenue douce, tout d'un coup !
Mon père lui saisit le poignet :

— Vous allez vider votre sac ; qu'y a-t-il ?

— Il y a... Mais lâchez-moi d'abord, cria-t-elle : oubliez-vous donc qui je suis ? Vous voulez la vérité ? Eh bien, vous l'aurez !

Ma belle-mère furibonde fit le tour de la table et, retranchée derrière l'argenterie et les tasses, les deux mains appuyées au dossier d'une chaise, se recueillit à l'abri de ses paupières membraneuses et, enfin :

— Michèle est une fille qui aime l'homme. Voilà ce qu'il y a.

Durant le silence qui suivit ces paroles, nous n'osâmes plus nous regarder. Mme Brigitte, soudain dégrisée, surveillait, non sans angoisse, le père et la fille.

Octave Pian s'était redressé. Il paraissait très grand et tel que je me souvenais de l'avoir connu, avant la mort de maman. Atteint dans sa tendresse, dans ce sentiment des pères pour leurs filles, où il entre tant de respect, une pudeur si susceptible qu'ils ne pardonnent jamais à ceux qui, une seule fois, l'ont offensée, il s'arrachait enfin à son noir chagrin, — débusqué du souvenir de sa femme morte par celle qui était là, devant lui, et terrible-ment vivante.

— Une enfant qui n'a pas quinze ans ? Comme si c'était croyable ! N'avez-vous pas honte ?

— Honte de quoi ? Je n'accuse pas Michèle, reprit ma belle-mère d'une voix maîtrisée. Je vous le répète : je veux croire, je crois de toute mon âme à son innocence, à sa relative innocence...

Mais les filles-mères de quatorze et quinze ans,

ça existait. On voyait bien qu'il ne visitait pas les pauvres, lui !

J'entends encore de quel accent elle prononça : fille-mère. On ne peut faire tenir en deux mots une répulsion plus violente. Je demandai à voix basse à Michèle ce que c'était qu'une fille-mère. Elle ne répondit rien (peut-être ne le savait-elle pas). Les yeux fixés sur mon père, elle dit :

— Tu ne la crois pas ?

— Mais non, bien sûr, mon enfant chérie.

Et il l'attira à lui. Ma belle-mère demanda :

— Faut-il que je fasse venir ceux qui t'accusent, ceux qui prétendent t'avoir vue de leurs yeux ?

Et comme la petite s'écriait : « Mais oui ! comment donc ! »

— Ah ! je devine : ce sont les Vignotte, dit mon père soudain calmé, les Vignotte ! on les connaît... Ainsi il vous a suffi de ragots de ces gens-là...

— Qui vous dit que je m'en contente ? Je vous répète que je n'accuse personne. Je remplis un devoir pénible : je rapporte un témoignage. C'est tout. Il vous incombe de le vérifier. Ma tâche s'arrête où la vôtre commence.

Brigitte Pian croisait les bras, impartiale, inattaquable, justifiée d'avance devant Dieu et devant ses anges.

— Et que faisait Michèle, d'après les Vignotte ?

— Vous le leur demanderez. Vous ne voulez tout de même pas que je salisse mes lèvres... Ce sera assez horrible à entendre... Mais s'il le faut, si vous exigez ma présence, je puiserai la force nécessaire

dans l'amour que je vous ai voué à tous et en particulier à toi, Michèle. Tu peux ricaner : je ne t'ai
jamais tant aimée qu'en ce moment.

Elle versa deux ou trois larmes qu'elle n'essuya
que lorsque nous les eûmes vues. Mon père, très
calme, m'ordonna d'aller chercher Vignotte.

Vignotte entra, son béret à la main ; l'œil droit
qui avait reçu un plomb à la chasse était fermé.
L'autre vous fixait avec une sorte de stupidité
intense. Il avait une barbe inculte autour d'une
bouche pleine de chicots, des jambes arquées. Il
laissait ses sabots à l'entrée, se glissait par la porte
entrebâillée, ses pieds dans des chaussons traînant
sur le parquet. On se retournait, et il était là sans
que personne l'eût entendu, obséquieux, ricanant,
puant la sueur et l'ail.

Dès le seuil, il comprit de quoi il retournait. Mon
père m'ordonna de sortir et dit à Michèle avec douceur de monter à sa chambre et d'attendre qu'il la
rappelât. J'allai au salon mais demeurai près de la
porte, dans un état de vive excitation où je crois
bien me rappeler que dominait une honteuse espérance : Michèle et Jean allaient être séparés. Et
moi, je pourrais me partager entre les deux ; ils ne
communiqueraient qu'autant que je le voudrais et
sous mon contrôle. Tout cela n'était pas clairement
conçu, mais senti, éprouvé avec une force incroyable. J'avais couru comme un fou jusque chez
Vignotte et l'avais ramené en hâte, ce qui allait
contre les habitudes de cet homme circonspect, et

l'avais obligé à me suivre sans même avoir le temps
de « passer le paletot » (comme il appelait sa veste).
Je l'écoutait à travers la porte :

— J'ai pas dit ça... J'ai vu ce que j'ai vu... Non,
bien sûr, que j'ai pas été dans la cabane. Depuis
combien de temps qu'ils y étaient sans parler ? Et
qu'est-ce qu'ils faisaient s'ils ne parlaient pas ?
J'avais pas besoin de voir pour savoir... Ils se regar-
daient dans le blanc des yeux, peut-être ? Moi, je
veux bien... Ça m'est bien-t-égal, à moi.

Mon père posait des questions que j'entendais
mal. Il ne haussait pas le ton ; son débit restait aussi
traînant que d'habitude. Il usait à l'occasion d'un
terme patois qu'il accentuait et que je comprenais
mieux que le reste. Il était redevenu le maître qui
n'a pas besoin de crier et qui se fait craindre par
une inflexion de voix. Il interrompait ma belle-
mère, lui coupait la parole :

— Laissez-moi en finir avec Vignotte.

Ce n'était plus une dispute ni même une discussion, mais un jugement. Quand mon père s'arrêtait
de parler, je n'entendais plus rien que le bruit de
trompette que faisait Vignotte quand il se mou-
chait. Puis, ma belle-mère ouvrit la porte et je n'eus
que le temps de me rejeter en arrière. Elle ne m'ac-
corda pas un regard. Son chapeau de jardin planté
sur le chignon, les mains cachées sous des mitaines
blanches, elle gagna le vestibule, prit une ombrelle
et descendit les marches du perron, de l'air d'une
personne moins furieuse que profondément absor-
bée. J'appris quelques instants plus tard de ma sœur

elle-même que mon père venait de manifester un esprit de décision qui avait été le sien autrefois, mais dont nous avions perdu le souvenir.

Il avait paru donner raison à sa femme en interdisant à Michèle, non seulement toute visite à Baluzac, mais même tout échange de lettres avec Jean. Je fus stupéfait d'apprendre que l'interdiction me concernait aussi. Pour s'assurer qu'elle ne serait pas violée, mon père confisqua nos bicyclettes jusqu'à nouvel ordre. Sœur Scholastique, la supérieure de l'Ecole libre, qui avait à mes parents de grandes obligations, serait priée, durant les loisirs que lui laissaient les vacances, de diriger le travail de Michèle. Au vrai, il ne soupçonnait pas sa petite fille, et il le lui dit en l'embrassant avec tendresse, mais connaissant la férocité des gens de Larjuzon, il voulait la soustraire à leurs commérages. Mme Brigitte eût donc triomphé, si mon père n'avait, par ailleurs, demandé aux Vignotte de chercher une autre place. Ce coup atteignit directement leur protectrice. Elle argua vainement qu'il était bien dangereux de se faire de tels ennemis, et aussi armés que l'étaient ceux-là. Mais mon père lui assura qu'il avait barre sur les Vignotte et qu'il détenait les moyens de leur fermer la bouche.

Ainsi, cette calomnie, qui eut des conséquences si graves pour plusieurs d'entre nous, avait-elle eu ce résultat heureux d'arracher — pour peu de temps, hélas ! — notre père à l'état de stupeur où il vivait depuis six ans. Brigitte vit se dresser

devant elle un adversaire qui, depuis longtemps, ne
comptait plus à ses yeux. L'amour de son mari pour
Michèle procédait de sa passion pour la première
Mme Pian. C'était toujours de la morte, au fond,
qu'il s'agissait, — voilà sans doute ce qu'avait compris ma belle-mère et c'est ce qui explique sa conduite dans les jours qui suivirent.

En toutes circonstances, Brigitte Pian recherchait
sincèrement le bien, ou du moins était persuadée de
le rechercher sincèrement : c'est ce qu'il ne faudrait
jamais perdre de vue, en lisant ces mémoires.
J'eusse pu la peindre dans un tout autre éclairage
que celui dont ces pages la baignent si cruellement.
Sans doute ai-je vu souffrir de trop près ses victimes ; mais au moment de rapporter son action en
apparence la plus noire, il serait injuste de céder à
la facilité de n'éclairer qu'un seul côté de cette âme
redoutable.

Il importe de rappeler que lorsque Brigitte Maillard, avant son mariage, passait des semaines d'été
à Larjuzon, elle se trouvait mêlée à l'un de ces
drames entre époux, sans épisode visible, sans explications et qui durent ainsi jusqu'à la mort, dans le
silence. Mon père regardait souffrir une créature
adorée, sa femme Marthe, qui souffrait à cause
d'un autre ; et lui ne pouvait rien pour elle qu'aug-
menter ses remords par le spectacle de son propre
chagrin. Homme simple et peu accoutumé à l'intros-
pection, il avait trouvé dans Brigitte le secours d'un
commentaire lucide. Il était uni à elle par un lien
étroit mais destiné à se rompre avec les circonstan-

ces qui l'avaient fait naître. Brigitte se vantait de
l'avoir sauvé du suicide ; et c'est vrai qu'au pire
moment, il avait pu se délivrer grâce à cette confi-
dente attentive qui le suivait, et même le précédait
dans tous les détours de son horrible épreuve, et
l'aidait à communiquer avec sa femme dont elle
était la cousine et l'amie d'enfance.

Brigitte, devenue la seconde Mme Pian, considéra
en toute bonne foi comme un devoir essentiel de
parachever son œuvre en arrachant son époux à
l'influence de la morte, — d'autant que lui-même
n'avait consenti à se remarier que dans l'espoir de
cette guérison. Une rancune personnelle, une jalousie inavouée purent orienter, dans la suite, les
agissements de ma belle-mère ; mais au départ, elle
était en droit de croire à cette mission dont son
époux l'avait investie.

Lorsque après quelques mois elle se fut aperçue
que Marthe régnait toujours, grâce au prestige d'une
vertu qui, en dépit de la passion la plus vive, passait pour n'avoir jamais fléchi, et qu'elle demeurait
aux yeux de mon père une héroïne capable de
mourir d'amour mais non de trahir la foi jurée,
Mme Brigitte crut qu'il importait d'abord de s'assurer si cette auréole n'était pas usurpée. Le jour
où elle apporterait à son mari la preuve que la première Mme Pian avait commis l'adultère et qu'elle
n'avait affecté les apparences de la vertu qu'après
que son amant l'eut abandonnée, et qu'enfin elle
s'était tuée de désespoir, ce jour-là, Brigitte pensait
que son époux serait délivré de ce honteux envoûte-

ment. Or, bien longtemps avant d'en avoir eu le
témoignage sous les yeux, et se souvenant de certaines confidences reçues, elle ne doutait pas que
Marthe n'eût été coupable ; et peut-être ne désirat-
t-elle si ardemment de prendre sa place qu'afin d'en
découvrir la preuve et de visiter librement les chambres, de fouiller les tiroirs et les bureaux à secret.

Elle s'y employa avec un incroyable bonheur :
dès les premières semaines de son mariage, elle mit
la main sur un document qui dépassa son attente
au point qu'il lui parut plus sage de garder le
silence. Que Brigitte Pian fût capable de pitié,
nous le voyons ici, et qu'elle vainquit la tentation
de parler tant qu'elle espéra guérir son mari sans
avoir à lui ouvrir les yeux.

Il parut guéri, justement, après que les Vignotte
eurent été congédiés. Battue sur ce point, Brigitte
recevait sur les autres toute satisfaction. Elle ne
pouvait qu'applaudir à une décision que prit, peu
après, notre père : Michèle, dès la rentrée, serait
pensionnaire chez les dames du Sacré-Cœur où elle
avait été élevée jusqu'alors en qualité d'externe.
(Dans l'esprit d'Octave Pian, il ne s'agissait pas
d'un châtiment, mais c'était à ses yeux le plus sûr
moyen de séparer la petite fille d'une belle-mère
redoutable.)

Donc, Mme Brigitte aurait dû se déclarer satisfaite ; il n'en fut rien : c'était la morte elle-même
que le père défendait dans sa fille. Le retour à la
vie d'Octave achevait la victoire, non de Brigitte,
mais de Marthe : de celle dont il demeurait à jamais

possédé. Voilà sans doute la vérité qu'entrevoyait ma belle-mère dans sa conscience obscure et qui l'incita à faire éclater une mine si longtemps dissimulée et retardée.

Ma sœur et moi restions cependant étroitement surveillés. Pour notre malheur, la dame de la poste était une dirigée de Mme Brigitte et avait dû recevoir des instructions très précises au sujet de nos lettres. Tout le courrier de Larjuzon devait être déposé chaque soir à l'office où le facteur le prenait le lendemain matin ; il ne sortait pas une enveloppe de chez nous que notre belle-mère n'y eût donné un regard.

Michèle ne comptait donc que sur moi pour apporter un message à Jean. Non qu'elle eût voulu manquer à la promesse faite à notre père, de ne pas lui écrire, mais elle cherchait à lui faire parvenir un médaillon d'or, en forme de cœur, qu'elle portait sur sa poitrine et qui contenait des cheveux de notre mère. J'étais choqué qu'elle se défît en faveur de Mirbel de cette relique, et ne mettais guère d'empressement à tenter à pied une course d'autant plus longue et plus fatigante qu'il aurait fallu contourner le bourg pour éviter d'être vu et dénoncé. D'ailleurs, une absence aussi prolongée aurait paru suspecte à Mme Brigitte qui me couvait d'une attention redoublée, dépourvue d'ailleurs de malveillance : elle m'attirait parfois contre sa poitrine, relevait la frange sur mon front, murmurait : « pauvre petit ! » lâchait un soupir.

Plus Michèle insistait et plus je montrais de répugnance à tenter l'aventure. Nos dernières semaines de vacances furent ainsi gâchées par de vaines discussions. Je perdis le bénéfice de ces longues journées avec ma sœur, sans personne entre nous, et dont je m'étais fait une si douce idée. Pour Mirbel, je croyais que je le rejoindrais à la rentrée. J'ignorais encore qu'il resterait toute l'année à Baluzac. Le sort qui m'attendait, le pire que j'eusse pu imaginer, m'était inconnu. Je me flattais, au collège, de ne partager Mirbel avec personne. Bien sûr, il aimerait surtout en moi le frère de Michèle. Mais ils ne se verraient plus, n'auraient aucun moyen de correspondre ; et moi, je serais là toujours : le seul de tous les élèves qui existerait à ses yeux.

Un jour de septembre, vers quatre heures, un prêtre à bicyclette déboucha dans l'avenue. Michèle cria : « L'abbé Calou ! » Brigitte Pian nous ordonna de gagner notre chambre et, comme Michèle protestait, mon père corrobora cet ordre d'un ton ferme. Lui-même demeura, bien qu'il fût dans ses habitudes de se réfugier dans son bureau dès qu'une visite était annoncée. Sans doute voulait-il être assuré que sa femme ne chargerait pas Michèle au-delà de ce qui avait été entendu entre eux. N'ayant pas été témoin de cette rencontre, je reproduirai ici les notes que M. Calou rédigea le soir même dans son agenda (toutes sèches et succinctes qu'elles soient).

« Femme étonnante : un miracle de déforma-
tion. Les apparences du mal, à ses yeux, comptent
autant que le mal, lorsqu'elle y trouve son intérêt.
Une nature profonde, mais comme ces viviers où
l'œil suit tous les détours des poissons : ainsi chez
Mme Brigitte apparaissent à l'œil nu les motifs les
plus secrets de ses actes. Si jamais cette puissance
de jugement et de condamnation qu'elle tourne
contre autrui devait se retourner contre elle-même,
qu'elle souffrirait !

« Scandalisée que je me fasse l'avocat de ces
deux enfants et que j'attende un grand bienfait,
pour Jean, de ce premier amour. Elle pince les
lèvres, me traite de " vicaire savoyard ". J'ai eu
l'audace de la mettre en garde contre cette inter-
prétation téméraire du vouloir divin dont abusent
trop de personnes pieuses. Mais quelle imprudence
d'avoir étendu ma critique aux clercs ! La dame a
eu beau jeu pour me rétorquer que je niais les droits
de l'Eglise enseignante ; et j'imagine déjà la lettre
de dénonciation qu'elle est fort capable d'adresser
à l'archevêché ! Mme Brigitte cherche moins à comprendre notre pensée qu'à en retenir ce qu'elle
estime pouvoir nous faire du tort aux yeux de l'autorité, et au besoin nous perdre. Je le lui ai dit, et
nous nous sommes séparés sur un salut fort respec-
tueux de ma part, mais fort sec, et de la sienne, à
peine poli.

« Au retour, près du portail, voilà Michèle qui
sort de derrière les arbustes, très rouge, et n'osant

pas me regarder. J'ai mis pied à terre. Elle me dit :

« — Croyez-vous ce qu'on vous a raconté ?

« — Non, Michèle.

« — Monsieur le curé, je veux que vous sachiez... Si je me confessais à vous... Je n'aurais rien à vous dire à propos de Jean.

« Elle était en larmes. J'ai balbutié : " que Dieu vous bénisse tous les deux ! "

« — Dites-lui que je ne peux ni le voir ni lui écrire, que je serai pensionnaire à la rentrée... Et surveillée ! vous imaginez les instructions qu'on aura données à mon sujet... Mais dites à Jean que je l'attendrai, le temps qu'il faudra... Vous le lui direz ?

« J'ai essayé de plaisanter : c'est une drôle de mission pour un vieux curé, Michèle !

« — Oh ! un vieux curé... A part moi, il n'y a que vous sur la terre qui l'aimiez. » Elle a dit cela comme une chose qui allait de soi, la plus simple, la plus évidente. Je n'ai pu rien répondre. Il a même fallu que je détourne un peu la tête. Puis, elle m'a tendu pour lui un petit paquet :

« — J'ai juré de ne pas lui écrire, mais non de ne lui donner aucun souvenir. Dites-lui que c'est ce que je possède de plus précieux. Je voudrais qu'il le garde jusqu'à ce que nous nous retrouvions. Dites-lui...

« Là-dessus, elle m'a fait signe de partir et a bondi dans le massif : la cornette de sœur Scholastique apparaissait à travers les arbres. »

L'abbé Calou retrouva Jean où il l'avait laissé,

étendu sur sa chaise longue, derrière la maison, du côté de l'ouest. Un livre était ouvert sur ses genoux, mais il ne lisait pas.

— Eh ! bien, tu en as causé du grabuge à Larjuzon, mon pauvre drôle !

— Vous arrivez de Larjuzon ?

Mirbel essayait en vain de prendre un air détaché, indifférent.

— Oui, et la mère Brigitte a fait des siennes. Figure-toi que Michèle...

Dès les premières paroles du curé, il n'y tint plus et éclata :

— Elle aurait dû me répondre. Quand on aime, on passe par-dessus les défenses ; on risque tout...

— C'est une petite fille, Jean, mais la plus courageuse que j'aie jamais connue.

Le garçon, sans regarder M. Calou, lui demanda s'il lui avait parlé.

— Oui, quelques minutes. J'ai bien retenu ce qu'elle m'a prié de te redire : elle ne peut ni te voir ni t'écrire, et elle sera pensionnaire au Sacré-Cœur, dès la rentrée. Mais elle t'attendra des années, s'il le faut.

Il prit le ton de quelqu'un qui récite une leçon apprise par cœur : ainsi donnait-il plus de poids à chaque parole.

— Et puis ? C'est tout ?

— Non, elle m'a demandé de te donner ça... C'est ce qu'elle a de plus précieux ; et de le garder jusqu'à ce que vous vous retrouviez.

— Qu'est-ce que c'est ?

Le curé ne le savait pas. Après avoir déposé l'objet sur les genoux de Jean, il rentra dans la maison. Par les volets entrebâillés, il observa l'enfant qui regardait au creux de sa main le petit cœur doré et la chaîne et les approchait de ses lèvres comme il aurait bu.

M. Calou s'assit à sa table, ouvrit le manuscrit de la *Théorie de la foi chez Descartes*, et relut son dernier paragraphe. Mais il n'y put tenir et revint vers la fenêtre. Mirbel avait le visage caché dans ses deux mains ; et sans doute le médaillon se trouvait-il pris entre les paumes unies et les lèvres.

Depuis deux jours, Jean déjeunait et dînait à la salle à manger. Il vint donc, vers sept heures, s'asseoir en face du curé, aussi taciturne qu'il s'était montré jusqu'alors. (M. Calou avait pris le parti d'avoir à portée de sa main, pendant qu'il mangeait, une revue ou un journal.) Pourtant, dès le potage, il s'aperçut que Jean l'observait à la dérobée. Si l'enfant se taisait encore, ce devait être par timidité, gêne, impuissance à découvrir une entrée en matière. De son côté, le curé craignait qu'une parole maladroite perdît tout. Il se contenta, comme il faisait toujours, de surveiller l'appétit de Jean qui était capricieux. Et lorsque, après le repas, ils se retrouvèrent derrière la maison, il lui demanda ce qu'il mangerait avec plaisir le lendemain. Jean répondit que rien ne lui faisait envie, mais sans sa mauvaise grâce habituelle. Et, tout à coup, il posa cette question :

— Est-ce que ça vous intéresse vraiment, ma santé ?

— Voyons, Jean !

Il murmura : « non ! sans blague ! » d'un ton enfantin, s'assit sur sa chaise longue, et prit la main de l'abbé qui était resté debout. Il dit, sans le regarder :

— Je n'ai pas été chic avec vous... Et vous... Ce que vous avez fait aujourd'hui...

Il pleurait comme les enfants pleurent, sans aucune honte. M. Calou s'assit à côté de lui, et il lui tenait la main.

— Vous ne pouvez pas savoir... Si Michèle m'avait abandonné, je me serais tué... Vous ne le croyez pas ?

— Si, mon petit, je te crois.

— Vous me croyez vraiment ?

Comme il avait besoin de confiance, d'être cru sur parole !

— J'ai tout de suite compris que c'était sérieux.

Et, comme Jean disait à mi-voix : « Est-ce que je n'ai pas rêvé ? A Balauze, ai-je vu ce que j'ai vu ? » le curé l'interrompit :

— Ne me raconte rien, si ça doit te faire trop de mal.

— Elle nous avait menti, vous savez ? C'était de la blague qu'elle couchait à Vallandraut... Ils avaient retenu une chambre à Balauze, chez Garbet.

— Toutes les femmes disent une chose et puis elles en font une autre ; c'est connu...

— Elle n'était pas seule... Il y avait un type

qu'elle a rejoint. Je les ai vus à la fenêtre de leur chambre, au milieu de la nuit.

Il les avait vus, et ses yeux fixes les voyaient encore. M. Calou lui prit la tête à deux mains et la remua doucement, comme pour le réveiller.

— Il ne faut pas essayer d'entrer dans la vie des êtres malgré eux : retiens cette leçon, mon petit. Il ne faut pas pousser la porte de cette seconde ni de cette troisième vie que Dieu seul connaît. Il ne faut jamais tourner la tête vers la ville secrète, vers la cité maudite des autres, si on ne veut pas être changé en statue de sel...

Mais Jean insistait, le regard toujours perdu, décrivant ce qu'il voyait encore, ce qu'il verrait jusqu'à sa dernière heure :

— Un homme, presque un vieux... Je le connais : un type de Paris, qui fait des pièces... Les cheveux teints, un bedon, et une bouche... Ah ! ignoble...

— Pour elle, dis-toi qu'il incarne l'esprit, le génie, la grâce. Aimer quelqu'un, c'est être seul à voir une merveille invisible pour les autres hommes... Il faut rentrer, ajouta-t-il après un silence. La nuit arrive vite maintenant, et tu n'es pas assez couvert.

Mirbel le suivit docilement. L'abbé lui tint le bras jusqu'à la chambre-bibliothèque où Jean s'étendit sur le lit. M. Calou alluma la lampe et rapprocha son fauteuil.

— Et eux, demanda-t-il, est-ce qu'ils t'ont vu ?

— Non, j'étais contre le mur de l'église, caché dans son ombre. Je suis reparti avant le jour. J'ai dormi dans une meule. Si vous ne m'aviez pas cherché, je pense que j'aurais crevé comme un chien malade. Quand je pense à ce que vous avez fait...

— Tu n'aurais pas voulu tout de même que j'attende ton retour, les pieds dans mes pantoufles ? J'étais chargé de toi ; j'étais responsable. Tu imagines les embêtements que j'aurais eus...

— Ça n'est pas pour cela ? Ce n'est pas seulement pour cela ?

— Petit idiot !

— Parce que vous tenez à moi, un peu ?

— Et s'il n'y avait qu'un vieux curé pour tenir à Jean de Mirbel !

— Est-ce que c'est possible ? Non, ce n'est pas possible !

— Regarde ce cœur d'or... Où l'as-tu mis ? Suspendu à ton cou, comme elle l'avait au sien ? Sur ta poitrine ? Oui, c'est là qu'il doit être, pour que tu le sentes toujours, pour que dans les mauvais moments tu n'aies qu'à appuyer ta main.

— C'est une petite fille : elle ne me connaît pas, elle ne sait pas qui je suis ; elle ne pourrait me comprendre, tant elle est pure, même si j'essayais de lui expliquer. Et vous non plus, vous ne savez pas ce que j'ai fait...

M. Calou lui mit la main sur la tête :

— Tu n'es pas un juste, bien sûr, tu n'es pas de la race des justes. Tu es de ceux que le Christ est venu chercher et sauver. Michèle t'aime pour ce que tu es, comme Dieu t'aime tel qu'il t'a fait.

— Maman, elle, ne m'aime pas.

— Sa passion l'empêche de sentir l'amour qu'elle a pour toi... Mais cet amour existe.

— Moi, je la hais.

Cela fut dit de ce ton un peu forcé, artificiel, qu'il prenait quelquefois.

— Vous croyez que je blague ? Non, c'est vrai que je la hais.

— Bien sûr : comme on peut haïr quelqu'un qu'on aime. Notre-Seigneur exige que nous aimions nos ennemis ; c'est plus facile souvent que de ne pas haïr ceux que nous aimons.

— Oui, dit Jean, parce qu'ils nous font trop de mal.

Il appuya sa tête contre l'épaule du curé, et ajouta à voix basse :

— Si vous saviez comme j'ai eu mal... Et encore maintenant plusieurs fois par heure : c'est comme si je touchais une plaie à vif. Je souffre à crier, à mourir...

— Mon petit enfant, il faut beaucoup pardonner aux femmes... Je ne puis t'expliquer encore pourquoi. Tu me comprendras plus tard, toi qui leur feras peut-être tant de mal... Même les plus comblées, en apparence, méritent notre pitié... Non pas une pitié trouble, complice, mais celle du Christ, une pitié d'homme et de Dieu qui sait de quelle argile souillée il a pétri sa créature. Mais il n'est pas temps encore de te parler de ces choses.

— Je ne suis plus un enfant, vous savez !

— Non, c'est vrai que tu es un homme : on a l'âge de la souffrance.

— Ah ! vous, vous comprenez...

Ils parlèrent longtemps encore, le prêtre et l'enfant, même après que celui-ci eut regagné son lit. Et lorsque le désir du sommeil lui ferma les yeux, il demanda à M. Calou de faire ses prières auprès de lui et de ne quitter la chambre que lorsqu'il serait endormi.

X

Un coq me réveille. Est-ce déjà l'aube ? Je gratte une allumette : il n'est pas cinq heures. Je décide d'attendre encore. Cette course à Baluzac, que Michèle n'a pu obtenir de moi, j'ai résolu de la tenter ce matin, pour mon propre compte. Hier soir, après la visite de M. Calou, j'ai appris de ma belle-mère que Mirbel ne rentrerait pas cette année au collège. M'a-t-elle vu frémir ? A-t-elle compris qu'elle portait un coup à ce garçon pâlot qui jouait l'indifférence ? Elle a ajouté que cela changeait ses projets, qu'elle avait d'abord résolu, d'accord avec mon père, de chercher une autre pension pour me soustraire à l'influence de cette brebis galeuse ; mais ce n'était plus nécessaire maintenant. Je ne retrouverais pas non plus M. Puybaraud ; mais de ce départ aussi elle se félicitait. Je n'étais que trop enclin à la sensiblerie et M. Puybaraud m'avait été un maître pernicieux.

Jean à Baluzac, Michèle pensionnaire... Et moi, alors ? Ce jour-là, j'ai vu pour la première fois à visage découvert, ma vieille ennemie la solitude, avec qui je fais bon ménage aujourd'hui. Nous nous

connaissons : elle m'a assené tous les coups ima-
ginables, et il n'y a plus de place où frapper. Je
ne crois avoir évité aucun de ses pièges. Maintenant
elle a fini de me torturer. Nous tisonnons face à
face, durant ces soirs d'hiver où la chute d'une
« pigne », un sanglot de nocturne ont autant d'intérêt pour mon cœur qu'une voix humaine.

Revoir Jean, une dernière fois, à tout prix...
Nous entendre pour que nous puissions correspondre... Ce me serait facile de lui écrire, mais où
pourrait-il m'adresser des lettres ? Comment fait-on
pour recevoir son courrier poste restante ? Le voir
une dernière fois ; m'assurer que j'existe encore à
ses yeux et que Michèle n'a pas pris toute la place.
Les roses des rideaux rougissent faiblement : le jour
paraît. Je m'habille en retenant mon souffle. Le
plancher n'a pas craqué ; un mur me sépare d'ailleurs de l'immense chambre où les lits d'acajou de
M. et Mme Pian sont aussi éloignés que possible
l'un de l'autre.

Ma porte s'ouvrit sans le moindre bruit. A vrai
dire, les marches de l'escalier craquèrent, mais
Brigitte n'avait pas le sommeil léger. Je sortirais
par la cuisine pour être sûr de n'être pas entendu.
La clé était accrochée dans la souillarde.

— Où t'en vas-tu si tôt ?

Je retiens un cri.

Elle est là, au tournant de l'escalier, dressée dans
le petit jour qui tombe du toit, vêtue d'une robe
de chambre améthyste. Une puissante tresse comme

un gros serpent gras et dont un ruban rouge lie le museau, descend jusqu'à ses reins.

— Où voulais-tu aller ? Dis ? Réponds.

Je ne songe pas à mentir. Elle sait tout avant que j'ai ouvert la bouche ; et le désespoir, d'ailleurs, m'en enlèverait la force. Le désespoir, sans doute ; mais je ne m'y jette que pour me sauver : je cherche le salut du côté de cette sensibilité folle dont la manifestation effraie les gens même les plus redoutables, et les oblige à me soigner au lieu de me punir. Je râle donc, je suffoque, je dépasse le but et ne puis plus m'arrêter. Brigitte me soulève dans ses bras vigoureux et me porte jusqu'à sa chambre où mon père réveillé en sursaut, dressé sur son séant, se croit victime d'un cauchemar.

— Voyons, calme-toi ; je ne te mangerai pas. Tiens, avale une gorgée d'eau : c'est de la fleur d'oranger.

Elle m'avait étendu sur son propre lit. Je bégayais :

— C'est parce que je ne le verrai plus jamais... Je voulais lui dire adieu...

— C'est de ce Mirbel qu'il s'agit, dit Brigitte à Octave. Voilà où il en est ! C'est à se demander s'il n'est pas trop tard pour réagir. Quelle sensibilité morbide ! Pauvre enfant, ajouta-t-elle entre haut et bas, quel héritage !

— Pourquoi parler devant lui d'héritage, demanda mon père sur le même ton. Que voulez-vous insinuer ?

— Comme si ça me ressemblait, d'insinuer !

— Si ça vous ressemble ?

Il ricanait, hochait la tête, répétait : « ça, alors ! »

Je n'avais jamais vu mon père aussi pâle : il était assis sur son lit, ses jambes noires de poils ne touchaient pas le plancher. De grosses veines bleues gonflaient ses pieds aux orteils difformes. De sa chemise ouverte, une toison grise jaillissait. Les cuisses étaient affreusement maigres, presque étiques. Brigitte, debout, dans sa robe d'évêque, les cheveux tirés sur son front bombé, avec cette forte tresse luisante et grasse, le couvait d'un œil à la fois haineux et circonspect.

Mon père se leva, me prit dans ses bras, me porta jusqu'à mon lit. Je sanglotais contre sa chemise. Il rabattit la couverture sur moi. Un soleil brumeux entrait par les fleurs de lis dessinées dans les volets. J'entends encore de quel ton il me répétait : « Essuie tes yeux, idiot, mouche-toi et dors », et en même temps, il soulevait ma frange, de sa main, il me dévisageait comme s'il ne m'avait jamais vu.

J'eusse dû ne rien apprendre jamais de ce que je vais rapporter ici (avec quelle gêne, quelle honte ! mais il le faut...), et je n'en ai en effet rien connu jusqu'au lendemain de la Grande Guerre où je me suis réconcilié avec l'oncle Moulis, un frère de ma mère, dont j'avais été séparé toute ma vie par une de ces brouilles de famille dont le détail n'importe pas ici. Il avait chéri sa sœur Marthe et désirait me connaître avant de mourir. Il était architecte

de la ville, comme l'avait été mon grand-père. Il
avait gardé « le genre bohème, le genre artiste » que
Brigitte Pian détestait et où elle dénonçait une
source de cette corruption dans laquelle ma mère
avait été élevée, disait-elle, et s'était perdue. Ce
cynique vieux garçon, plus de vingt années après
l'événement, me mit au fait des circonstances qui
avaient marqué ma venue dans ce monde. Non qu'il
ait pu me prouver que je ne suis pas le fils d'Octave
Pian ; mais il croyait plus probable que je dusse
la vie à un cousin germain de ma mère, Alfred Moulis « beau comme le jour », disait mon oncle (la
photographie qu'il me montra n'avait rien fixé de
ce charme et je n'éprouve aucun plaisir à l'idée
d'être né de ce garçon frisé, à tête de bélier). Il
avait voué depuis l'enfance une adoration à sa
cousine qu'elle lui rendait sans mesure. Je ne m'é-
tendrai pas sur ce sujet odieux et ne dirai que
l'indispensable touchant le papier découvert par
ma belle-mère, dès les premières années de son
mariage.

C'était, à en croire l'oncle Moulis, une sorte
de mémorandum écrit de la main de ma mère, une
suite de calculs, des rapprochements de dates, d'où
il ressortait que pour être le fils d'Octave, il fallait
que je fusse né deux mois trop tôt ; et il est vrai
qu'à ma naissance, j'étais loin d'avoir atteint le
poids normal, qu'on dut m'envelopper d'ouate et
que l'on eut beaucoup de peine à m'élever. Destiné
à quel usage, ce papier ? Un brouillon de lettre,

sans doute ; l'oncle le supposait sans en être certain.

Mais Octave Pian avait une raison qu'il croyait connue de lui seul, pour douter que je fusse son fils, et à laquelle ce document ajouta beaucoup de force. L'oncle Moulis le tenait de sa sœur... Qu'il est délicat de toucher à ce sujet et qu'il faudrait ici user de périphrases ! J'ai cru comprendre qu'Octave appartenait à cette espèce d'hommes fort répandue, que paralyse l'excès même de leur amour : supplice atroce, surtout lorsque la passion n'est pas partagée et que ce ridicule désespoir est observé d'un œil froid ou moqueur...

Je voudrais que le lecteur sentît toute la répugnance que j'éprouve à écrire ces choses, où il apparaît bien que je raconte une histoire dont rien n'est inventé : car un romancier fuit d'instinct ces sortes de sujets qui font horreur. Mais dès que nous renonçons à la fiction, pour suivre à la piste des destinées qui réellement traversèrent la nôtre, nous tombons à chaque instant sur ces misères des sens, sur ces aberrations, ou pire encore : sur ces insuffisances dont nous détestons d'autant plus d'entendre parler que beaucoup d'entre nous en furent peu ou prou les victimes. Renan disait que la vérité est peut-être triste : il l'entendait sur le plan métaphysique. Au niveau humain, elle n'est pas seulement triste mais encore ridicule, honteuse, au point que la pudeur nous détourne de l'exprimer. D'où le silence qui la recouvre et il faut le scandale d'un procès en séparation ou en cour de Rome, pour qu'elle éclate aux yeux du public.

Quand, en octobre, je rentrai à la ville avec ma belle-mère, Octave Pian demeura à Larjuzon. La séparation des époux était consommée, sans avoir été décidée entre eux : cela se fit tout naturellement. Mon père qui ne détenait pas encore le document (oublié comme par hasard dans un tiroir de sa chambre où il ne devait pas tarder à le découvrir) avait été assez préparé et cuisiné par Brigitte pour me voir partir sans regret, et pour préférer la solitude et l'hivernage en pleine campagne à la cohabitation avec une femme exécrée et avec ce fils dont le seul aspect réveillait son angoisse. Le souvenir que j'ai de lui est d'un homme retourné à cette sorte de stupeur, à cet état de somnolence d'où il était sorti durant quelques jours pour défendre Michèle. Il avait dû commencer de boire, dès cette époque, mais ce fut après notre départ qu'il s'abandonna.

Michèle étant pensionnaire au Sacré-Cœur, je demeurai seul avec ma belle-mère. Ce furent deux ternes années, jusqu'à mon baccalauréat, durant lesquelles je souffris bien moins que je ne l'avais imaginé. Je travaillais facilement, et Brigitte n'avait guère à redouter d'ennuis de cet écolier taciturne qui, le soir, étudiait ses leçons, préparait ses compositions sans qu'aucune surveillance fût nécessaire. Mon père vint à la ville une fois par mois, durant cette première année, le jour où sortait Michèle ; il nous amenait tous les deux déjeuner au restau-

rant. Il m'en est resté cette vive impression de jouissance que je ressentais à choisir sur la carte mes
plats préférés : huîtres, râble de lièvre, cassoulet.
La certitude que Michèle et Jean étaient séparés, et
sans doute pour toujours, avait comme endormi
ma tendresse à leur égard, en même temps que ma
jalousie, sauf en de brefs réveils : il m'a toujours
fallu souffrir pour savoir que j'aimais.

Je dois ici rappeler deux incidents qui fixèrent
au point mort mon amitié pour Mirbel. Au retour
du collège, un soir du premier hiver, ma belle-mère,
sans lever le nez de son livre, me dit : « Il y a une
lettre pour toi. » Je ne fus pas dupe de son détachement affecté. « C'est de Mirbel », déclarai-je après
un regard sur l'enveloppe. Et aussitôt, avec cette
astuce de certains enfants pour manœuvrer les parents les plus difficiles, je demandai d'un air can-
dide : « Dois-je la lire ? » Brigitte Pian eut un
mouvement d'hésitation, puis décida de s'en rapporter à moi pour la lui soumettre, si je jugeais que
c'était de mon devoir. Elle ne me regarda pas un
seul instant pendant que je déchiffrai cette lettre
où Jean de Mirbel, après m'avoir décrit « la vie
crevante » qu'il menait au presbytère de Baluzac,
une vie « à se faire sauter le caisson », me priait
de bien vouloir lui donner des nouvelles de ma
sœur : « ... Et peut-être même pourrait-elle à la fin
de la lettre ajouter quelques mots. Ça me ferait plaisir et ce ne serait pas manquer à sa promesse. Dis-lui
qu'on ne peut pas savoir ce que c'est que de vivre

dans un sale bourg perdu au milieu des pins, en
tête à tête avec un vieux curé qui est un chic type,
je ne dis pas le contraire, et qui fait ce qu'il peut
pour moi. Mais moi, je ne suis pas un chic type,
voilà le malheur. Dis-lui que trois lignes d'elle, ce
serait déjà beaucoup. Elle ne peut pas imaginer ce
que ça m'aiderait... »

Je me rappelle ma colère glacée, à mesure que
j'avançais dans cette lecture et que je n'y trouvais
rien qui me fût destiné. L'irritation dominait le
chagrin. Puisque c'était ainsi, mieux valait n'y plus
songer, faire place nette... L'aurai-je souvent ressenti, au cours de ma vie, ce désir brusque de cou-
per court, de jeter les gens par-dessus bord ! Je ten-
dis la lettre à Brigitte qui en prit connaissance aussitôt, mais sans aucune hâte ; et lorsqu'elle la replia,
un sourire découvrit ses dents de jument : « La
Supérieure, me dit-elle, m'a fait remettre tout un
paquet de l'écriture de ce monsieur. Car il a eu le
toupet d'adresser des missives à ta sœur au couvent
même ! et crois-tu que chaque lettre débutait par
des supplications à la Révérende Mère, ou à la
personne qui ouvrirait la première l'enveloppe,
pour qu'elle consente à la remettre à Michèle ! Ce
qui prouve, ajouta-t-elle d'un ton sentencieux, que
la corruption peut aller de pair avec la sottise et
qu'elles ne sont nullement incompatibles. » Là-dessus, elle jeta le papier dans la cheminée et le livra
aux flammes éphémères.

Pour le second incident, je ne sais s'il faut le
situer à la même époque. Je crois plutôt que cette

rencontre avec l'abbé Calou eut lieu durant l'hiver
de l'année suivante. Un jeudi, comme je sortais de
la maison, quelqu'un derrière moi prononça mon
nom. Je reconnus l'abbé Calou bien qu'il eût beaucoup maigri. Sa vieille soutane flottait sur les épaules osseuses. Il avait dû guetter ma sortie. Comme
je lui disais que j'allais à la librairie Féret, il m'y
suivit.

— C'est Jean qui sera content, ce soir, quand
je lui parlerai de notre rencontre.

— Il va bien ? demandai-je d'un air détaché.

— Non, dit l'abbé Calou, non, le pauvre drôle,
il ne va pas bien.

Il attendait mes questions, mais en vain, car je
m'arrêtai à la porte de Féret et me mis à feuilleter
les livres d'occasion exposés en plein vent. Etais-je
si dur alors ? Non, puisque rien ne m'échappait de
la détresse du pauvre prêtre penché vers moi, et
puisque après tant d'années, je suis sensible encore
au remords qui, dès ce moment-là, me pénétrait.

— Pour tout te dire, il m'inquiète, notre Jean.
Pense qu'il n'est pas allé cette année à La Devize :
sa mère passe l'hiver en Egypte. Bien sûr, il travaille beaucoup, il chasse. Je lui avais monté, en
octobre, une chasse à la palombe. Il en a pris cent
quarante-sept. Je lui ai même trouvé un cheval,
figure-toi, au moulin de M. Du Buch, une vieille
carne, qui tout de même se laisse monter. Mais c'est
la compagnie qui lui manque...

— Et vous ? demandai-je candidement.

— Oh ! moi...

Il fit un geste vague, n'ajouta rien. Sans doute avait-il depuis longtemps mesuré son impuissance : il ne détenait rien de ce qu'exige pour être heureux un garçon de cet âge. Sa culture était sans valeur aux yeux de Jean, et plus encore sa tendresse. Que pouvait-il être d'autre qu'un geôlier pour ce garçon qu'il retrouvait, le soir, recroquevillé sur une chaise de paille, au coin du feu de la cuisine où il l'avait laissé après le déjeuner, le livre ouvert à la même page. Et il ne levait même pas vers l'abbé sa figure sombre. Ça ne l'amusait plus de monter à cheval seul, et sur ce vieux carcan. Quand il ne le retrouvait pas au presbytère, l'abbé savait où Jean cherchait refuge. Cette autre angoisse, je ne la connaissais pas alors : Jean s'attardait souvent chez l'ennemi, à la pharmacie, chez cette Voyod qui était l'adversaire déclarée de l'abbé Calou. L'instituteur et l'institutrice l'y rejoignaient à la fin de la classe. On buvait du café dans l'arrière-boutique en commentant l'article de Jaurès, ou d'Hervé.

Bien que je comprisse où l'abbé voulait en venir, je me gardai bien de l'aider et il dut aborder son sujet sans préparation.

— Je regrette, me dit-il, d'avoir eu des mots avec Mme Pian. Je la crois d'ailleurs incapable de céder à la rancune et je suis sûr que la décision qu'elle a prise à l'égard de Michèle et de Jean est dictée par les raisons les plus hautes. Je ne les discuterai donc pas, je m'en rapporte à sa sagesse. Mais, mon enfant, ne penses-tu pas que Michèle pourrait écrire, de temps en temps, au curé de Balu-

zac ? Quel mal y aurait-il ? Même sans me charger
d'aucun message pour Jean, elle me parlerait un
peu de sa vie, ce serait pour ton ami un réconfort
immense. Je dirai plus, Louis, me souffla-t-il presque à l'oreille, ce pourrait être le salut... Car c'est
bien de cela qu'il s'agit : de le sauver... me comprends-tu ?

Je vis de tout près ses yeux d'enfant implorant
et sentis mon haleine aigre. Non, je le comprenais
mal ; tout de même je fus touché, cette fois ; mais
c'était pour lui et non pour Jean que je me rendais
à son désir. Il eut ma promesse que je transmettrais
sa proposition à Michèle, et je lui épargnai même
la peine de me demander de n'en rien dire à ma
belle-mère : je lui en donnai de moi-même l'assurance. Il enferma dans sa grande main ma nuque et
attira ma tête contre sa soutane tachée. Je l'accom-
pagnai jusqu'au tramway. Sur la plate-forme
arrière, les hommes autour de lui ressemblaient à
des nains.

Cette correspondance entre l'abbé Calou et Michèle, qui aurait peut-être empêché ou retardé bien
des malheurs, fut interrompue dès la troisième mis-
sive : Michèle avait eu l'imprudence de la confier
à une demi-pensionnaire, parce qu'elle n'avait pu
se retenir de l'adresser tout entière à Jean, bien que
l'enveloppe portât le nom et l'adresse de l'abbé
Calou. La lettre fut saisie par une de ces dames et
transmise à Brigitte Pian qui me raconta elle-même
l'affaire, en évitant de charger Michèle : « C'est ce

prêtre lui-même qui l'a induite en tentation, il
n'en faut pas douter, me dit-elle ; malgré la gravité
du cas, j'ai cru devoir implorer la grâce de ta
sœur et je dois dire que la Révérende Mère s'est
montrée d'une grande charité. Quant au curé de
Baluzac, son dossier grossit tous les jours, ajouta-
t-elle avec une involontaire satisfaction, mais cette
lettre en constitue la pièce maîtresse... »

Ainsi en était-elle venue à penser tout haut devant
moi. M'aimait-elle ? Je me suis longtemps persuadé
qu'elle avait choyé, dans l'enfant que j'étais, la
preuve vivante du péché de la première Mme Pian.
Aujourd'hui, j'incline à penser qu'elle me montrait
tout l'attachement dont elle était capable et que
j'intéressais en elle ce peu d'entrailles qui subsiste
dans les femmes les plus insensibles.

XI

Mon existence était alors étroitement unie à celle de Brigitte Pian. Le petit salon où elle travaillait et recevait les gens séparait ma chambre de la sienne. La porte en demeurait toujours entrebâillée ; elle la fermait lorsque quelqu'un était introduit. Mais pour peu qu'elle élevât une voix qui était par nature vibrante, je suivais sans effort les conversations, surtout en hiver, lorsque les fenêtres demeuraient closes et qu'il ne montait du cours de l'Intendance qu'une rumeur assourdie.

Quand je reconnaissais la voix de M. Puybaraud, je me dérangeais quelquefois pour aller le saluer, mais pas toujours ; et c'était lui, le plus souvent, qui, au moment de prendre congé, venait m'embrasser. Mes manières à son égard avaient changé en même temps que sa position dans le monde. Cet homme pauvre et frêle qu'un mince pardessus de confection défendait mal contre le froid et dont les souliers n'avaient pas été cirés, ne pouvait m'inspirer la même déférence que le maître en redingote dont j'avais été l'élève chéri.

Je me dois cette justice d'ajouter que son aspect

excitait ma pitié, ou du moins cette sorte de malaise
devant la misère d'autrui, que nous avons accoutumé d'appeler ainsi. Mais quand je réfléchissais au
malheur de M. Puybaraud, il m'était impossible de
ne point me sentir d'accord avec Brigitte Pian et
de ne point le mépriser d'avoir cédé à un attrait
que j'ignorais encore, bien que je fusse déjà enclin
à le considérer avec méfiance et dégoût. Je n'eusse
pas ressenti la même répulsion pour les signes appa-
rents de sa déchéance s'ils n'avaient correspondu
pour moi à une réalité d'ordre spirituel et si, par
son mariage, M. Puybaraud n'avait à mes yeux vo-
lontairement déchu d'un état supérieur. J'ai peu
changé sur ce point : je crois que tout le malheur
des hommes vient de ne pouvoir demeurer chastes
et qu'une humanité chaste ignorerait la plupart des
maux dont nous sommes accablés (même ceux qui
paraissent sans lien direct avec les passions de la
chair). Le bonheur en ce monde par la bonté et
par l'amour, un très petit nombre d'êtres m'en ont
donné l'idée, chez qui le cœur et le sang étaient
souverainement dominés.

M. Puybaraud venait tous les quinze jours recevoir de ma belle-mère les subsides dont le ménage
vivait. Le reste du temps, il courait la ville à la
recherche d'une introuvable place. Octavie enceinte,
mais menacée d'une fausse couche, devait rester
étendue jusqu'à sa délivrance et ne pouvait se
rendre aucun service. J'avais entendu dire qu'une
Petite Sœur de l'Assomption faisait le matin leur

ménage. C'était tout ce que je savais de ce malheureux couple et ne me posais d'ailleurs guère de questions à son sujet.

J'avais remarqué pourtant que les entrevues bimensuelles de M. Puybaraud et de ma belle-mère, si elles se terminaient toutes par la remise d'une enveloppe, comportaient un long débat à mi-voix, non sans quelques sourds éclats. Du côté Puybaraud, la note était pressante, suppliante ; à quoi ma belle-mère opposait un accent que je connaissais bien, de négation obstinée et de refus. Et tout à coup elle parlait seule, du ton de quelqu'un qui dicte la loi à un inférieur dominé, réduit au silence. « Vous savez bien qu'il en sera ainsi parce que telle est ma volonté et que vous devrez bien finir par vous y résoudre, cria-t-elle un jour assez haut pour que je n'en perdisse rien. Et quand je dis : ma volonté, c'est mal m'exprimer ; car nous ne devons pas faire ce que nous voulons, mais ce que Dieu veut : n'espérez pas que je demeure plus longtemps votre complice. »

Là-dessus, mon ancien maître, en dépit de tout ce qu'il devait à ma belle-mère et de sa dépendance totale à son égard, lui reprocha de suivre la lettre de la loi plutôt que l'esprit, et s'oublia jusqu'à lui dire que c'était toujours le prochain qui faisait les frais de ses scrupules et que c'était toujours contre quelqu'un qu'elle manifestait la délicatesse et les rigueurs de sa conscience. Il ajouta qu'il ne la quitterait pas avant d'avoir obtenu ce qu'il lui demanderait. (Je n'avais pu, à travers la porte, dé-

mêler de quoi il s'agissait.) Ma belle-mère, hors
d'elle, cria que puisqu'il en était ainsi, ce serait
elle qui s'en irait. Je l'entendis sortir du petit
salon non sans fracas. Quelques secondes après,
M. Puybaraud, blême, pénétra chez moi. Il tenait
à la main l'enveloppe qu'elle avait dû presque lui
jeter à la figure. Ses pantalons étaient marqués aux
genoux. Il ne portait pas de manchettes. Sa cravate
noire ainsi que le plastron empesé étaient des restes
de sa défroque du collège.

— Vous avez entendu ? me demanda-t-il. Mon
petit Louis, je vous fais juge...

Je ne crois pas que beaucoup d'enfants aient
été, aussi souvent que je le fus, choisis comme
arbitre par les grandes personnes. Cette confiance
que j'inspirais déjà à mon maître, le soir où il
m'avait chargé d'une lettre pour Octavie Tronche,
l'incitait encore à recourir à mes bons offices,
— confiance raisonnée, et qui, chez lui, découlait
de ce culte qu'il avait toujours voué à l'enfance.
Selon lui (et il avait eu le tort de développer ces
vues devant moi), les garçons entre sept et douze
ans avaient le privilège d'une lucidité d'esprit sin-
gulière et parfois d'un incroyable génie qui se
dissipait aux approches de la puberté. En dépit de
mes quinze ans, j'avais gardé à ses yeux tout mon
prestige d'enfant. Pauvre Puybaraud ! Le mariage
ne l'avait pas embelli. Il était devenu presque
chauve. Quelques mèches blondes recouvraient mal
le crâne. Les pommettes restaient rouges dans la
face exsangue et il toussait.

Comme du temps où, à Larjuzon, il m'expliquait un texte latin, il approcha une chaise de la mienne.

— Toi, tu me comprendras...

Il n'usait du « tu » à mon égard, que dans les épanchements et lorsqu'il s'adressait à l'enfant d'un génie infaillible. Il me raconta que le médecin n'espérait pas qu'Octavie pût arriver au terme normal de sa grossesse sans un repos absolu du corps et de l'esprit. Il avait donc cru apaiser le plus lancinant des soucis qui tourmentaient sa femme, en la trompant sur l'origine de la petite somme qu'il apportait chaque quinzaine. Elle ignorait que cet argent vînt de ma belle-mère et croyait que son mari gagnait sa vie et avait enfin obtenu des émoluments de l'archevêché.

— Oui, je lui ai fait ce mensonge et je le soutiens chaque jour, au prix de quelles souffrances, de quelle honte, Dieu le sait. Mais devons-nous appeler mensonges les contes que nous sommes obligés de faire à un malade, voilà ce que je ne saurais admettre, en dépit de toutes les raisons de Mme Brigitte...

Il me regardait fixement, comme s'il eût attendu un oracle. Je haussai les épaules :

— Laissez-la dire, monsieur Puybaraud. Du moment que vous êtes d'accord avec votre conscience...

— Ce n'est pas si simple, mon petit Louis... d'abord parce qu'Octavie s'étonne et s'inquiète que Mme Brigitte ne soit pas venue la voir depuis qu'elle est étendue... Ta belle-mère jusqu'à aujourd'hui se refusait à cette visite, « tant que je n'aurais pas réparé l'offense faite à la vérité », comme elle a eu le front de m'écrire ! Cela m'a engagé avec Octavie dans des explications dont je te fais grâce : car le mensonge engendre le mensonge, je dois rendre les armes sur ce point à Mme Brigitte. C'est un labyrinthe dont on ne sort pas. Enfin, j'étais arrivé à sauver la face tant mal que bien... Mais voilà que maintenant Mme Brigitte devient menaçante : elle m'assure qu'en conscience elle ne se reconnaît pas le droit de demeurer plus longtemps ma complice : elle exige que je découvre à Octavie l'origine de nos ressources... Imagines-tu cela ?

Je l'imaginais très bien et j'assurai à M. Puybaraud que ce qui au contraire m'étonnait, c'était que ma belle-mère eût consenti si longtemps à ne pas détromper Octavie. Je ne lui dis pas, mais lui laissai entendre que j'admirais cette rigueur. Je commençais alors de faire connaissance avec Pascal dans la petite édition Brunschwicg. Le type de Brigitte Pian se relevait à mes yeux et s'embellissait par la comparaison avec la Mère Agnès et la Mère Angélique et toutes les autres orgueilleuses de Port-Royal. Je revois cet enfant implacable que j'étais, assis au coin d'un feu de bois, devant un guéridon chargé de dictionnaires et de cahiers, et en face de moi cet homme exténué, qui tendait aux tisons deux petites mains blanches et sales et dont les souliers percés fumaient. Ce que ses yeux tendres et battus fixaient dans la flamme, c'était l'image d'une femme étendue avec son fardeau précieux et menacé. Il y avait là une réalité que Brigitte Pian refusait de considérer et où il ne pouvait non plus m'introduire. Ma belle-mère lui répétait : « Je vous ai assez averti et ce n'est pas à moi que vous devez vous en prendre... » C'était vrai que tout se passait comme elle avait prévu et que les événements lui donnaient trop raison pour qu'elle n'en ressentît pas une confiance renforcée dans les inspirations et les lumières qui lui venaient de Dieu.

— Elle est partie sur une menace, et en m'avertissant qu'elle viendrait voir Octavie demain à la fin de la journée, ajouta M. Puybaraud d'une voix sombre. Elle nous apportera un pot-au-feu, mais elle exige que d'ici là j'aie préparé Octavie à connaître ma situation véritable. Comment faire ? Je voudrais épargner à ma pauvre femme le spectacle de ma honte. Je n'ai aucun sang-froid, tu le sais. Je ne pourrai retenir mes larmes...

Je lui demandai pourquoi il ne trouvait pas d'élèves. Ne pouvait-il donner des répétitions ? Il secoua la tête : les diplômes lui manquaient, et son mariage lui avait fermé la plupart des maisons où il aurait eu quelque chance de pénétrer.

— Quel dommage que je n'aie pas besoin de répétiteur, déclarai-je d'un ton satisfait. Mais je suis toujours premier...

— Oh ! toi, me dit-il avec une tendre admiration, tu en sais déjà autant que moi. Prépare les concours, mon petit, collectionne les parchemins. Tu n'en as pas besoin, mais on ne sait jamais... Si seulement j'étais licencié...

Enfant d'une pauvre famille que ses futurs

confrères avaient élevé par charité parce qu'ils
pressentaient sa valeur, le jeune Léonce Puybaraud
apprenait tout ce qu'il voulait et aurait pu aller
loin si, dès l'âge de dix-huit ans, on n'avait eu
recours à lui pour des suppléances, car le collège
manquait de sujets. Tout en faisant la classe, il avait
dû se former lui-même et ne connaissait guère la littérature que par des *Morceaux Choisis* et à travers
les manuels. En revanche, il avait pénétré mieux
que beaucoup d'universitaires les grands Anciens
de la Grèce et de Rome. Aujourd'hui toute sa
science ne l'aidait en rien à gagner les trois cents
francs par mois qui lui eussent été nécessaires.

J'aurais bien voulu qu'il s'en allât et je feuilletais
mon dictionnaire pour qu'il comprît que je n'avais
pas de temps à perdre. Mais lui se détendait, s'abandonnait à cette atmosphère tiède et douce auprès
d'un enfant qu'il chérissait, s'interrogeant sur les
moyens d'avertir Octavie sans lui causer trop d'émotion...

Je lui suggérai :

— Pourquoi la mettre vous-même au courant ?
Vous pourriez en charger quelqu'un... Par exemple
cette petite sœur de l'Assomption qui vient tous les
matins...

— Quelle bonne idée, Louis ! s'écria-t-il en frap-
pant ses maigres cuisses. Il n'y a que toi pour voir
clair dans une situation. Cette sœur est une petite
sainte qu'aime beaucoup Octavie ; et elle aussi
admire ma femme. C'est même un spectacle curieux
que ces deux créatures dont chacune se juge très

inférieure à l'autre. Je voudrais que Mme Brigitte pût les observer comme moi..., elle apprendrait ce qu'est la véritable humilité...

Il s'interrompit, parce que je pinçais les lèvres et qu'il me sentait sous la coupe de Mme Brigitte plus qu'il ne l'avait jamais été lui-même.

Le lendemain, vers le milieu de l'après-midi, Brigitte Pian descendit d'un landeau devant la maison de la rue du Mirail où le ménage Puybaraud occupait un logement meublé qu'elle avait elle-même choisi et dont elle payait le loyer. Elle avait les bras chargés de divers paquets au point qu'elle ne put relever sa robe dans cet escalier affreux. Les eaux ménagères coulaient dans une rigole ouverte. Brigitte Pian connaissait cette odeur ; elle était familière à ses narines de dame de charité. La misère des villes a partout la même haleine de fricot et de latrines. Là encore, je ne voudrais pas céder à la tentation de retourner contre Brigitte Pian les actes les meilleurs de sa vie. Quelles qu'en fussent les raisons profondes, elle se montra toujours fort aumônière et même dans certaines occasions, auprès de grands malades, très capable de payer de sa personne. De plus, elle avait pour principe qu'il valait mieux tirer d'affaire un petit nombre de malchanceux, que de répandre sur beaucoup des aumônes insuffisantes ; et je me souviens, quand nous faisions des courses ensemble, qu'elle allait acheter du fil, de la laine ou de l'épicerie dans des boutiques éloignées du centre de la ville, tenues par des pro-

tégés qu'elle s'était acharnée à sortir de l'ornière, et
chez qui elle envoyait ses relations en service com-
mandé. Elle ne ménageait d'ailleurs à ces commer-
çants aux abois ni les observations ni les reproches,
et se scandalisait de l'ingratitude de gens qui s'obs-
tinent à ne pas réussir malgré l'aide pécuniaire
qu'on leur apporte.

Elle n'en usa pas aussi bien avec les Puybaraud
et tout en les nourrissant, les laissa se débattre. Fut-
ce de propos délibéré ? Qui peut l'assurer ? Elle-
même peut-être n'en savait rien. J'incline à penser
qu'elle trouvait bien qu'ils demeurassent dans le
misérable état qu'elle leur avait prédit, et qu'ils
fussent si évidemment punis de s'être dérobés à
ses directions. Ce lui était un constant triomphe que
de tenir les Puybaraud sous son entière dépendance.
Quant à ses sentiments à l'égard d'Octavie, elle-
même en aurait peut-être frémi si elle les avait
connus.

Le premier objet qui frappa la vue de Brigitte
dans la chambre de la malade, fut un piano droit,
perpendiculaire au lit, contre le chevet duquel il
était placé, et qui encombrait la pièce au point qu'il
était difficile de se mouvoir entre l'armoire, la table,
et la commode envahie de fioles, de tasses, d'assiettes
sales. (M. Puybaraud avait tôt fait, chaque jour, de
détruire l'ordre que laissait derrière elle la petite
sœur.) Durant l'échange des premières politesses et
des demandes et des réponses touchant l'état d'Octavie, les Puybaraud s'aperçurent, avec quelle an-

goisse ! que déjà ce piano « tirait l'œil » à Mme Brigitte et qu'elle allait commencer son enquête. La maison qui le leur avait loué avait bien promis de le faire reprendre. Mais on leur avait manqué de parole. Le matin même, M. Puybaraud était inutilement revenu à la charge. Comment expliquer à Brigitte Pian qu'ils avaient pu se passer cette fantaisie, absurde puisque ni l'un ni l'autre ne savait jouer de piano, bien qu'ils prissent un plaisir égal à retrouver avec un doigt, sur le clavier, des airs de cantiques ? Même s'ils n'avaient pas été dans la misère, cette location eût été difficile à excuser ; mais quand on en est réduit à vivre de la charité des gens...

Octavie se hâta d'aborder un sujet capable de détourner l'attention de Mme Brigitte. Elle la remercia du fond du cœur de n'avoir pas permis que Léonce la trompât plus longtemps sur l'origine de l'argent qu'il rapportait au logis, chaque quinzaine. Il l'avait fait dans une bonne intention et par charité pour elle. Mais elle se doutait depuis longtemps de la supercherie et avait cru d'abord à une ruse de Mme Brigitte qui, c'était bien connu, se cachait pour faire le bien comme d'autres pour faire le mal. (Octavie n'était pas entièrement exempte de ce défaut, si répandu dans les milieux où elle avait été élevée, et où la flatterie ne coûte guère quand elle s'adresse aux personnes influentes et riches qui vous tiennent dans leur dépendance.) Elle ajouta qu'elle comprenait et partageait le scrupule de Mme Brigitte. Celle-ci qui écoutait distraitement, les yeux sans cesse ramenés vers le piano, lui coupa la parole pour assurer qu'elle regrettait d'avoir chagriné M. Puybaraud, que peut-être elle aurait eu la faiblesse de lui céder s'il s'était agi d'une personne du siècle comme il y en a tant, et qui n'entendent rien aux choses de Dieu. Mais elle avait jugé qu'une chrétienne, telle qu'Octavie, ne devait rien ignorer des conséquences de ses actes, ni des épreuves auxquelles la Providence la voulait soumettre. « Du moment qu'il était dans ses desseins de vous faire vivre grâce à la charité d'une amie, et de permettre que M. Puybaraud ne pût trouver dans le monde aucune place qui lui convînt, je ne me suis pas reconnu le droit de vous faire perdre le bénéfice de cette leçon. »

Dans son journal, M. Puybaraud, après avoir rapporté ces paroles qu'il qualifie d'atroces, ajoute : « Je ne jurerais pas qu'elle les ait prononcées avec une ironie consciente, mais plutôt avec cette satisfaction de pouvoir recouvrir d'un prétexte inattaquable du point de vue religieux, son profond plaisir d'avoir eu tellement raison contre nous qu'il n'y a plus, entre la plus noire misère et notre ménage, que cette petite enveloppe qu'il me faut aller ramasser chez elle, deux fois par mois. »

— C'est curieux, dit-elle, ce piano ne figure pas dans l'inventaire qui m'a été remis lorsque j'ai loué pour vous ce logement.

— Non, répondit Octavie d'une voix tremblante. C'est une folie dont je suis seule coupable.

Et elle la regarda avec ce tendre sourire désarmant auquel peu de personnes résistaient, mais le front de la bienfaitrice demeura sourcilleux.

— Pardon, chérie, interrompit M. Puybaraud. C'est moi qui te l'ai proposé et je pensais à mon plaisir plus qu'au tien.

Qu'il avait tort d'appeler sa femme « chérie » devant Brigitte Pian ! Elle avait toujours détesté l'impudeur des couples qui, sous prétexte qu'ils sont légitimes, rendent sensible par une parole, par un geste, leur ignoble intimité. Mais chez ces deux-là, c'était à la lettre insupportable.

— Dois-je comprendre, demanda-t-elle d'une voix trop douce, que vous avez loué ce piano ?

Les accusés inclinèrent la tête.

— L'un de vous est donc capable de donner des leçons ? Je croyais que vous ignoriez le solfège au point de ne pas connaître vos notes.

Octavie répondit qu'ils avaient cru pouvoir se permettre cette distraction.

— Quelle distraction ? celle de jouer avec un doigt comme je vous ai souvent vue faire à l'école libre, au risque de vous rendre ridicule aux yeux des élèves ?

Et Mme Brigitte, qui ne riait qu'en de rares circonstances, émit une sorte de gloussement.

Octavie baissait la tête. Ses cheveux jaunes et ternes étaient partagés en deux tresses qui pendaient sur chaque épaule. Sa poitrine se levait et s'abaissait trop vite sous la camisole en toile rude.

— C'est vrai que nous avons eu tort, madame

Brigitte, dit M. Puybaraud. Mais il ne faut pas
causer d'émotion à Octavie, supplia-t-il à voix basse.
Nous en reparlerons, si vous voulez, à ma prochaine
visite. Je vous expliquerai...

— Oui, souffla-t-elle, pardonnez-moi... Nous en
parlerons ailleurs, à loisir : vous me direz avec quel
argent vous avez loué ce piano.

— Avec le vôtre, bien sûr... Je reconnais que
lorsqu'on vit de charités, il est impardonnable de
dépenser vingt francs par mois pour détenir un
piano dont on ne sait pas jouer. Mais remettons l'explication à une autre fois...

— Quelle explication ? Tout est expliqué, tout
est clair, dit Brigitte, toujours à mi-voix (mais Octavie n'en perdait pas un mot). Il n'y a rien à ajouter,
il me semble. Vous ne paraissez ni l'un ni l'autre
vous rendre compte que vous avez là dépassé les
bornes. Je n'en fais pas une question d'argent, vous
pensez bien ! Ce n'est pas d'argent qu'il s'agit...

M. Puybaraud l'interrompit en lui rappelant
qu'elle jugeait elle-même inutile de rien ajouter, et
il entoura de ses bras Octavie que les sanglots suf-
foquaient. Mais Brigitte Pian, inquiète des larmes
d'Octavie, était en proie à une de ces colères qu'elle
maîtrisait mal, et où elle reconnaissait humblement
le signe de cette nature de feu que le ciel lui avait
départie. Bien qu'elle s'efforçât de ne pas hausser
le ton, les paroles furieuses et mal retenues sif-
flaient entre ses dents serrées :

— Il me reste en tout cas d'en faire mon profit.
Par exemple, ça, oui ! Il y a une limite, même à la

vertu ; je dois me garder contre toute faiblesse, et aussi charitable que j'aie pu être à votre égard, je ne prétends point pousser la bonté jusqu'à la sottise...

— Je vous supplie de vous taire ou de vous en aller. Vous ne voyez pas dans quel état vous mettez Octavie ?

Et M. Puybaraud s'oublia jusqu'à lui saisir le bras et à la pousser vers la sortie :

— Eh quoi, mon ami, vous osez me toucher ?

Brigitte Pian, par cet attentat, se retrouvait d'un coup transportée sur les sommets de sa perfection coutumière.

— Non, Léonce, gémit Octavie. C'est notre bienfaitrice ; c'est toi qui me fais mal en ne la traitant pas comme elle mérite de l'être.

Là-dessus, M. Puybaraud, en proie à la rage des faibles, et comme Brigitte était déjà sur le palier, cria un peu trop fort : « Nous sommes ici chez nous, ma chérie. »

La haute stature de ma belle-mère se détacha alors dans le cadre de la porte.

— Chez vous, vraiment ?

Le triomphe lui était devenu si aisé qu'elle avait reconquis une paix qu'elle croyait céleste. En vérité, elle aurait pu ne rien ajouter à ce mot qui clouait le bec à son misérable adversaire. Mais elle ne sut retenir ce dernier trait :

— Faut-il que je vous renvoie toutes les quittances de loyer ? Elles ne sont pas à votre nom, il me semble ?

M. Puybaraud fit claquer la porte et s'approcha
du lit où Octavie pleurait, le visage entre les mains.
Il la prit dans ses bras et l'attira contre sa poitrine.

— Tu as eu tort, Léonce, nous lui devons tout,
et c'est vrai que ce piano...

— Ma chérie, calme-toi, tu vas faire du mal au
petit...

Ils appelaient « le petit » celui qui n'était pas
là encore, l'enfant bien-aimé qui, peut-être, ne naî-
trait jamais. Et comme M. Puybaraud répétait à
mi-voix, tenant toujours contre lui la tête de sa
femme : « l'atroce créature ! », Octavie protestait :

— Non, Léonce, non, c'est mal. Elle a des défauts
de caractère. Le caractère, vois-tu, c'est notre pierre
d'achoppement à tous. Il est aisé de ne pas commettre de ces crimes dont Dieu éloigne de nous les
occasions ; mais vaincre la nature au jour le jour,
on n'y arrive pas seul sans une grâce particulière.
Il n'a manqué à Mme Brigitte que la règle d'un
couvent...

— Allons donc ! si elle y avait été, elle l'aurait
dirigé, et eût fait trembler la communauté, où elle
aurait choisi longuement ses victimes. Il faut, au
contraire, se réjouir de ce que personne ne lui ait
été livré corps et âme dans un cloître ! C'est là
qu'une Brigitte Pian eût donné toute sa mesure. A
nous deux, il nous reste du moins la liberté de mourir de faim, sans la revoir jamais...

— Je t'accorde qu'elle eût aidé à la sanctification
de ses sœurs, dit Octavie encore en larmes, mais

avec son pâle sourire. Tu as remarqué, dans la vie des grandes moniales, il y a quelquefois une supérieure de la race de Mme Brigitte, qui les aide à gagner le ciel par les chemins les plus rudes et en même temps les plus courts, car elles ne font pas de vieux os... Non, ajouta-t-elle, ce n'est pas bien ce que je dis là... Notre bienfaitrice... Oh ! c'est mal !

Ils se turent un instant. M. Puybaraud, assis sur le lit, prit un des biscuits qu'avait apportés Brigitte, le croqua à petites bouchées puis demanda : « Qu'allons-nous devenir ? »

— Tu iras la voir demain matin, dit Octavie. Je la connais : elle aura eu des scrupules cette nuit, et te fera la première des excuses. Et en tout cas, le petit Louis arrangera les choses.

Il ne le souhaitait pas : non, plus jamais il ne s'exposerait à être traité ainsi.

— C'est dur de s'humilier, mon chéri, c'est ce qu'il y a de plus dur, pour un homme surtout, pour un homme de ta valeur. Mais c'est cela qui t'est demandé.

— Oh ! ce qui me coûte le plus, c'est qu'elle s'imagine que Dieu lui a donné raison, parce que tout nous arrive comme elle l'avait prédit. Est-ce que tu crois, toi, que nous sommes punis ?

— Non, protesta-t-elle ardemment, non, mais éprouvés. Nous ne nous sommes pas trompés. Ta vocation rejoignait la mienne. Mme Brigitte ne comprend pas que c'était à cela que nous étions appelés, à souffrir ensemble.

— Oui, et c'est de cette souffrance que naît tout de même notre bonheur.

Elle lui entoura le cou de ses maigres bras :

— C'est vrai que tu ne regrettes rien ?

— Je souffre de ne pouvoir gagner notre vie, soupira-t-il, mais si le petit nous était donné... alors rien ne compterait plus devant cette joie.

Elle lui souffla à l'oreille : « N'y pense pas trop, ne l'espère pas trop... »

— Quoi ? qu'est-ce qui te fait croire... qu'est-ce que le médecin t'a dit que je ne sais pas ?

Il la pressait de questions, et elle secouait la tête : non, le médecin ne lui avait rien dit, mais c'était une idée qu'elle avait que cela aussi peut-être leur serait demandé, cela surtout... « Non ! » répétait M. Puybaraud, tandis qu'elle lui assurait qu'il fallait y consentir d'avance et de tout son cœur, comme Abraham avait fait, et que peut-être alors Isaac leur serait rendu. M. Puybaraud continuait de dire « non », mais plus doucement, puis il glissa sur les genoux et le front appuyé contre les draps, répondit d'une voix étouffée aux formules de la prière du soir qu'avait commencé de réciter Octavie.

Après la dernière invocation, elle se tut et ferma les yeux. Alors M. Puybaraud alluma une bougie, s'approcha du piano dont les touches brillaient et d'un doigt hésitant chercha l'air qu'il aimait entre tous, du cantique chanté par des enfants, le jour de sa première communion et dont il répétait à mi-voix les paroles : *le ciel a visité la terre, mon Bien-Aimé repose en moi...*

XII

Brigitte Pian n'était pas encore dans la rue que déjà elle tournait contre elle-même un reste de rage. Comment avait-elle pu manquer à ce point de maîtrise et que penseraient les Puybaraud ? Ils ne voyaient pas comme elle sa perfection par le dedans : ils n'en mesuraient ni la hauteur, ni la largeur, ni la profondeur. Ils allaient en juger sur ce mouvement de bile, dont à vrai dire elle avait honte. Qu'est-ce que la nature de l'homme, songeait-elle, en remontant la rue du Mirail, vers le cours Victor-Hugo, pour qu'après toute une vie usée à la conquête de soi-même, et lorsqu'on est en droit de se croire exempt des faiblesses qui font horreur chez les autres, il suffise de la vue d'un piano pour vous jeter hors des gonds ?

Qu'une maille sautât parfois à ce tissu de perfection auquel Brigitte Pian travaillait avec une vigilance de toutes les secondes, c'était dans l'ordre, et elle s'en consolait pourvu que ce fût sans témoin. Mais les Puybaraud, Octavie surtout, étaient les derniers devant qui elle eût consenti volontiers à montrer quelque faiblesse. « Ils vont me prendre pour

une commerçante », se disait Brigitte, qui progres-
sait dans la vie spirituelle comme elle eût fait dans
l'étude d'une langue étrangère. Elle enrageait à
l'idée que les Puybaraud ne se faisaient aucune idée
de son ascension depuis quelques mois, et que, sur
l'apparence d'un mouvement d'humeur, ils la clas-
seraient parmi les dévotes de l'espèce la plus commune. Jusqu'à quel échelon Brigitte Pian s'était
élevée, il n'appartenait pas à son humilité de le
connaître avec précision. Mais elle aurait volontiers
remonté l'escalier des Puybaraud pour leur rappeler
que de grands saints ont cédé parfois à la colère.
Etait-elle une sainte ? Elle s'y efforçait en pleine
conscience et, à chaque pas en avant, défendait
contre toute contestation le terrain conquis. Il ne
s'était rencontré personne pour lui apprendre qu'un
homme, à mesure qu'il fraie sa route vers la sainteté, découvre un peu plus sa misère et son néant
et rapporte à Dieu seul, non par dévotion mais parce
qu'il cède à une évidence, les quelques bons mouvements que la Grâce lui inspire. Brigitte Pian suivait
le chemin inverse, renforçant de jour en jour les
raisons qu'elle avait de remercier le Créateur qui
l'avait faite créature si admirable. Autrefois elle
avait été troublée de la sécheresse dont furent toujours marqués ses rapports avec Dieu. Mais elle
avait lu, depuis, que ce sont le plus souvent les
débutants dont Dieu aide les premiers pas hors du
bourbier, en les inondant de grâces sensibles, et que
l'insensibilité qui l'affligeait était le signe qu'elle
avait dépassé depuis longtemps les basses régions

d'une ferveur suspecte. Ainsi cette âme frigide se glorifiait-elle de sa frigidité, sans faire réflexion qu'à aucun moment, fût-ce même à ses débuts dans la recherche de la vie parfaite, elle n'avait rien ressenti qui ressemblât à de l'amour et qu'elle n'approchait jamais son Maître que pour le prendre à témoin de son avancement rapide et de ses mérites singuliers.

Pourtant, sur ces trottoirs entre la rue du Mirail et le cours de l'Intendance, en remontant dans le brouillard de ces quartiers la rue Duffour-Dubergier, et la rue Vital-Carles, Brigitte Pian cédait à un malaise plus profond que celui de s'être diminuée aux yeux du ménage Puybaraud. Cette sourde inquiétude la travaillait (qui sommeillait parfois mais sans jamais tout à fait disparaître) de n'avoir point tous ses comptes bien apurés, et d'être jugée elle aussi avec cette rigueur infinie qui, à ses propres yeux, caractérisait l'Etre incréé. Au-dedans d'elle, à certains jours, et surtout lorsqu'elle quittait Octavie Tronche, des éclairs déchiraient les ténèbres au-dessus de son âme, et, tout à coup, elle se voyait. Elle découvrait avec une évidence aveuglante (cela ne durait qu'un instant) qu'il existait une autre vie que sa vie, un autre Dieu que son Dieu. Cette satisfaction d'être Brigitte Pian dont elle débordait, se retirait d'elle d'un seul coup, et elle grelottait, misérable et nue, sur une plage aride et sous un ciel d'airain. De très loin, venait le chant des anges auquel se mêlait la voix exécrable des Puybaraud. Ce n'était qu'un éclair, et elle s'ingé-

niait, grâce à quelques oraisons jaculatoires dont
elle connaissait l'efficace, à retrouver l'équilibre de
son esprit. Elle s'arrêtait alors au pied d'un autel,
ainsi qu'elle fit ce jour-là à la cathédrale, ramenant
le silence en elle, et adorant ce silence, comme l'approbation même du Maître caché. Mais devant le
Saint-Sacrement exposé, puis auprès de la Vierge
placée derrière le chœur et à qui l'artiste a prêté
les traits de l'impératrice Eugénie, elle resta sous
la menace intérieure d'une désapprobation : « c'est
une épreuve, songeait-elle, je l'accepte... » Et dans
son esprit, cela signifiait : « notez bien, Seigneur,
que je l'accepte et n'omettez pas de porter cette
acceptation à la colonne de mes profits. » Comme la
paix la fuyait toujours, elle entra dans un confessionnal, et s'accusa d'avoir été violente, non certes
injuste (car sa colère était justifiée), mais de n'avoir
pas su contenir son indignation légitime dans les
bornes d'une charité bien réglée.

Si, le lendemain après le déjeuner, M. Puybaraud
avait rencontré Brigitte chez elle, il aurait eu affaire
à une personne désarmée et toute prête à lui admi-
nistrer l'exemple de l'humilité du cœur ; car pour
l'humilité, elle ne craignait personne. Mais lorsque
mon maître, pâle d'émotion, demanda à la domestique si madame se trouvait là, il lui fut répondu
qu'elle avait été rappelée par télégramme à Larjuzon, et que les enfants l'y avaient accompagnée :
M. Octave Pian avait eu une attaque, et la formule
du télégramme était assez alarmante pour que

madame ait fait emballer et ait emporté à tout
hasard « ce qu'elle avait de plus deuil ».

La mort de mon père n'offrit aucun caractère
suspect. Saintis (qui avait repris la place laissée
libre par le renvoi des Vignotte) l'avait trouvé au
petit matin, le nez sur sa descente de lit, et déjà
froid. Comme beaucoup de bourgeois landais,
Octave Pian avait toujours trop mangé et trop bu ;
mais il buvait effroyablement depuis qu'il vivait
seul, et la veille de sa mort, il avait dû se surpasser,
car la bouteille d'armagnac, entamée ce même soir,
était restée vide dans le bureau où il avait coutume
de fumer sa pipe au coin du feu, en attendant
minuit.

Je sais aujourd'hui que les scrupules de Brigitte
Pian cristallisèrent autour de ce papier dont j'ai
déjà parlé et qu'à tort ou à raison elle jugeait accablant pour la mémoire de ma mère. J'ai cru longtemps qu'en quittant Larjuzon, elle avait fait exprès
de laisser ce document dans un tiroir, et qu'elle était
assurée que son mari finirait par l'y découvrir.
C'était sans doute trop m'avancer. Je puis aujour-
d'hui donner tout leur sens aux phrases que ma
belle-mère répétait inlassablement dans sa chambre,
au long des nuits qui précédèrent et suivirent les
obsèques de mon père, et que, les yeux grands
ouverts dans le noir, j'écoutais avec terreur, persuadé que Brigitte Pian était devenue folle. Sous
la porte que les rats avaient rongée, je voyais la
lumière qu'à intervalles réguliers masquait son
ombre errante. Bien qu'elle fût chaussée de feu-

tres, le vieux plancher craquait. « Voyons, réfléchissons... » répétait-elle à voix haute. J'entends
encore ce *voyons, réfléchissons* de quelqu'un qui
veut mettre coûte que coûte fin au désordre de ses
pensées : elle aurait pu lui montrer ce papier et ne
l'avait point fait. Elle s'était toujours retenue de
l'inquiéter, alors qu'il lui aurait été aisé de détruire
le culte qu'il vouait à la mémoire de Marthe. Elle
s'en était toujours gardée. Il n'y avait que peu de
chance qu'il ouvrît ce tiroir. Tout ce qu'on serait
en droit de retenir contre elle, c'était de n'avoir pas
brûlé ce papier... mais non avec l'arrière-pensée
qu'il le découvrirait. « Je m'en suis remise à Dieu...
Oui, c'est bien cela : au jugement de Dieu. Il dépendait de Dieu qu'Octave ouvrît ou non le tiroir. Et
même alors, il dépendait de Dieu que le pauvre
homme comprît le sens de ce document, qu'il y
attachât de l'importance. Rien ne prouve d'ailleurs
qu'il en ait saisi la portée. C'est entendu : le document ne se trouve plus dans le tiroir, et le poêle à
bois du vestibule est rempli des cendres de papiers
qu'il a brûlés. Mais il a fait disparaître tout ce qui
venait de sa première femme, et le document avec
le reste... Il n'avait plus sa tête, il buvait, il s'était
mis à boire... » Ce ne sont sans doute pas là ses
propres paroles : je les ai reconstituées d'après mes
souvenirs, en tenant compte de ce que j'ai connu
depuis et que j'ignorais alors ; je me suis efforcé de
retrouver la piste de ses scrupules, mais ne suis sûr
que de ce *voyons, réfléchissons* auquel, durant la
nuit, se raccrochaient ses esprits en déroute.

Michèle, cependant, feignait de ne pas voir Brigitte, — pauvre Michèle en proie elle aussi au
remords, à un remords que nous partagions, que
nous avons ressenti fort longtemps, elle et moi, mais
dont, au soir de ma vie, je ne retrouve plus aucune
trace. Le chagrin profond de Michèle, qui chérissait
son père, n'empêchait point que sa préoccupation
dominante, à Larjuzon, la veille des obsèques, fût
de savoir si elle verrait Jean ; et après la cérémonie,
sa douleur filiale resta dominée et comme éclipsée
par sa déconvenue de n'avoir pas aperçu Mirbel au
défilé.

Comme elle craignait que le crêpe épais qui lui
couvrait le visage l'empêchât de le reconnaître, elle
m'avait chargé de l'avertir dès que Jean de Mirbel
serait en vue. J'avais épousé son désir, au point que
mes sentiments personnels n'entraient pour rien
dans la curiosité avide avec laquelle je fouillais du
regard le troupeau bourgeois et paysan qui se pressait à l'offrande. Entre toutes ces figures animales,
ces nez de furets, ces museaux de renards et de
lapins, ces fronts de ruminants, ces yeux de femmes,
effrayants de vide, éteints ou, au contraire, vifs,
brillants, stupides comme ceux des oiseaux, je cherchais ce visage, ce front puissant sous les cheveux
annelés et courts, cet œil, cette bouche railleuse,
mais ce fut en vain. Sans doute Jean avait-il craint
de défiler devant ma belle-mère, mais comme il
n'était pas d'usage que la veuve suivît jusqu'au
cimetière, j'espérais qu'il oserait nous y rejoindre.

C'était une de ces matinées où il devrait faire

beau, mais le brouillard finit par l'emporter sur le
faible soleil. Jusqu'à la dernière minute, au bord
de la fosse, et tandis que des vivants déjà à demi
morts au sein de cette brume se passaient la truelle
de main en main et que de parcimonieuses poignées
de sable tombaient sur le cercueil de cet Octave
Pian qui n'était peut-être pas mon père, j'espérais
que Jean allait surgir du milieu de ces ombres. Plusieurs fois Michèle crut que c'était lui et me serra
le bras. Durant des années, nous avons tous deux
remâché ensemble notre honte, à ce souvenir. Pourtant, la douleur que nous en éprouvions montrait
assez quelle tendresse nous avions gardée à notre
père. Aujourd'hui, je ne m'indigne plus de cette loi
à laquelle ma sœur obéissait dans le petit cimetière
de Larjuzon. Elle était de ces êtres si équilibrés et
si purs que leur instinct presque toujours se con-
fond avec leur devoir et que la nature les porte à
accomplir ce que Dieu attend d'eux.

L'après-midi, ma belle-mère se retira dans sa
chambre où, jusqu'au soir, nous l'entendîmes marcher. Contre tous les usages, aucun de nous ne
parut au repas funèbre dont le fracas vint jusqu'au
premier étage où Michèle et moi nous étions réfu-
giés. En l'absence de tout parent proche, ce fut
notre tuteur, le notaire Malbec, qui le présida. Il
nous rejoignit après le café, congestionné, presque
hilare. Nous savions que des clients l'attendaient et
que nous n'aurions pas longtemps à souffrir sa présence. Si c'était un roman que j'écrivais ici, ce Malbec serait un type amusant à crayonner, de ceux

dont les gens répètent qu'il est « tellement Balzac »... Mais il n'a tenu dans nos vies d'autre rôle
que de nous décharger de tout ce qui nous eût
détournés d'être attentifs aux mouvements de nos
cœurs et de nos esprits. Il m'ennuyait à crier. Je
m'appliquais à me raconter des histoires quand il
fallait à son Etude subir la lecture des pièces que
je signais de mes initiales. Durant toute ma jeunesse, j'aurai cru (ou agi comme si je croyais) que
cette espèce d'êtres à crâne, à binocle et à favoris,
ces gens d'affaires entre deux âges qui paraissent
grimés, échappent aux passions du cœur, et que
tout ce qui est humain leur demeure étranger.

Après le départ de M. Malbec, et lorsque se
furent éloignées les dernières voitures, nous cédâ-
mes à cette obsession qui nous paraissait sacrilège,
nous interrogeant à propos de Mirbel dans cette
chambre où nous fumions et qu'une cloison séparait
de celle d'où le cadavre de notre père venait d'être
enlevé. Nous sûmes, dès ce jour-là, que rien ne
nous retiendrait de relancer Jean de Mirbel à Baluzac. Le cimetière, où nous retournerions le lendemain, était situé hors du village, et justement sur
la route de Baluzac. Ce ne serait rien d'aller à pied
jusqu'au presbytère. Brigitte Pian paraissait hors
d'état d'exercer aucune surveillance ; et la mort de
son père avait délié Michèle de sa promesse.

Le brouillard, ce jour-là, fut plus épais encore
que la veille. En passant par les bois, il n'y avait
guère de chance que nous fussions rencontrés. Sur
la tombe recouverte de fleurs déjà pourries, Michèle

s'obligea à réciter deux fois de suite le *De Profundis*
qui me parut interminable. Puis, avec le sentiment
d'abandonner le pauvre mort, nous marchâmes si
rapidement qu'en dépit de la brume, la sueur per-
lait sur mon front. Michèle allait devant moi, coiffée d'un béret blanc (elle n'avait pas d'autre chapeau de deuil que celui qu'elle avait porté à l'enterrement). Une jaquette dessinait sa taille qu'on
trouvait alors un peu épaisse. Ses épaules étaient
trop hautes. Ce sont des défauts que ma mémoire
a retenus. Mais il se dégageait de cette fille ramas-
sée, une force, une débordante puissance de vie.

Les quelques maisons qui composaient le bourg
de Baluzac nous parurent frappées de mort. Elles
ne formaient pas une rue, et il n'y avait rien non
plus qui ressemblât à une place. Le presbytère était
séparé de l'église par le cimetière. Au-delà se trouvait l'école neuve ; en face une auberge-épicerie, la
forge, et la pharmacie Voyod qui, ce jour-là, était
fermée. Les deux tiers des paroissiens de l'abbé
Calou vivaient isolés dans des métairies à plusieurs
kilomètres du bourg. A mesure que nous appro-
chions, le trouble de Michèle se confondait davantage avec le mien. Nous n'étions qu'un cœur, qu'un
souffle. J'avais relevé le bas de mes pantalons noirs
sur mes funèbres bottines à boutons.

Le potager semblait abandonné. « Attends avant
de frapper que j'aie retrouvé ma respiration », dit
Michèle. Elle ne fit pas le geste qu'elle aurait fait
aujourd'hui : elle n'avait ni poudre ni bâton de
rouge, ni d'ailleurs de sac, mais une poche sous sa

jupe. Je soulevai le marteau de la porte. Le coup retentit comme dans un sépulcre vide. Une demi-minute s'écoula, puis nous entendîmes le raclement d'une chaise, un bruit de savates traînées. Ce fantôme qui nous ouvrit, c'était l'abbé Calou. Il avait encore beaucoup maigri depuis notre rencontre sur le cours de l'Intendance.

— Ah ! chers enfants... J'allais vous écrire. J'aurais dû venir... mais je n'ai pas osé : à cause de Mme Pian, vous comprenez ?

Il nous précéda dans le salon, poussa les volets. Une chape glacée tomba sur nos épaules. Comme il nous demandait d'une voix hésitante si nous ne redoutions pas de nous enrhumer, je lui dis qu'en effet nous avions eu très chaud et que peut-être il vaudrait mieux monter. Il parut contrarié, s'excusa du désordre que nous allions trouver, puis avec un léger haussement d'épaules, nous fit signe de le suivre au premier étage. Je sentais Michèle tendue vers l'apparition désirée : Jean allait se pencher au-dessus de la rampe. Il se tenait peut-être derrière cette porte que l'abbé Calou poussait, s'excusant encore :

— Le lit n'est pas fait. Maria devient vieille, et moi, le matin, je ne suis pas non plus très vaillant...

Quel abandon ! Les livres jonchaient les draps gris. Sur la cheminée, parmi les paperasses, un plateau traînait avec les restes d'un repas. Dans les cendres de la cheminée la cafetière était posée. L'abbé Calou approcha deux chaises et s'assit sur son lit.

— Je voudrais pouvoir vous dire que je prends part à votre peine. Mais, pour le moment, je ne puis pas penser aux autres. Je suis prisonnier de mon chagrin. Vous savez peut-être où il est ? Il y a sans doute des bruits qui courent ? Moi, je ne sais rien, et je risque de ne savoir jamais rien parce que ce n'est pas la famille qui me tiendra au courant de ses recherches, vous pensez bien ! Pardonnez-moi, je vous parle comme ça... Depuis mon malheur, je n'ai pas échangé dix paroles avec les gens... Ici, on me tourne le dos ; ou bien je les fais rire...

— Quel malheur ? demandai-je.

Michèle avait compris.

— Que lui est-il arrivé ? Il ne lui est rien arrivé ?

L'abbé Calou retint la main que Michèle accrochait à la sienne ; il répéta qu'il était le dernier à pouvoir lui répondre, le seul qui ne pût attendre de personne un renseignement... Il s'aperçut enfin de notre stupeur :

— Vous ne savez pas qu'il est parti ? On ne vous a pas dit qu'il était parti ? Il y aura demain huit jours...

Nous criâmes ensemble :

— Parti ? pourquoi parti ?

L'abbé souleva les bras, les laissa retomber :

— Pourquoi ? L'ennui, bien sûr... Cette vie ici, avec un curé, un vieux curé... Mais il n'en aurait pas eu l'idée, si quelqu'un ne s'en était mêlé... Non, je ne puis rien vous dire : vous êtes des enfants... Ah ! Michèle, vous seule auriez pu... vous seule...

Je n'avais jamais vu pleurer un homme de cet

âge, un prêtre. Ce n'étaient pas des larmes de grande personne. Ses yeux bleus noyés ressemblaient à ceux que sa mère avait dû essuyer soixante ans plus tôt quand il avait de grands chagrins. La grimace de sa bouche était aussi enfantine.

— Je croyais avoir fait tout ce que je pouvais... J'aurais dû vous poursuivre, Michèle, vous atteindre, vous ramener de force. Mais j'ai manqué de jugement : cette correspondance entre nous, quelle folie ! Vous ne pouviez résister à la tentation de glisser une lettre à Jean dans l'enveloppe qui m'était adressée... J'aurais dû le prévoir. En ce qui me concerne, savez-vous que l'affaire est allée jusqu'à l'Archevêché ? Votre belle-mère avait envoyé un factum soigné contre moi, la chère femme ! Heureusement que le cardinal Lécot n'est pas aussi redoutable qu'il en a l'air. Son Eminence s'est moquée de moi, bien sûr ! Elle m'a appelé « le messager des amours » et a cité des vers latins. Mais c'était dans le dessein de tourner les choses à la blague, de leur enlever toute importance. Le cardinal est dur, sa raillerie est terrible ; mais il a ce cœur qui accompagne presque toujours une grande intelligence. Je me rends compte qu'il a été très bon.

M. Calou cacha un instant sa figure dans ses deux mains énormes. Michèle lui demanda ce qu'il fallait qu'elle fît. Il écarta les mains, la contempla un instant ; un sourire éclaira sa figure mouillée.

— Oh ! pour vous, Michèle, c'est bien simple : tant que vous serez vivante et qu'il sera vivant, rien ne sera perdu. Savez-vous ce que vous représentez pour lui ? le mesurez-vous bien ? Tandis que moi, que puis-je faire ? Oui, je sais bien : souffrir ; on peut toujours souffrir pour les autres. Est-ce que je le crois ? se demanda-t-il à mi-voix, comme s'il avait oublié notre présence, oui, je le crois. Que les actes ne servent de rien, que l'homme soit incapable d'acquérir aucun mérite pour lui-même ni pour ceux qu'il aime, quelle doctrine atroce ! Pendant des siècles, tous les chrétiens ont cru que la pauvre croix, où ils étaient cloués à la droite ou à la gauche du Seigneur, aidait à leur propre rédemption et à celle des êtres aimés... Et puis Calvin est venu ôter cette espérance ; mais moi je ne l'ai pas perdue... Non, répétait-il, non !

Michèle et moi échangeâmes un regard ; nous pensions qu'il déraisonnait et nous avions peur. Il avait tiré de sa poche un vaste mouchoir à carreaux violets ; il s'essuya les yeux, fit un effort pour arrêter le tremblement de sa voix.

— Toi, Louis, me dit-il, tu pourrais écrire à La Devize ; il est naturel que tu demandes à la comtesse des nouvelles de ton camarade. Bien sûr, il faudra interpréter sa réponse, car personne ne ment comme elle... Peut-être est-il déjà de retour... Ils n'ont pas dû aller bien loin, ajouta-t-il.

— Il n'était pas seul ? demanda Michèle.

L'abbé ne détourna pas les yeux du feu où il venait de mettre une bûche. J'observai qu'on ne pouvait voyager sans argent, et que Mirbel ne recevait presque rien de sa famille :

— Il s'en plaignait assez ! Vous devez vous en souvenir, monsieur le curé ?

L'abbé Calou continuait de chercher des tisons dans la cendre comme s'il n'eût pas entendu ma question. Nous demeurions debout devant lui qui, visiblement, craignait d'être interrogé et attendait notre départ. Michèle n'insista pas. Elle jeta un dernier coup d'œil à cette pièce sale et désordonnée, et descendit l'escalier lentement, la main sur cette rampe où Jean avait dû si souvent appuyer la sienne. L'humidité avait moisi le papier du mur ; le carrelage du vestibule était mouillé.

— Alors dès que vous saurez quelque chose, vous m'écrirez, dit le curé. Et moi, de mon côté...

— Je ne vous demande pas le nom de la personne avec qui il est parti, dit Michèle tout à coup. (J'ai su depuis qu'elle avait appris de Saintis les bruits qui couraient sur Hortense Voyod et le drôle de chez M. Calou.) Ce n'est pas difficile à deviner, ajouta-t-elle en riant.

Je me souviens de ce rire. Le curé avait ouvert la porte et le brouillard entrait avec une odeur de fumée. M. Calou commença de parler très vite sans nous regarder, sans lâcher le loquet de la porte :

— Qu'est-ce que ça peut vous faire ? Ça n'a pas d'importance pour vous, Michèle, puisque personne au monde ne compte à ses yeux, si ce n'est vous. Vous étiez son désespoir. Qu'est-ce que ça peut vous faire, répéta-t-il, qu'une autre en ait profité, simplement parce qu'elle se trouvait là... Ayez pitié de moi, ne me demandez rien... Tout le monde vous

en parlera d'ailleurs, par ici. Vous n'aurez même
pas besoin d'interroger les gens. Ce n'est pas à un
pauvre prêtre de vous raconter ces choses : vous
êtes des enfants. Tout ce qui m'est permis, c'est de
vous répéter, Michèle, que si Jean doit être sauvé,
ce sera par vous. Quoi qu'il arrive, ne l'abandonnez
jamais. Il ne vous a pas vraiment trahie... Moi non
plus, d'ailleurs, il ne m'a pas trahi. Je m'étais attaché à lui comme au fils de ma vieillesse, mais sans
lui demander son avis. Cette paternité dont je me
suis investi moi-même ne lui créait aucun devoir
particulier. Il n'a offensé que Dieu, ce Dieu que
j'ai été incapable de rendre sensible à son cœur, et
qu'il ne connaît pas plus, après tout ce temps vécu
à mes côtés, que le premier jour où vous vous dis-
putiez dans ce jardin, vous vous rappelez ?

Oui, je me rappelais : tout jeune que je fusse, le
passé était déjà pour moi cet abîme où les choses
de mon enfance les plus médiocres se transfor-
maient en délices perdues.

Ce fut peut-être ce soir-là, après qu'il eut refermé
la porte sur nous et que nous nous fûmes enfoncés
dans le brouillard, que M. Calou écrivit ces lignes
que j'ai sous les yeux : « Pour juger de ce que
valent nos rapports avec Dieu, il n'est rien de plus
révélateur que la nature de nos inclinations pour
les êtres, pour un être en particulier. S'il est la
source de toute notre joie et de toute notre souffrance, si notre paix dépend de lui seul, la cause
est entendue : nous sommes aussi éloignés de Dieu
qu'on peut l'être sans crime. Non que l'amour de

Dieu nous condamne au dessèchement, mais il nous oblige à vouer aux créatures un amour qui ne soit pas à lui-même sa propre fin, ce pur amour, presque inconcevable pour ceux qui ne se sont jamais trouvés en état de le ressentir. J'ai attendu de cet enfant une joie de paternité dont je Vous avais pourtant fait le sacrifice, mon Dieu, durant ma retraite d'ordination. Comment eussé-je dominé et vaincu en lui cette animalité où, à mon insu, je trouvais je ne sais quelle grâce ? Car il est plus facile de haïr le mal en nous que dans un être aimé. »

Michèle me précédait ; si je voulais la rejoindre, elle allongeait le pas comme quelqu'un qui préfère demeurer seul. Elle portait haut la tête et rien, dans son attitude, ne trahissait l'accablement. Pour moi il importait surtout d'arriver avant que notre belle-mère se fût avisée d'une aussi longue absence : ce souci dominait tous les autres. Comme nous traversions le vestibule pour gagner directement nos chambres, Brigitte ouvrit la porte du petit salon et nous appela : Ne voulions-nous pas un peu de thé ? Cela nous réchaufferait après cette course. Michèle répondit qu'elle n'avait pas faim, mais devant l'insistance de notre belle-mère, ne voulut pas sans doute qu'on pût croire qu'elle avait peur et qu'elle se dérobait. Nous pénétrâmes donc dans la pièce où le thé était servi. Brigitte Pian n'avait pas sa figure que je connaissais bien, de quand elle se préparait à livrer bataille. Je ne pouvais douter pourtant

qu'elle eût deviné d'où nous venions, et j'accordais
mal à son air de fatigue et d'accablement la colère
qu'elle aurait dû ressentir. Elle emplit elle-même
nos tasses, beurra des tartines qu'elle présenta
d'abord à Michèle, et enfin nous demanda comme
la chose la plus naturelle si nous avions vu l'abbé
Calou. Michèle inclina la tête, mais le coup de tonnerre que je redoutais n'éclata pas.

— Alors, dit Brigitte d'une voix attristée et d'un
ton de condoléances, vous ne devez plus ignorer...

Michèle, agressive, lui coupa la parole : nous
n'ignorions plus rien, en effet, mais elle préférait
qu'il n'en fût plus question... Comme elle se diri-
geait vers la porte, ma belle-mère la rappela :

— Non, Michèle, reste encore un peu.

— Je vous avertis que s'il s'agit d'un sermon,
je ne suis pas en état...

Ce ton de défi ne parut pas atteindre Brigitte
Pian qui, sans aucun doute, suivait son idée. Mais
quelle idée ?

— Je n'ai pas le cœur à te faire un sermon, ras-
sure-toi. Je voudrais seulement, mais j'y tiens beaucoup, que tu me rendes justice.

Michèle, la figure durcie, se demandait d'où allait
venir l'attaque. Elle approcha la tasse de ses lèvres
et but à lentes gorgées, ce qui la dispensait de répondre et obligeait Brigitte à se découvrir.

— Tu me diras qu'il ne faut attendre aucune
justice de la part des hommes et que le témoignage
de notre conscience doit nous suffire. Mais je ne
suis qu'une créature faible comme toutes les autres

et j'ai besoin, non certes pour triompher de toi, ma
pauvre petite, mais plutôt pour mon repos, oui,
pour le repos de mon esprit, j'ai besoin que tu
reconnaisses devant moi que j'avais bien vu le danger en ce qui te concerne, que ce garçon est pire
encore que ce que j'avais craint et que j'ai su te
défendre contre lui, aussi bien sinon mieux qu'une
mère selon la chair...

Nous étions tellement accoutumés à ce que tous
les propos de Brigitte Pian fussent concertés que
notre premier mouvement était toujours de chercher
à connaître vers quel but elle tendait. Sans doute
n'avait-elle jamais été plus sincère qu'à cette minute. Rien ne nous avertit que la question qu'elle
posait à Michèle venait d'une angoisse qui ne lui
avait pas laissé un instant de relâche depuis la mort
de notre père. Nous n'en eûmes alors aucune conscience. Elle attendait d'être rassurée. Elle ne voyait
pas par où Michèle pourrait se dérober à la nécessité de lui donner raison. Ma sœur fut bien loin de
se douter du coup qu'elle portait à son ennemie,
quand elle lui cria :

— Vous voulez que je reconnaisse que vous avez
été la plus forte ? Eh bien, je vous l'accorde volontiers. C'est vous, et vous seule, qui nous avez séparés. C'est vous qui l'avez désespéré. S'il est perdu,
vous êtes l'auteur de sa perte ; et si moi-même...

Le ciel ne s'écroula pas. Brigitte Pian demeura
assise dans son fauteuil, ou plutôt tassée, contre son
habitude. Elle éleva à peine la voix :

— La douleur t'égare, ma petite Michèle... ou on

ne t'a pas tout dit. Si quelqu'un l'a perdu, c'est cette Voyod.

— Une lettre de moi eût suffi à l'en détourner, une seule lettre. Si j'avais pu lui parler, si vous ne vous étiez pas mise entre nous, avec cet horrible acharnement qui est allé jusqu'à essayer de perdre l'abbé Calou auprès de ses supérieurs...

Michèle fut interrompue par les sanglots : c'était la première fois qu'elle pleurait devant Brigitte comme si l'instinct de sa haine l'eût avertie que son ennemie ne triompherait pas de ces larmes-là et qu'au contraire elle en serait accablée.

— Voyons ! voyons ! répétait Brigitte Pian de cette même voix qu'elle avait, la nuit, quand je l'entendais marmonner. Tu m'accorderas bien, tout de même, que tu as eu affaire à un dévoyé, à un malfaiteur...

— Un malfaiteur ? parce qu'à dix-huit ans il s'est laissé entraîner...

Michèle hésita à ajouter « par une femme ».

— Oui, insista Brigitte, avec la passion de quelqu'un qui défend le repos de sa vie, je dis bien : un malfaiteur. Laissons-là cette femme, si tu préfères. Il reste que ce fils de famille s'est conduit comme un malandrin, et que s'il existait une justice humaine, il devrait être sous les verrous.

Michèle haussa les épaules. Ces propos lui paraissaient surtout absurdes et la désarmaient par leur excès même. Elle répliqua que Brigitte Pian, tout le monde le savait, ne se connaissait plus lorsqu'il s'agissait d'une histoire de cet ordre. Il faudrait faire

agrandir les prisons si l'on devait y enfermer tous
les garçons qui commettent ce crime-là...

— Tous les garçons ne crochètent pas les secré-
taires, repartit Brigitte. Tous ne s'enfuient pas avec
les économies de leur bienfaiteur.

Elle avait jeté cela sans intention particulière,
persuadée que les circonstances du départ de Jean
nous étaient connues. La figure décomposée de
Michèle l'avertit trop tard de son erreur. Elle se
leva vivement pour soutenir la petite qui la re-
poussa et vint s'appuyer à mon épaule. J'étais
debout contre le mur. Elle balbutiait :

— C'est une calomnie, bien sûr, une invention
des Vignotte...

— Vous ne le saviez pas, mes pauvres enfants ?

Elle nous enveloppa d'un long regard étonné et
heureux. Jamais notre belle-mère ne nous avait
parlé de ce ton apaisé, presque tendre. Elle était
rassurée : nous allions être obligés de convenir
qu'aucune mère n'aurait pu agir autrement. Le crépuscule se faisait nuit. Brigitte n'était plus éclairée
que par la flamme.

— Le malheureux abbé Calou n'a pas eu le cou-
rage de vous découvrir l'infamie de son protégé,
j'aurais dû m'en douter. Je regrette d'avoir été si
brutale, ma petite Michèle, de t'avoir porté ce coup.
Comprends-tu, maintenant ? J'avais à te défendre
contre un malfaiteur. Je savais à quoi m'en tenir,
j'avais pris mes renseignements auprès du comte de
Mirbel... trop tard, hélas ! et de cela, je te demande
pardon : je t'ai laissé fréquenter ce garçon taré,

voilà ma faute, ma grande faute. La garantie de
M. Calou n'aurait pas dû me suffire. Il est vrai que
sur celui-là aussi, je me faisais des illusions...

Elle prit notre silence pour un acquiescement, et
céda au plaisir de s'abandonner, de se confier :

— Il y a des instants, continua-t-elle, où on ne
voit plus clair. Croyez-vous que moi-même, j'en
étais venue à me demander... Oui, enfin, à avoir
des doutes... La mort de votre père m'a atteinte,
plus que vous ne pourriez croire. Nous sommes
chargés de toutes les âmes que Dieu à mises sur
notre route. « Qu'as-tu fait de ton frère ? » Cette
question de Dieu à Caïn, je me la suis posée devant
cette dépouille dont l'âme s'est si brusquement retirée. La mort subite porte en elle-même une indica-
tion qui fait frémir... De proche en proche, l'angoisse m'a gagnée à propos de tous ceux dont j'aurai
à rendre compte. J'ai pu me tromper quelquefois.
Dieu m'est témoin que j'ai toujours cherché sa plus
grande gloire et le bien des âmes... Qu'est-ce que
tu dis, Michèle ?

Ma sœur fit de la tête un signe de dénégation,
se détacha de la muraille et sortit de la pièce. Je
voulus la suivre, mais ma belle-mère me retint :

— Non, laisse-la seule avec elle-même, avec ses
pensées.

Un peu de temps passa. Brigitte Pian attisait le
feu et parfois une flamme jaillie revêtait cette
grande figure d'une lumière ardente, puis tout
s'éteignait de nouveau, et il n'y avait plus que le

front et la masse blême des joues qui se détachassent
des ténèbres commençantes.

— Non, dis-je tout à coup, il vaut mieux ne pas
la laisser seule.

Je sortis et montai au second étage où était la
chambre de Michèle. J'y frappai, rien ne répondit.
J'ouvris et crus qu'elle était étendue dans le noir,
comme elle faisait souvent. Je l'appelai à voix basse,
car j'avais peur des chambres, la nuit. Mais non,
elle n'était pas là. Je la cherchai partout, de la cuisine à la lingerie. Personne ne l'avait vue. Je sortis
sur le perron : la nuit froide était toute baignée
d'une lune invisible. Je revins au petit salon.

— Je ne sais où est Michèle, criai-je, je l'ai cher-
chée partout...

— Eh bien, c'est qu'elle est sortie, qu'elle est
allée au bourg. Pourquoi prends-tu ce ton tragique,
petit nigaud ?

Ma belle-mère s'était levée. Et comme je répondais en pleurant que Michèle n'avait rien à faire
au bourg, à cette heure-ci, Brigitte murmura d'une
voix égarée « que ces enfants la rendraient folle ».
Mais déjà elle me précédait sur le perron. Quelqu'un marchait dans l'allée.

— C'est toi, Michèle ?

— Non, madame, c'est Saintis.

Saintis, l'ennemi rentré dans la place et qu'il eût
été indécent de renvoyer avant plusieurs mois. Il
était poussif et nous l'entendions haleter dans le
noir. Il nous avertit que Mlle Michèle lui avait
emprunté une lanterne pour son vélo. Elle faisait

dire à madame qu'elle avait une course urgente à
faire et qu'il ne fallait pas l'attendre pour dîner.

— Où peut-elle être allée ?

— Tu le demandes ? à Baluzac, bien sûr ! Après
tout, c'est mieux ainsi, ajouta Brigitte Pian en ren-
trant dans le petit salon où une lampe venait d'être
apportée. Elle espère que l'abbé Calou lui expli-
quera les choses, saura les rendre acceptables... Mais
quoi ! un vol avec effraction est un vol avec effraction...

Elle passa sa main sur mes cheveux.

— Ah ! mon pauvre enfant, soupira-t-elle, quels
exemples tu auras eus à un âge où tu devrais tout
ignorer de ces misères ; mais aussi quelle leçon,
Louis ! Regarde ta sœur, une bonne petite, bien
sûr... Pourtant rien ne pourrait la retenir de courir
les bois, par cette nuit d'hiver. Voilà ce que la passion fait des êtres, voilà jusqu'où elle nous ravale.
Promets-moi que toi, du moins, tu ne seras pas
comme les autres, que tu ne te laisseras pas changer
en bête.

Elle voulut m'embrasser, mais je dérobai mon
front et allai m'asseoir à l'écart, loin de la lampe.

XIII

De la haine qu'elle m'inspirait, rien ne s'exprima dans mes paroles. Pourtant ma belle-mère dut en sentir le souffle dès ce soir-là où nous dinâmes seuls, et où nous attendîmes jusqu'à onze heures le retour de Michèle. Cette fois, Brigitte Pian l'appela en vain : Michèle gagna le second étage sans s'arrêter au petit salon. Je ne répondis que par monosyllabes aux réflexions que fit ma belle-mère en me tendant un bougeoir. Un peu plus tard, comme j'hésitais à étendre les jambes sous les draps glacés, je la vis entrer ; elle avait déjà revêtu le vêtement de nuit améthyste, mais sa lourde tresse n'y luisait pas — gros serpent pris au piège entre la robe de chambre et le cou.

— La nuit est froide, je t'apporte une bouillotte, me dit-elle.

La glissant dans mon lit, elle toucha mes pieds. C'était la première fois qu'elle venait m'embrasser et me border.

— La pauvre petite n'a pas osé reconnaître devant nous que M. Calou avait achevé de lui ouvrir les yeux. Je comprends sa souffrance ; il ne

faut pas la brusquer ; plus tard elle me rendra justice... Ne le crois-tu pas ? insista-t-elle, élevant la
bougie au-dessus de moi pour m'observer.

L'engourdissement me fut un refuge. Les yeux
fermés, je me tournai du côté du mur et me dissi-
mulai dans un demi-sommeil, comme j'aurais nagé
entre deux eaux. Elle soupira : « que tu es heureux
de dormir déjà ! » et rentra dans sa chambre, dans
sa solitude. Durant la nuit, je fus éveillé par les
craquements du plancher. Je me dis qu'elle rumi-
nait ses scrupules, et m'en réjouis bassement :
j'ignorais alors l'horreur de cette torture que s'in-
fligent à eux-mêmes les serviteurs de Dieu qui ne
savent pas qu'il est Amour.

Le lendemain au petit déjeuner, Michèle, pâle,
les yeux battus, éluda mes questions :

— M. Calou assure que cela ne peut s'appeler
un vol, me dit-elle. L'abbé faisait des avances d'argent à Jean, quand c'était nécessaire. Cette fois,
Jean s'est servi lui-même, mais il savait que sa
famille restituerait la somme aussitôt : il a laissé
un billet à la place de ce qu'il avait pris, et l'abbé
sait bien qu'il rentrera dans ses fonds...

Je demandai si Mirbel avait vraiment fait sauter
la serrure. Ma sœur dut en convenir mais, irritée
de la grimace que je fis, refusa de rien ajouter et
me tourna le dos. L'étrange est que cette action, qui
me paraissait monstrueuse, me rendit de nouveau
sensible la tendresse que m'inspirait Mirbel : je ne
pourrais jamais le renier ni renoncer à lui de mon

plein gré, et frémis d'être ainsi lié à un être capable
de rouler jusqu'au crime.

Ce fut beaucoup plus tard, et par bribes, que les
dessous de cette aventure me furent connus, non
par l'abbé Calou, mais par Mirbel lui-même. Il
arrive encore aujourd'hui que la vieille comtesse y
revienne au cours de mes visites, sans paraître en
ressentir aucune gêne : « C'est un beau sujet de
roman pour vous, me dit-elle avec un air de gour-
mandise. J'aurais pu le garder pour moi, mais je
vous le donne. Moi, je l'aurais gâché : ce n'est pas
mon genre, ce n'est pas une histoire d'amour... »
A ses yeux, rien n'a droit au nom d'amour, que
l'adultère des gens du monde.

A l'origine de ce vol et de cette fugue qui pesè-
rent si lourdement sur le destin de Mirbel, se trouve
une « bonne action » de l'abbé Calou, accomplie
plusieurs années auparavant, durant les premières
semaines qu'il vécut à Baluzac.

A ce moment de son existence, il fléchissait sous
la pire épreuve qui pût accabler un prêtre : cette
certitude que la masse des hommes n'ont pas besoin
de lui et que ce n'est pas assez dire qu'ils se moquent
du Royaume de Dieu : ils ne se doutent pas de ce
qu'il est, et n'ont jamais été touchés par la bonne
nouvelle. A leurs yeux, il existe une organisation
des rites prévus pour certaines circonstances de la
vie et dont le clergé a l'entreprise. Cela ne va pas
au-delà. Que reste-t-il donc au prêtre, sinon de se
replier sur soi, et de maintenir dans son propre

cœur une flamme vacillante pour lui-même et pour
un petit nombre d'âmes, jusqu'à ce qu'enfin se ma-
nifeste avec éclat la pensée de Dieu sur le monde ?

Tel était l'état d'esprit de l'abbé Calou lorsque
après douze années passées au grand séminaire, il
dut abandonner la chaire qu'il y occupait, à la suite
de certaines dénonciations touchant son orthodoxie.
Il avait humblement accepté cette cure de Baluzac,
sur les confins des Landes, l'une des plus redoutées du diocèse. L'étude et la prière empliraient ses
journées. Il donnerait tous ses soins au petit troupeau qu'on lui confiait sans en attendre aucun résultat. Dès le premier dimanche qui suivit son installa-
tion, il parla aussi simplement qu'il put, comme
c'était son habitude, à une quarantaine de fidèles,
mais sans faire grand effort pour se mettre à leur
portée. Le sujet qu'il traita devant eux touchait justement à la mission du prêtre : il méditait à haute
voix, surtout pour lui-même. Or, le lendemain, il
avait trouvé sous sa porte une lettre anonyme de
huit pages : une femme l'avait écouté, l'avait compris. Ce devait être une personne douée de quelque
culture. Elle était entrée à l'église, écrivait-elle, par
curiosité et par désœuvrement, pour en ressortir
bouleversée ; mais elle reprochait aux prêtres d'attendre les brebis perdues et de ne pas imiter leur
Maître qui les cherchait et les poursuivait jusqu'à
ce qu'il les eût chargées sur ses épaules et ramenées.
Elle faisait allusion à des hontes qui ne s'avouent
pas, à un état de désespoir dont aucune âme ne

pourrait se délivrer seule, si Dieu ne faisait les premiers pas.

L'abbé Calou crut, ce matin-là, qu'un signe lui était donné. Il était par nature enclin (comme le fut Pascal) à attendre de Dieu des marques sensibles, un témoignage matériel. Ce cri jailli dès le premier jour, et dans cette campagne perdue, fut interprété par lui comme un réconfort donné à son angoisse, une réponse à son inquiétude et aussi comme un tendre reproche. Il prépara le prône du dimanche suivant, avec un soin attentif et tout en lui laissant une portée générale, il en pesa chaque parole pour que l'inconnue y pût déchiffrer une réponse destinée à elle seule. Au premier regard sur son auditoire, il découvrit, derrière un pilier, deux yeux bruns fixés sur lui dans une fraîche figure un peu molle. Il apprit le jour même que c'était une des institutrices de Vallandraut, qui venait souvent à Baluzac pour une raison que les gens ne précisaient pas, mais qui les faisait ricaner et hocher la tête. L'abbé Calou a noté dans ses Carnets le trouble qu'il dut surmonter en chaire pour achever son prône. Mais dans la suite, il n'écrivit plus rien au sujet de cette histoire, ou n'y fit que des allusions obscures, incompréhensibles pour tout autre que lui-même : c'est que l'institutrice était devenue presque aussitôt sa pénitente et que le secret de la confession le liait.

Je rapporterai ce que j'en connais, aussi discrètement qu'il me sera possible. Cette jeune fille, encore innocente, commençait d'être fascinée par

Hortense Voyod, — une amazone dont ce serait une erreur de croire que l'espèce est inconnue dans les campagnes. Il y a des êtres qui tendent leurs toiles et peuvent jeûner longtemps avant qu'aucune proie s'y laisse prendre : la patience du vice est infinie. C'est qu'il lui suffit d'une seule victime et qu'une seule rencontre lui assure des années de paisible assouvissement. A ce déclin de septembre où M. Calou devint curé de Baluzac, la pharmacienne achevait une saison à Vichy. Bien qu'elle considérât son amie comme une petite fille difficile à apprivoiser, et toute livrée encore à ses scrupules, elle était bien loin d'imaginer que son règne en pût être sérieusement menacé, d'autant qu'elle ne connaissait personne à dix lieues à la ronde dont elle eût à redouter l'influence. Elle ne prit donc guère au sérieux la lettre de rupture qu'elle reçut un matin, mais tout de même avança son retour. A peine arrivée, elle découvrit qui était l'adversaire et crut que ce lui serait un jeu d'en venir à bout.

Ici encore, fidèle à ma promesse de ne rien inventer, je ne saurais décrire une lutte sur laquelle je n'ai aucune donnée précise. La partie dut être fort disputée puisque l'abbé Calou, qui n'avait jamais sollicité aucune faveur et qui avait horreur des démarches de cet ordre, finit par obtenir le déplacement de sa pénitente. Dans son nouveau poste, la jeune fille n'était à l'abri ni des lettres de la pharmacienne, ni même de ses visites fréquentes, la dame ayant fait l'achat, cette année-là, d'une voiture à pétrole, la première de Baluzac. Mais la veille du jour où elle devait effectuer sa seconde visite, le courrier lui apporta une brève lettre datée de Marseille : la jeune fille lui annonçait son entrée au noviciat d'un ordre missionnaire et lui donnait rendez-vous au ciel.

L'abbé Calou comprit très vite, et bien qu'il n'ait eu aucune explication avec la pharmacienne, qu'il avait éveillé dans cette femme une haine qui ne désarmerait jamais. Il s'en souciait peu en ce qui le concernait, croyant n'offrir à son ennemie aucune prise, mais il s'en souciait beaucoup pour elle, étant fort capable d'entrer dans les arcanes de cette souffrance, aussi honteuse qu'elle fût. Car il avait toujours été attentif à ces contrecoups imprévisibles, à ces prolongements inconnus de nos actes dès que nous intervenons, fût-ce avec les meilleures intentions, dans la destinée d'un être.

L'action de l'adversaire se fit sentir d'abord sur le seul terrain où elle pût l'attaquer. Les passions anticléricales étaient vives à cette époque ; avec l'instituteur de Baluzac et sa femme, la pharmacienne forma une sorte de comité de propagande dont tout le pays sentit bientôt les effets. Mais à Baluzac même, la réputation d'Hortense Voyod était trop mauvaise pour que ses attaques eussent beaucoup de portée ; et durant deux ou trois années, le curé put croire qu'il n'avait plus rien à redouter de son ennemie. Pourtant, il ne passait pas volontiers devant la pharmacie, et lorsque au détour d'un chemin, il se trouvait nez à nez avec Hortense

Voyod, c'était lui qui détournait la tête, tant l'impressionnait cet implacable regard pâle.

Elle avait attendu des années sa proie ; sa vengeance fut moins longue à venir. L'abbé Calou eut bien des excuses de n'être pas d'abord sur ses gardes, à l'encontre d'une personne connue pour ne point s'intéresser aux jeunes gens, et dont l'aspect physique n'offrait rien qui les pût attirer. Elle était souvent vêtue de jupes-culottes comme en portaient alors les dames cyclistes ; le boléro, très échancré, découvrait la haute ceinture, ornée sur le ventre d'une énorme boucle d'argent qui reproduisait les initiales entrelacées de la dame. Ses cheveux « à la Cléo » partagés en deux bandeaux lisses, plaqués sur les oreilles dont ne dépassait que le lobe, se rejoignaient dans le cou en un énorme chignon jaune d'où pleuvaient les épingles. La figure était dévorée de taches de rousseur qui s'accumulaient sur le nez et sur les pommettes puis s'égaillaient jusqu'aux paupières ; quelques-unes semblaient s'être noyées dans l'œil fauve.

L'abbé Calou avait mis à profit la convalescence de Jean pour achever de le conquérir, du moins le croyait-il. Il cédait à l'illusion à laquelle nous sommes tous enclins malgré les démentis de l'expérience : rien n'est jamais acquis une fois pour toutes avec les êtres, ni en amour, ni en amitié. Jean de Mirbel trahi par sa mère, et vaincu par la maladie, était fort capable de ressentir une gratitude fugitive et de céder à la tendresse. Mais cette force qui en

lui s'était, dès le premier jour, dressée contre le
prêtre, subsistait à l'insu de M. Calou. Le prêtre
n'est jamais indifférent : il attire ou il repousse.
Mirbel ressentait une répulsion instinctive, un dégoût de l'homme professionnellement chaste. Contre
cet instinct, il luttait de toutes ses forces, mais ne
pouvait se défendre de haïr jusqu'à l'odeur de
cette maison sans femme. Il en voulait à M. Calou
de trouver naturel qu'un garçon de son âge fût
astreint à la même règle que la sienne ; et sa rancune était d'autant plus violente que chez lui ni
l'esprit ni le cœur n'était ouvert aux charmes de
la piété, de la pureté, à cette délectation de l'amour
divin dont ceux qui le ressentent ont peine à imaginer que le plus grand nombre y demeure insensible, au point de ne pouvoir s'en faire aucune idée.
La monotonie de sa vie recluse, à mesure que ses
forces revenaient, la lutte qu'il soutenait contre lui-
même afin de ne point se montrer ingrat envers un
homme à qui il avait de si grandes obligations, tout
se liguait pour ressusciter dans Jean de Mirbel les
démons engourdis. Et il n'y eut pas jusqu'à l'affec-
tion que lui témoignait M. Calou qui ne fît le jeu
de l'ennemi ; car telle était la nature de Jean : il
s'armait contre vous de la tendresse que vous lui
prodiguiez. Que de fois, plus tard, lui ai-je entendu
dire : « Je déteste qu'on m'aime. »

Par une contradiction que Mirbel n'essayait pas
de résoudre, il tenait rigueur à l'abbé Calou d'as-
souplir en sa faveur une loi morale et religieuse
que pourtant il exécrait : l'abbé fermait les yeux

sur beaucoup de choses, se gardait de l'importuner
pour tout ce qui touchait à la lettre. Bien loin de
lui en savoir gré, Jean se fortifia de cette faiblesse
et commença à « courir ». Il allait quelquefois au
cabaret, mais de nature peu liante il parut fier, et
ne se fit pas d'amis. En revanche, il plaisait aux
filles et eut, à la fin de l'hiver, une première histoire. Les parents se plaignirent à l'abbé Calou qui
intervint, mais avec maladresse. Comme la plupart
des hommes chastes, il croyait qu'un grand amour
était pour un jeune homme la meilleure défense
contre les passions. De ce côté, il ne redoutait rien,
persuadé que Jean était incapable de trahir Michèle.
Or s'il est vrai que beaucoup de garçons peuvent
demeurer fidèles à une jeune fille aimée, beaucoup
d'autres, comme était Mirbel, n'établissent aucun
rapport entre l'amour qu'ils ont au cœur et des pas-
sades sensuelles. Une seule femme existe à leurs
yeux, et ils s'exaspèrent qu'on ose soumettre à une
commune mesure le culte d'adoration qu'ils lui
vouent et de médiocres aventures où la chair seule
est intéressée.

Ce fut le sujet d'un premier éclat entre l'abbé et
Mirbel, où celui-ci se livra à une violence depuis
longtemps contenue. Il prit tout de suite l'avantage en se moquant de ce que le prêtre ne songeait
pas à le condamner au nom de la morale chrétienne,
mais en faisant appel à un vieux code amoureux
auquel personne, en dehors des séminaires, ne
croyait plus. Il alla jusqu'à lui crier qu'il lui inter-
disait de lui parler de Michèle, que c'était un nom

qu'il ne permettait à personne de prononcer devant
lui. Plus Mirbel se laissait emporter et moins l'abbé
lui opposait de défense ; mais Jean ne lui sut aucun
gré de cette douleur qui ne se cachait pas. « Il
s'arme contre moi de ce que je suis un père trop
faible, note l'abbé dans son agenda, au soir de cette
scène. Même l'âme la moins chrétienne exige de
nous que nous ne l'aimions que pour Dieu, pour ce
Dieu en qui elle ne croit pas. »

Bien que Mirbel ne m'ait rien rapporté de précis
sur ce que la colère lui avait soufflé, j'imagine que
cette phrase de M. Calou fait allusion à des paroles
très cruelles. Jean avait conscience de cette cruauté,
mais bien qu'une part de lui-même en eût horreur,
il allait de l'avant et s'enfonçait avec une sorte de
rage dans cette méchanceté toute gratuite. Ce ne
fut pourtant pas de propos délibéré ni pour porter
à son bienfaiteur le dernier coup, qu'il se lia avec
la pharmacienne. L'instituteur et sa femme l'ame-
nèrent à Hortense Voyod. Le jour pluvieux de fé-
vrier où cet adolescent, qu'elle guettait depuis des
semaines derrière ses rideaux, traversa sous son
capuchon du collège, la petite cour inondée et
franchit le seuil de la pharmacie, elle dut pousser
un soupir de soulagement, bien que sa vengeance
eût encore un long chemin à parcourir.

Dans ces colloques éclairés par une lampe Pi-
geon, à la chaleur d'un poêle ronflant, et où l'armagnac déliait les langues, Jean n'aurait su dire quelle
sorte de satisfaction il trouvait auprès de cette

femme blême, à la voix un peu rauque et pourtant
douce et sans presque d'accent. Alors que la passion anticléricale de l'instituteur, accordée aux
luttes politiques du moment, n'offrait aucun intérêt
pour Mirbel, les moqueries de la pharmacienne sus-
citaient en lui une correspondance immédiate ; elle
parlait une langue qu'il n'avait jamais entendue et
que pourtant il reconnaissait.

Ce premier soir, elle insista pour qu'il ne vînt
qu'à la nuit tombante et qu'il attendît pour entrer
d'être assuré qu'on ne le voyait pas ; car le curé,
avec qui elle avait eu naguère des démêlés, n'ap-
prouverait pas leurs relations ; mais ce serait aisé
de les tenir secrètes. Il protesta qu'il n'avait aucune
raison d'épouser les querelles de son professeur. Dès
les jours suivants, ils prirent conscience de leur
entente en profondeur.

Ce qui dominait chez cette femme (sans vraie
culture mais qui avait beaucoup lu d'auteurs mo-
dernes des pires et des meilleurs), c'était à l'égard
d'un Dieu dont elle niait l'existence, un esprit de
revendication et de haine ; et cet illogisme ne la
gênait en rien. Contre cet Etre inconnu en qui elle
ne croyait pas, elle dressait le reproche d'une race
pour laquelle il ne se trouve ici-bas aucune route,
hors l'immolation.

Et sans doute, ne découvrait-elle rien à Mirbel de
sa secrète blessure. Mais il se trouvait que ce garçon,
bien qu'il n'eût aucune raison précise de partager
avec cette femme, son aînée de vingt ans, une si
âcre rancœur, ne pardonnait pas non plus à la

destinée d'être lui-même. Qu'il fût un Mirbel, héritier d'une famille patricienne, rendait plus étrange cette force en lui, hostile, butée, dressée contre tout ordre et toute contrainte en vue du bonheur. Hortense Voyod connaissait la source empoisonnée de sa haine ; pour rien au monde elle n'eût consenti à la dévoiler à Jean, mais elle aurait pu le faire si elle l'avait voulu. L'adolescent, lui, ne savait pas pourquoi tout le repoussait de la joie en ce monde, sauf une petite fille qu'il n'espérait plus de jamais revoir, sauf ce prêtre en qui s'incarnait, justement, l'objet de sa répulsion.

Peut-être Hortense Voyod eût-elle moins aisément atteint son but, si Jean n'avait été entre ses mains qu'un instrument dont elle se fût servie. Mais cette entente entre eux dès le premier jour, cet accord profond facilita beaucoup sa manœuvre. Elle n'eut plus besoin de feindre une sympathie qu'elle éprouvait réellement ; et le garçon vint de lui-même se prendre à sa toile et s'y empêtrer avec délices. Elle ne dut recourir à aucune ruse pour l'attirer. Chaque soir, l'abbé Calou allait achever de lire son bréviaire devant le Saint-Sacrement et il s'y attardait jusqu'à l'heure du dîner. Jean sortait alors du presbytère par la porte opposée à celle de la grand-route et contournait le village. On pouvait pénétrer chez Hortense sans traverser la pharmacie, en enjambant la barrière qui clôturait un petit jardin potager derrière la maison.

Même s'il n'avait redouté la rencontre des clients, Mirbel eût tout fait pour éviter le pharmacien : ce

petit vieillard, toujours occupé à envelopper des
médicaments avec un soin aussi attentif que si
la vie des malades en eût dépendu, avait des manières d'une humilité excessive, mais que démen-
taient son ricanement et son regard. Comme il
gérait les propriétés de sa femme (c'était la clause
essentielle de leur contrat secret : il ne se reconnaissait aucun droit sur sa personne, mais les propriétés
lui étaient livrées), il s'absentait chaque après-midi,
et à son retour au logis, ne pénétrait jamais dans
l'arrière-boutique lorsque s'y tenait ce qu'il appelait
« le cénacle ».

Une quinzaine à peine s'écoula avant que M. Calou eût été averti de ces réunions clandestines. Cette
fois, il ne céda pas à son premier mouvement et
lorsqu'il aborda le sujet avec Mirbel, il le fit sans
passion et après avoir longtemps réfléchi sur la
conduite à suivre. Bien loin de lui adresser aucun
reproche, il reconnut que la solitude est une vocation sans attrait pour un garçon de dix-huit ans ;
mais il avait des raisons qu'il ne pouvait confier
à Jean, de considérer Hortense Voyod comme une
personne acharnée à lui nuire. Il fit donc appel à sa
loyauté : tant qu'il habiterait au presbytère, ce
serait trahir son hôte que d'avoir partie liée avec
cette femme. Si donc Jean ne se croyait plus capable de vivre à Baluzac sans fréquenter la pharmacie, il fallait qu'il le reconnût sans ambages, l'abbé
Calou trouverait un prétexte pour demander aux
Mirbel de rappeler leur fils : ce que Jean redoutait

par-dessus tout, car il n'éviterait pas alors l'internat
dans quelque collège de jésuites. D'ailleurs, le ton
de son maître l'avait touché. Il ne pouvait nier
qu'Hortense Voyod voulût du mal au curé : non
qu'elle se fût attaquée directement à lui devant
Jean qui ne l'aurait pas souffert ; mais tous ses
propos le visaient ; et le garçon, au sortir de l'arrière-boutique, avait honte lorsqu'il se retrouvait
dans la salle à manger du presbytère et qu'à travers
la fumée qui s'élevait de la soupière, il lui fallait
répondre au sourire de l'abbé Calou, à ce regard
presque enfantin. Il promit donc à l'abbé d'inter-
rompre ses visites à la pharmacie. Plus tard, il m'a
assuré qu'il était alors de bonne foi et tout à fait
résolu à tenir sa parole. Ce fut vers ce temps-là que
M. Calou lui procura un cheval et qu'il m'arrêta
un jour dans la rue et fit, pour entretenir une correspondance avec Michèle, cette tentative dont j'ai
raconté les déplorables suites.

Si avant de connaître Hortense Voyod, Jean
séparé de Michèle qui ne recevait même plus ses
lettres, avait souffert de son exil à Baluzac, il ne
put plus le supporter dès que la distraction lui
manqua de ces colloques dont il avait pris l'habitude, ou de ces lectures à haute voix que faisait
l'instituteur de l'article d'Hervé, de Gérault-Ri-
chard, de Jaurès (et Hortense vidait son verre
comme un homme, allumait une cigarette et parlait
seule avec une sorte de verve amère dont Mirbel,
après des années, me vantait encore la séduction).

L'abbé Calou aurait préféré qu'il eût des accès

de révolte ; mais que faire contre cette tristesse de
fauve en cage, surtout lorsque la supérieure du
Sacré-Cœur eut averti d'un mot très sec le curé
de Baluzac qu'il devait cesser toutes relations épis-
tolaires avec Michèle ? Jean ne lisait plus, bâclait
ses devoirs, courait les bois jusqu'à la nuit à pied et
à cheval. Après quelques semaines, il se rendit assez
souvent chez l'instituteur. L'abbé Calou fermait les
yeux : il ne se doutait pas que le garçon y trouvait
chaque fois une lettre d'Hortense et que lui-même
en laissait une à son adresse. Il avait promis de ne
plus la voir, non de ne plus lui écrire. Sans ces
échanges presque quotidiens, il est probable que
leurs relations n'eussent point pris un tour pas-
sionné et que ce fut le ton romantique des lettres
de l'adolescent qui en donna l'idée à Hortense
Voyod. Elle entrevit ce que d'abord elle n'eût pas
cru possible avec ce garçon qui aurait pu être son
fils. Prudemment, elle commença par s'en tenir
au langage de l'amitié dont elle excellait à se servir
pour arriver à ses fins, bien qu'elle fût très incapable de l'éprouver réellement ; car dès le lycée où
elle demeura pensionnaire jusqu'à ce qu'elle eût
obtenu son brevet supérieur, l'amitié n'avait jamais
été pour elle qu'un alibi du désir. Cette fois, c'était
son désir de vengeance qui se trouvait en jeu. Elle
ne se fit d'ailleurs aucune illusion sur le sentiment
qu'elle inspirait à Mirbel. Bien qu'il ne lui eût
pas fait de confidences, elle savait qu'il souffrait,
qu'il avait le cœur tout occupé par une autre.
Mais plus avertie que l'abbé Calou, elle avait

discerné dans le garçon l'animal qu'il était, soumis déjà à son instinct, à cette exigence aveugle, irrépressible.

Hortense Voyod avait d'abord reconnu ce côté de sa nature. Les deux ou trois lettres d'elle que Jean avait conservées et qu'il me montra plus tard, n'étaient point sentimentales mais écrites avec beaucoup de soin pour éveiller, sans grossièreté, une jeune imagination livrée à la solitude. Une des rares notes de l'abbé Calou, qui aient directement trait à Hortense Voyod, montre combien le prêtre avait été préoccupé et même obsédé par cette femme : « Science inexplicable dans une campagnarde, écrit-il ; c'est que le vice est éducateur à sa manière. Il n'est pas donné à tous de contempler le mal face à face. Nos pauvres défaillances individuelles que nous appelons « le mal » n'ont rien de commun avec cette volonté de détruire une âme... L'esprit du mal, tel que le xviii° siècle l'a connu et décrit dans *les Liaisons dangereuses*, je sais qu'il respire à quelques mètres de mon presbytère, derrière les volets d'une pharmacie... »

Le printemps fut précoce. Bien que ce fût l'année du bachot, Jean s'échappait sans cesse. Hortense savait qu'elle le rencontrerait dès qu'elle jugerait le moment venu et qu'il lui suffirait de se promener sur les bords du Ciron ; mais elle ne se hâtait point, ne voulant rien risquer. Il fallait d'abord créer une hantise dans l'esprit du garçon et qu'il rêvât à propos d'elle, qui commençait de voir plus loin que sa vengeance. Ce n'était pas assez de porter à l'abbé Calou un coup mortel. Depuis qu'elle avait perdu son amie, elle cherchait un prétexte pour se débarrasser du vieux pharmacien, devenu inutile. Elle calcula que le petit Mirbel en même temps qu'il la vengerait, aiderait à sa libération, pourvu qu'il consentît au scandale ; mais elle hésitait sur la marche à suivre.

Dès les premiers beaux jours, l'abbé Calou fit à bicyclette, comme chaque année, la tournée des quartiers et des métairies isolées. Il s'agissait de racoler des enfants pour le catéchisme et de surveiller les malades, les vieillards surtout, que leurs fils faisaient trimer parfois jusqu'à la mort. Et il y avait souvent à leur chevet une bru pour leur reprocher le pain noir que moulaient leurs gencives avec une lenteur de ruminant. Humanité dure à soi-même, impitoyable aux autres et aux yeux de qui tout prêtre faisait figure de fainéant et de roublard : « mais quoi ! des curés, il en faut... » Le sentiment confus qu'ils avaient d'une telle nécessité rejoignait au fond une idée, en ce temps-là chère à l'abbé Calou, touchant la dernière leçon de cette croix fichée en terre, immobile, et sur laquelle est fixé par des clous un Dieu incapable de bouger : ainsi le prêtre lié au même poteau, offert à la même dérision, propose aux hommes une énigme qu'ils n'essaient pas de déchiffrer.

Un après-midi, vers la fin d'avril, comme le curé rentrait un peu avant le crépuscule, Maria qui le guettait l'avertit que M. Voyod, le pharmacien, l'attendait au salon depuis plus d'une demi-heure déjà et qu'elle avait cru bien faire en allumant le feu. C'était la première fois qu'il passait le seuil du presbytère. L'abbé Calou, fort intrigué, trouva son visiteur assis au coin de la cheminée qui fumait. Il se leva à l'entrée du prêtre. Il s'était endimanché. Un étroit ruban noir ne cachait pas le bouton de sa chemise. On aurait pu passer une main entre le col et le cou décharné. Son sourire découvrait une bouche vide.

Il s'excusa beaucoup de n'être jamais venu rendre ses devoirs à son curé. Il avait eu peur de n'être pas trop bien reçu. On savait pourtant qu'il ne partageait pas toutes les idées de sa femme. Du vivant de sa première épouse, il fréquentait l'église pour les grandes fêtes, et même jusqu'à dix-neuf ans il avait chanté au lutrin. Il serait très désireux que M. le curé ne le considérât pas comme un ennemi et il espérait qu'il lui ferait l'honneur de lui donner sa clientèle : ce n'était pas commode d'aller à Vallandraut pour acheter un quart de pastilles.

Tout cela était dit d'affilée comme une leçon préparée avec soin et sans que l'abbé Calou pût deviner où l'homme en voulait venir. Il fit de nouveau allusion aux principes de Mme Voyod qu'il était bien loin d'approuver. Tout n'était pas rose pour lui, M. le curé pouvait le croire. Il s'était sacrifié pour servir de père à la fille de son vieil ami Destiou, lorsqu'elle s'était trouvée sans ses parents avec toutes ses propriétés sur les bras. Le pharmacien savait

que les gens lui avaient prêté des mobiles intéres-
sés... Mais qu'avait-il gagné à ce mariage ? Tous les
tracas du propriétaire sans en avoir les avantages, et
les idées de Mme Voyod lui avaient fait perdre
beaucoup de clients. Ah ! elle n'avait pas fini de
lui donner du souci ! Alors il commença de montrer
le bout de l'oreille : il n'avait pas de conseils à donner à M. le curé, mais il s'étonnait que son élève
eût la permission de fréquenter une personne si hostile à l'Eglise. En tout cas lui, en tant que mari, et
bien qu'il se considérât comme un père plus que
comme un époux, il s'inquiétait de ces rendez-vous
dont tout Baluzac parlait... Ce n'était qu'un
« drôle », il le savait bien ! à l'âge du petit Mirbel,
ces choses-là n'ont pas d'importance, mais tout de
même... Comme le curé l'interrompait pour lui
assurer que son élève n'allait plus jamais à la pharmacie, le vieux parla de rencontres dans les bois qui
ne devaient pas être bonnes pour le jeune homme
et qui ne lui valaient rien à elle non plus ; la
preuve en était qu'elle avait fort mal pris ses observations. Comme s'il eût oublié qu'il venait à l'instant de parler de son mariage ainsi que d'un acte
de dévouement tout désintéressé, il pleurnicha qu'il
était triste, d'arriver au seuil de la vieillesse, et
après s'être donné tant de mal, d'être menacé de
perdre d'un seul coup le bénéfice de tous ses efforts.
Quand on s'est occupé d'une propriété pendant des
années, qu'on l'a remise sur pied, qu'on a resemé
les landes en friches, fait des éclaircissages, rétabli
les limites contestées par les voisins, c'est dur lors-

que tout est bien en ordre, d'être menacé de renvoi comme un simple domestique.

M. Calou lui fit observer que son pensionnaire n'avait rien à voir là-dedans. Le pharmacien reconnut que c'était en effet à ne pas croire, que c'était la dernière chose dont il se fût avisé ; car il fallait rendre justice à Hortense : elle n'avait jamais couru, et on ne pouvait l'accuser d'être portée là-dessus... (le vieux jeta un regard vif au curé puis le déroba aussitôt sous une paupière enflammée).

L'abbé s'était armé des pincettes, s'efforçant de ranimer le feu : il dit que la cheminée était froide et qu'on n'y avait pas fait une seule flambée pendant l'hiver. Le vieux, que la fumée faisait tousser, insista pour que M. le curé glissât un mot à son élève. Bien sûr qu'il ne se passait rien... mais à quoi bon faire jaser ? Et puis Hortense approchait d'un mauvais âge...

Les pincettes tremblaient dans les grosses mains du prêtre. Il se leva et dut baisser la tête pour regarder son visiteur :

— Soyez tranquille, monsieur Voyod, mon pensionnaire ne courra plus les bois à partir de demain, je vous en donne ma parole.

Le pharmacien trouva que le curé n'avait pas l'air commode. Il répéta plus tard que jamais il n'avait vu un homme à ce point hors de lui, ni qui eût l'air plus capable de vous donner un mauvais coup. M. Voyod n'aurait pas voulu être dans la peau du drôle quand il allait rentrer tout à l'heure pour la soupe.

M. Calou, quand il se retrouva seul, gagna sa chambre, emplit une cuvette d'eau et y trempa son visage. Puis il s'agenouilla, mais les mots s'arrêtaient sur ses lèvres et ses pensées tourbillonnaient comme des feuilles dans un cyclone. Dans la famille de son frère, on disait encore : « Durant les vacances de 1880, l'année de la grande colère d'Ernest... » La dernière en date de ces grandes colères avait retardé d'une année son ordination au sous-diaconat. Depuis, la Grâce aidant, toujours il s'était maîtrisé avant que l'accès tournât au pire.

Ce soir, accoudé au prie-Dieu, il se tenait la tête des deux mains. Une voix intérieure lui criait : « Il y a du danger... Tu risques de lui faire mal... » Mais plus fort que cet appel, grondait en lui le désir que le garçon fût là pour qu'il pût le prendre par la peau du cou, le mettre à genoux par terre, jusqu'à ce qu'il eût crié grâce. Et après, fini de rire ; il serait traité comme l'oncle Adhémar avait souhaité qu'il le fût. Puisqu'il n'obéissait qu'à la force et qu'il ne cédait qu'à la peur, le curé de Baluzac saurait le rendre souple, et plus obéissant qu'un chien couchant : « Prie, gagne du temps... » lui répétait une voix inlassable. Et tout à coup, il entendit le pas trop connu dans l'escalier. Le curé ouvrit la porte :

— Entre, j'ai à te parler.

Comme l'autre répondait : « Tout à l'heure... » il insista : « Tout de suite... » Jean haussa les épaules et voulut s'engager dans l'escalier du second étage. Mais il fut saisi par le collet, sentit la pression d'un genou contre ses reins et se retrouva sur le lit-divan où il avait été jeté comme un paquet, parmi les livres et les brochures. Stupéfait, il demeura assis, ayant à la hauteur de la figure deux énormes poings. Il ne sut que balbutier : « Qu'est-ce qui vous prend ? » L'abbé respirait vite et essuya du revers de la main son front mouillé. Allons ! il avait évité la casse ; le danger était passé maintenant.

Du ton le plus froid et sans que sa voix frémît, il convint de son échec devant son élève et l'avertit que désormais il n'userait plus à son égard que d'une surveillance tout extérieure, jusqu'à ce que la famille Mirbel l'eût tenu quitte de l'engagement qu'il avait pris. Il espérait que le garçon ne ramènerait pas le débat entre eux à une question de force, parce que l'abbé, quand il devait user de la sienne, avait grand-peine à la régler, et qu'il tapait dur.

Là-dessus, il lui ordonna de gagner sa chambre où on lui monterait sa soupe : « Pendant qu'il me tenait ces propos de brute, écrivit Jean à Hortense Voyod, le curé fermait les yeux : peut-être priait-il, bien que ses lèvres fussent immobiles ; toujours cette issue dérobée, par où ces gens-là vous échappent ! »

Il tint parole, imposant sa présence à Mirbel, ou l'enfermant sous la surveillance de Maria lorsque son ministère l'occupait au-dehors. Et sans doute

Jean put prendre plusieurs fois le large, et jamais il ne cessa de correspondre avec Hortense Voyod, grâce à l'instituteur qui lui faisait travailler les mathématiques. Mais il n'en demeura pas moins dominé et dut céder à cette volonté inflexible. D'ailleurs l'approche de l'examen, les coups de collier qu'il lui fallut donner durant les dernières semaines, l'obligèrent d'ajourner tous ses plans de résistance. Admissible, mais refusé à l'oral, il ne revint à Baluzac qu'en septembre, après avoir passé un mois auprès de la comtesse, à La Devize. C'était la première fois qu'il se retrouvait en face de sa mère depuis la révélation sinistre qu'il avait eue à Balauze : « On m'a changé mon Jean, écrivit la comtesse à l'abbé Calou : c'était un enfant terrible, mais ce n'était pas un enfant cynique. Aujourd'hui, je ne puis prononcer une parole d'exhortation, ou seulement m'efforcer d'élever le débat (ce qui est mon constant souci) sans que ce malheureux me rie au nez. Permettez-moi, monsieur le curé, sinon d'émettre un doute sur l'excellence de vos méthodes, du moins de constater qu'elles ont échoué en ce qui concerne mon fils. »

Durant ces semaines de vacances, Jean reçut presque chaque jour une lettre de la pharmacienne ; et dès son retour au presbytère, leurs projets commencèrent de prendre forme. Un nouvel échec en octobre emporta les dernières hésitations de Mirbel. Les retraites ecclésiastiques avaient obligé M. Calou à s'absenter durant plusieurs jours, Jean ne quitta plus Hortense. L'abbé, à son retour, le trouvant plus calme et presque détendu, le surveilla de moins près. Leurs relations étaient devenues celles d'un maître et d'un élève qui, en dehors des questions de travail, ne se parlent guère et fuient tout sujet de discussion. Le prêtre se donnait avec une confiance renouvelée à son petit troupeau : des enfants commençaient à s'ouvrir à lui, à l'aimer. Le nouveau malentendu qui le séparait de son pensionnaire lui échappa : avec une incroyable inconséquence, Mirbel s'irritait et souffrait du détachement de M. Calou à son égard ; et cette souffrance entra pour beaucoup dans la fatale résolution qu'il prit, et dont Hortense Voyod sut lui dissimuler la gravité.

Il est constant que nous tenions à l'attachement des êtres que nous n'aimons pas ou que nous croyons mépriser. Jean, pour rien au monde, n'en eût convenu ; mais il aurait été fort incapable de comprendre que l'abbé Calou lui gardait toujours dans son cœur et dans sa pensée la première place. Les mystiques obéissent aux lois d'une économie qu'il leur est impossible de rendre intelligible à ceux qui n'y sont pas initiés. Comment le prêtre n'eût-il pas été tranquille au sujet de Jean et se fût-il cru en reste avec lui, ayant offert sa vie pour lui, et renouvelant, presque chaque jour, son sacrifice ? Ce régime d'échanges, de compensations, de réversibilités où la Grâce fait vivre ceux qui croient, était bien éloigné du monde charnel où l'adolescent commençait à prendre conscience de lui-même ! Il se crut lâché, rejeté par le seul homme qui possédât

tous ses secrets, qui sût ce qu'il avait souffert, ce
qu'il continuait de souffrir, du fait de sa mère et de
Michèle. Si celui-là aussi l'abandonnait, que lui
restait-il que de fuir ce monde abominable où il
n'y avait pas de place pour lui ? Bien sûr, avec
Hortense, il savait que ça ne durerait pas toujours,
ni même très longtemps... Mais telle était sa vocation
du malheur et ce qui l'attirait le plus dans cette
aventure : qu'elle fût sans issue, sans espoir, qu'elle
le fît sortir du port et le jetât dans un courant
qu'il ne remonterait pas.

XIV

Nous dûmes rester à Larjuzon jusqu'à la célé-
bration de ce qu'on appelle en Gironde la messe
de huitaine. L'avant-veille, ma belle-mère avait reçu
une lettre de la sœur qui gardait Octavie. La fausse
couche n'avait pu être évitée, une double phlébite
s'était déclarée, la fièvre ne cédait pas et le cœur
faiblissait ; enfin le médecin s'attendait au pire.
On manquait de tout, rue du Mirail. Malgré la
défense expresse de M. Puybaraud, la sœur avait
recours à Mme Pian, car le boulanger et le pharmacien commençaient à montrer les dents. Ces nouvelles parurent accabler ma belle-mère. Sans doute
aurait-elle eu le temps d'aller à Bordeaux entre
deux trains avant la messe de huitaine, mais elle
redoutait l'accueil de mon ancien maître, et avec
sa générosité coutumière, prit le parti d'adresser un
mandat télégraphique au nom de la petite sœur et
à son couvent.

Brigitte me demandait conseil, pensait à haute
voix devant moi comme si ma froideur lui eût
échappé. « S'ils ne m'avaient pas eue ! » répétait-
elle, et elle se remémorait tout ce qu'elle avait

fait déjà pour les Puybaraud : « Je les avais avertis ; tout se réalise point par point de ce que je
leur avais annoncé. Et cet accident et cette mort
presque certaine dont je n'avais pas osé leur parler,
Dieu sait que je les sentais venir... Mais ce n'était
pas à moi, pauvre femme, de leur mettre les points
sur les i : leur directeur a été bien léger ! lui seul
aurait pu les retenir au bord de l'abîme, et au
contraire il les y a poussés... Mais tu vas voir que
ce sera moi encore que M. Puybaraud va rendre
responsable. Déjà ta sœur m'impute la mort de votre
père et même le vol avec effraction du petit Mirbel... C'est à ne pas croire ! » Elle me dévisageait,
et son rire anxieux mendiait un mot, une protes-
tation ; mais le silence obstiné que je lui opposais
manifestait assez que j'étais d'accord sur tous ces
points avec M. Puybaraud et avec Michèle.

Alors elle n'eut plus d'autre recours qu'elle-
même : elle errait d'une pièce à l'autre ou tournait
autour de la table, reprenant pour elle seule son
système de défense. La chargerais-je encore aujour-
d'hui du poids de tant de malheurs, cette femme
flagellée par les Erinnyes de la Nouvelle Alliance,
par les scrupules qui, depuis que le Christ est
venu, harcèlent les consciences tourmentées ? Ceux
qui déchiraient Brigitte Pian la poussaient à revenir en ville le plus tôt possible, pour interroger sur
place M. Puybaraud et recevoir de sa bouche des
paroles rassurantes. Mais comme il n'y avait qu'un
train par jour, nous dûmes attendre le lendemain
de la messe de huitaine.

Il fallut nous lever dans le noir. Au long de ce voyage, Brigitte Pian subit la présence de Michèle qui, à Larjuzon, s'était constamment dérobée à sa vue. Pendant les trois heures où nous demeurâmes enfermés dans un compartiment de deuxième classe, l'adolescente enténébrée de crêpes joua au jeu de ne pas rencontrer une seule fois le regard de notre belle-mère qui implorait le sien. De la pitié que j'éprouve aujourd'hui pour cette femme retournée en poussière depuis tant d'années, je ne ressentais rien alors, dans ce train omnibus mal chauffé par les bouillottes que les employés nous avaient jetées dans les jambes, et où je m'étais mis à genoux sur la banquette pour réchauffer mes pieds glacés. Mais je commençais d'avoir conscience de ce qui se passait dans Mme Brigitte. J'observais curieusement cette créature imposante, cette grande statue d'airain dont l'ombre avait recouvert mon enfance et qui, sous mes yeux, vacillait. Des fissures s'ouvraient çà et là ; peut-être allais-je la voir s'effondrer. Quand elle se leva pour descendre de wagon, elle me parut petite, et je m'en étonnais sans penser que c'était moi sans doute qui avais grandi.

Elle ne donna pas au cocher notre adresse mais celle des Puybaraud. Dans ce matin sombre, le fracas de fiacre emplit la triste rue du Mirail. Nous levâmes les yeux vers l'étage qu'habitait mon ancien maître, et dont les persiennes étaient fermées. La concierge montra sa figure décharnée hors de la soupente qui lui servait de loge. Nous apprîmes que tout était fini depuis la veille au soir, que

M. Puybaraud refusait de recevoir personne, qu'on ignorait l'heure des obsèques. Nous comprîmes qu'il avait donné les ordres les plus sévères en ce qui nous concernait. « Le malheur rend ingrat, des fois... » La concierge nous assura qu'elle l'avait souvent remarqué. Lorsque nous nous retrouvâmes dans le fiacre Michèle tout à coup ne déroba plus ses regards, mais au contraire elle fixa si durement et si longuement notre belle-mère que celle-ci dut détourner les yeux vers la portière. Bien que les lèvres de Brigitte Pian remuassent à peine, je compris qu'elle avait déjà commencé de prier pour la morte. Sans doute ne se retenait-elle pas de lui crier, par-delà le silence éternel : « Eh bien ? qui avait raison, ma pauvre Octavie ? »

Elle s'abandonna sans doute à la passagère euphorie de cette évidente conformité entre ses propres vues et celles de la Providence. Mais nous n'avions pas atteint le cours de l'Intendance que déjà elle s'était assombrie. Michèle se retira dans sa chambre et nous ne la vîmes plus de la journée. Brigitte Pian vint me relancer dans la mienne et comme je lui répondais à peine, elle laissa la porte de communication ouverte : même hostile, ma présence lui était nécessaire. Elle revint au bout d'un instant et me refit encore l'historique de ses relations avec les Puybaraud depuis deux années, trouvant partout des occasions de se donner des louanges, sauf en ce qui concernait leur dernière entrevue, au chevet d'Octavie. Pourvu que M. Puybaraud n'allât pas se mettre dans l'idée que leur petite

discussion de ce jour-là avait aggravé l'état de la
malade ! De cette discussion, elle s'efforçait de
me retracer les péripéties et cherchait à se souvenir
des termes mêmes dont elle avait usé. J'écoutais
avec une politesse froide et sans lâcher un mot
d'approbation ou de réconfort.

Enfin, n'y tenant plus, elle me pria de revenir
seul rue du Mirail : sans aucun doute, M. Puybaraud me recevrait et m'informerait de l'heure des
obsèques. Mais la concierge ne me laissa pas monter
malgré mon insistance et je dus aller me renseigner
à l'église Saint-Eloi où j'appris qu'il n'y aurait
même pas de messe, seulement une absoute, le lendemain matin à huit heures.

Nous ne nous y trouvâmes pas seuls comme
l'avait cru notre belle-mère. Beaucoup d'anciennes
élèves d'Octavie se trouvaient là, et aussi plusieurs
maîtresses de l'école libre. Presque toutes pleuraient
et l'air était tellement saturé de prière que j'en avais
la sensation physique. M. Puybaraud, vêtu du vieux
pardessus noir qu'il portait l'hiver, autrefois, dans
la cour de récréation, se tenait droit, sans agenouil-
lement et sans larmes, le visage aussi blanc que
devait l'être celui d'Octavie entre les quatre plan-
ches. Comme il paraissait ne voir personne, nous
aurions pu nous persuader qu'il n'y avait rien
d'hostile dans son attitude à notre égard ; mais à
la porte du cimetière, il ne parut pas voir la main
que je lui tendais et je dus saisir la sienne qu'il
déroba aussitôt. Quant à ma belle-mère, elle n'osa

même pas tenter le geste, car il s'inclina devant
elle sans la regarder, ni bouger le bras.

Elle me dit ce soir-là, après le dîner, dans ma
chambre où elle m'avait suivi, qu'elle redoutait
beaucoup que M. Puybaraud n'eût cédé à l'esprit
de révolte et qu'il était bien regrettable qu'elle ne
pût parvenir jusqu'à lui pour l'incliner à la rési-
gnation et à la soumission du cœur. Je lui objectai
que l'hostilité qu'il nous avait montrée ne signifiait
point qu'il fût dans les mêmes sentiments à l'égard
de Dieu, et j'ajoutai perfidement que comme il avait
été l'époux d'une sainte, ma belle-mère pouvait
s'en remettre à elle pour toutes les grâces dont
M. Puybaraud avait besoin. « Une sainte ? répéta
Brigitte Pian, une sainte ? » Elle me regarda sans
colère, mais avec une sorte d'attention qui ressemblait à de l'hébétude, tourna un instant autour de
ma table et se retira enfin, emportant sans doute
pour sa nuit un surcroît de trouble et d'angoisse.

Dans les jours qui suivirent l'enterrement d'Octavie, elle n'essaya pas de revoir le veuf, mais conti-
nua de le secourir à son insu, grâce à la complicité
de la sœur garde-malade. Michèle était rentrée au
Sacré-Cœur et nous recommençâmes de vivre en
tête à tête, ma belle-mère et moi, elle, attentive à
me plaire, empressée jusqu'à l'humilité, comme si
elle n'avait pas eu d'autre secours humain que ce
jeune garçon d'une correction déconcertante.

J'avais obéi à la suggestion de l'abbé Calou et
écrit de Larjuzon à la comtesse de Mirbel pour lui
demander des nouvelles de Jean. Je trouvai sa

réponse à Bordeaux : une lettre dont tous les termes étaient pesés pour réduire à rien le scandale : « Je ne m'étonne pas, mon cher jeune ami, que vous vous inquiétiez de Jean et que vous ayez été impressionné par les ragots absurdes qui ont couru le pays à son sujet. Il nous a rejoints ici, fort étonné lui-même et fort capot de tout le bruit fait autour de son équipée. Le curé et le pharmacien en sont les grands responsables : ils ont l'un et l'autre ameuté le pays, et si le second de ces messieurs avait quelques apparences d'excuse, le premier a manqué de jugement et de pondération, au-delà de ce qui est supportable chez un ecclésiastique, surtout qui se prétend éducateur ! Je le lui ai dit en allant lui rembourser cette avance d'argent faite à mon fils, à propos de laquelle les bonnes langues ont répandu une histoire rocambolesque dont j'ose espérer que vous n'avez rien cru. Le prêtre n'a rien trouvé à répondre aux accusations que j'ai portées contre lui, avec la véhémence peut-être excessive de mon cœur maternel... » (Bien plus tard, j'ai mesuré le sublime de ce silence : l'abbé Calou aurait pu d'un seul mot anéantir la femme qui l'outrageait ; car elle ignorait alors que son fils avait grelotté toute une nuit sous les fenêtres de l'auberge à Balauze, qu'il avait failli en mourir, qu'il demeurait à jamais blessé et empoisonné de ce que ses yeux avaient vu, de ce que ses oreilles avaient entendu.) La comtesse m'avertissait, en finissant, que Jean irait achever l'année en Angleterre et que les préparatifs de son voyage l'obligeant à passer

quelques jours à Bordeaux, il espérait qu'on ne lui
interdirait pas de venir nous dire adieu.

Cette lettre de la comtesse me laissa très embarrassé et hésitant. Devais-je la transmettre à l'abbé
Calou, comme je le lui avais promis ? Il me fallut
bien sortir de ma réserve à l'égard de ma belle-mère
pour lui demander conseil. Je n'étais pas fâché non
plus de voir comme elle réagirait. Mais si je m'étais
attendu à ce qu'elle se déchaînât contre le curé de
Baluzac, là encore elle me surprit. A l'entendre, il
fallait éviter de blesser inutilement un homme qui
venait d'être si éprouvé ; comme d'autre part, ce
document lui serait utile, elle me conseilla de le lui
faire parvenir, mais en lui assurant que personne
chez nous ne croyait aux allégations de la comtesse.
C'était à ma connaissance la première fois que ma
belle-mère se déjugeait. Je ne manquai pas, quand
j'écrivis à l'abbé Calou, de mettre l'accent sur ce
changement extraordinaire ; je le fis avec une ironie que le prêtre n'approuva pas. Je ne reçus sa
réponse qu'au bout d'une semaine : de cette page
que je recopie ici avec respect et amour, je puis
dire, qu'après l'avoir lue, je ne fus plus tout à fait
le même garçon.

« Mon petit Louis, j'ai mis quelque temps à
vous répondre parce que votre lettre ne m'a pas
trouvé à Baluzac et qu'elle m'a rejoint chez mon
frère où je suis installé pour quelque temps. Je
n'irai pas par quatre chemins avec vous, mon petit.
Vous êtes trop au courant de ce qui s'est passé
pour que j'essaie de vous raconter des histoires. Je

ne suis plus curé de Baluzac et j'ai même reçu
l'ordre de quitter sans délai la paroisse et de me
retirer dans ma famille. C'est la disgrâce, il me
semble, et même un peu plus que ce que ce terme
signifie. Les Mirbel et le vieux Voyod se sont mis
d'accord pour me désigner comme l'auteur responsable du scandale. De plus, le petit travail que
Mme Brigitte m'a fait l'honneur de me consacrer,
qui date déjà de plusieurs mois et que les vicaires
généraux avaient en main, annonçait point par point
ce qui est advenu. Les événements ont donné beaucoup de portée à la critique serrée et d'ailleurs fort
remarquable, que votre chère belle-mère faisait de
mon caractère et de mes tendances. Je m'exprime
ici sans ironie, mon petit Louis, et vous avoue que
je goûte peu celle dont est imprégnée votre lettre.
Je ne crois pas au hasard, vous le pensez bien ;
je ne crois pas que ce soit un hasard si toutes les
prévisions de Mme Brigitte s'accomplissent. Je n'i-
rai pas jusqu'à dire qu'elle interprète toujours sai-
nement les faits ni les motifs des actions d'autrui,
mais elle a une sorte de don pour déceler leur
malice occulte. Je l'étonnerais peut-être en lui assurant que, par des voies différentes, mon erreur
rejoint la sienne : l'un et l'autre, elle avec sa seule
raison et moi avec mon cœur, nous avons cru qu'il
nous appartenait d'intervenir dans la destinée des
autres. Et sans doute l'essentiel de notre ministère,
comme le devoir de tout chrétien, est d'annoncer
l'Evangile ; mais ce ne saurait être de transformer
le prochain selon notre mode, et d'après nos vues

particulières ; car de nous-mêmes nous ne faisons
rien, nous ne pouvons rien que de marcher devant
la Grâce comme le chien précède le chasseur invisible, avec plus ou moins d'efficace selon que nous
sommes plus ou moins attentifs, dociles et souples
pour épouser la volonté du Maître, et indifférents
à la nôtre. En ce qui me concerne, Mme Brigitte a
vu juste : le défaut de mesure et de jugement
qu'elle dénonce en moi et dont elle dit, en une
formule saisissante, que chez un prêtre et à ce
degré, il risque de susciter de pires désastres que la
passion la plus criminelle, c'est bien cela qui m'a
précipité dans des interventions téméraires, mal
préparées, imprudentes à coup sûr. Oh ! sans doute
la Grâce en a-t-elle fait son profit, parce que tel
est l'Amour de notre Dieu qu'il tourne tout au plus
grand bien de ceux qu'il aime. Mais aux dégâts
qui s'accumulent autour de ce que nous croyons
être notre apostolat, nous devons mesurer ce qui
s'y mêle d'intérêts inavoués, de secrètes convoitises dont nous n'avons d'ailleurs qu'une conscience
sourde, et c'est pourquoi nous devons tout attendre
de la miséricorde.

« Mon petit Louis, tout cela doit vous paraître
bien obscur ; nous en reparlerons dans quelques
années, si le Père n'a pas rappelé à lui le serviteur
non seulement inutile, mais dangereux que je suis.
En attendant, je me permets de vous donner cet avis
pour ce qui touche Mme Brigitte : il ne faut point
vous moquer de ce qui se passe en elle présente-
ment, ni juger petite son épreuve. Après n'avoir vu

durant toute sa vie que l'aspect édifiant de ses
actes, ils lui apparaissent soudain et tous à la fois,
tournant vers elle un visage horrible. Quand le
Christ nous ouvre les yeux et que tout à coup nos
actions nous entourent et nous pressent, elles nous
étonnent autant que ces hommes que vit l'aveugle-
né de l'Evangile, après qu'il eut été guéri, et qui
lui apparaissaient « comme des arbres qui marchent ». Mais je voudrais que Mme Brigitte comprît
ce dont je suis moi-même persuadé dans l'abaisse-
ment où je me trouve et qui est pire que vous ne
sauriez l'imaginer : car il n'est guère de calomnie
qui m'ait été épargnée ; les gens croient ce qu'ils
veulent, à l'archevêché et ailleurs. Je puis dire
qu'ayant atteint déjà les abords de la vieillesse, j'ai
tout perdu de mon modeste honneur humain et que
j'ai laissé outrager dans ma personne ce Jésus qui
m'avait marqué de son signe. Pour ma famille, elle
est humiliée et irritée de cette honte que je lui
apporte, sans compter la gêne matérielle de ma présence dans la maison. Le cadet de mes neveux a dû
me céder sa chambre et partage maintenant celle
de son frère. Ils sont tous très bons pour moi, il
va sans dire ; mais ma belle-sœur me demande un
peu trop souvent ce que je compte faire dans un
prochain avenir ; à quoi il me faut bien répondre
que je n'en sais rien, car vraiment je ne suis plus
bon à rien ni à personne... Ah ! maintenant, plus
d'erreur possible : je me tiens là, devant mon
Dieu, plus dénué et plus dépouillé de mérites, plus
désarmé que personne au monde. Voilà peut-être

l'état qu'il faut souhaiter à des hommes dont c'est
la profession, si j'ose dire, d'être vertueux. Il est
presque inévitable que les vertueux de profession
se fassent une idée exagérée de la valeur de leurs
actes, qu'ils se constituent les juges de leur propre
avancement, et que se comparant aux autres, leur
propre vertu leur donne parfois le vertige. Je voudrais que Mme Brigitte, dans l'épreuve qu'elle subit,
fût persuadée qu'elle est sur la voie d'une grande
découverte... »

Peut-être jugera-t-on qu'en se livrant ainsi à un
garçon qui entrait dans sa dix-septième année,
l'abbé Calou témoignait qu'il n'avait guère fait de
progrès du côté du jugement. Je n'osai communiquer cette lettre à ma belle-mère, bien qu'elle ne
cherchât plus à me donner le change et que je
vécusse dans l'atmosphère insupportable que créait
son angoisse. Vers ce temps-là, un petit hebdoma-
daire anarchiste, *la Bataille*, qui ne vivait que de
scandales, avait publié sur « l'enlèvement de la
pharmacienne » des entrefilets venimeux. Je m'é-
tonnais que Brigitte Pian me priât de lui rapporter,
chaque semaine, cette feuille abjecte qu'elle n'eût
osé acheter elle-même, ni demander à un domestique, et je ne comprenais rien à l'espèce de délectation qu'elle paraissait tirer d'une telle lecture,
lorsque j'appris au collège que M. Puybaraud occupait à *la Bataille* une place de secrétaire, et qu'à
tort ou à raison le public lui attribuait tous les
échos antireligieux publiés là.

J'assistais chaque samedi à cette lecture qui occupait toute la soirée et que Brigitte Pian devait reprendre au milieu de la nuit, comme pour bien se pénétrer de l'avilissement d'une âme poussée par elle (du moins s'en était-elle persuadée) à la révolte, à une haine désespérée. Les enfants, ni les adolescents ne sont guère sensibles d'habitude au changement physique des grandes personnes auprès desquelles ils vivent. Mais je voyais de jour en jour se réduire Brigitte Pian ; la robe de chambre améthyste flottait maintenant sur son corps, comme si le serpent épais et gras de ses cheveux nattés se fût nourri de sa propre substance. Le plus étrange est qu'après quelques mois, non seulement M. Puybaraud devait quitter le journal, et s'enfermer à la trappe de Septfonts pour y faire une retraite, mais qu'il y devait demeurer finalement et, sous l'habit des novices, accomplir ce que ma belle-mère avait toujours attendu de lui : là encore les vues de Brigitte Pian s'accordaient au dessein providentiel... Mais elle ne pouvait alors prévoir cette issue inespérée ; et si parfois son esprit anxieux se détachait du renégat, c'était pour tourner autour d'une autre de ses victimes : son époux, Octavie, qui seraient peut-être vivants, croyait-elle, s'ils n'avaient pas rencontré Brigitte Pian sur leur route. Elle pensait aussi à Michèle, à Jean, à l'abbé Calou qu'elle avait dénoncé...

Un point qui demeure obscur pour moi, c'est le soutien qu'elle aurait pu attendre, dans cette crise, d'un directeur. Mais je ne connaissais pas le sien, et ne suis même pas assuré qu'elle en ait eu un. Il me semble d'ailleurs que même à l'époque où elle se glorifiait le plus de ses progrès spirituels, et où rien ne laissait présager qu'elle dût être livrée un jour à toutes les furies du scrupule, elle n'approchait point aussi souvent des sacrements qu'on eût pu l'attendre d'une personne dont la dévotion était à ce point affichée. Dans mon enfance, la querelle de la fréquente communion, déchaînée deux siècles et demi plus tôt, durait encore. Il n'existe guère aujourd'hui de chrétiens dévots qui n'usent de l'Eucharistie aussi souvent qu'ils peuvent ; il y a quarante ans, la crainte et le tremblement réglaient encore les rapports de certaines âmes avec l'Amour incarné que, selon la tradition janséniste, elles croyaient implacable.

Le certain, c'est que cette année-là, lorsque nous fûmes entrés en carême et à mesure qu'approchait la fête de Pâques, l'angoisse de Brigitte Pian tourna à la terreur. Un soir, elle pénétra sans frapper dans ma chambre. J'étais déjà couché, je lisais *Dominique*, et levai vers l'intruse des yeux encore pleins du monde imaginaire d'où je sortais.

— Tu ne dors pas ? me demanda Brigitte avec une expression timide et suppliante.

Elle déchiffrait sur ma figure le dépit d'être dérangé. Si je n'avais pas été au lit, j'aurais tenu ma tête à deux mains, en me bouchant les oreilles, penché sur mon livre dans une attitude qui eût découragé toute avance. Mais sous mes draps, je me trouvais désarmé.

— Ecoute, Louis, j'ai un conseil à te demander...
Cela va te paraître bizarre ; mais il y a des moments
où l'on ne voit plus clair. Quel est à ton avis le
plus grand mal : désobéir à l'Eglise en ne faisant
pas ses pâques, ou s'exposer, par obéissance au
précepte, à recevoir indignement l'Eucharistie ?...
Non, ne réponds pas trop vite ; prends le temps de
la réflexion. Rappelle-toi ce que veut dire saint
Paul lorsqu'il parle de ceux qui ne discernent pas
le corps du Sauveur...

Je répondis qu'il n'était pas besoin de beaucoup
réfléchir et que le dilemme ne se posait pas puisqu'il suffisait de l'aveu de nos fautes à un prêtre
pour retrouver l'état de Grâce...

— Pour toi peut-être, mon petit Louis, pour un
cœur d'enfant, oui, bien sûr !

Elle s'assit au bord de mon lit lourdement. Elle
s'installait. Hélas ! Je devais donc renoncer à la
compagnie de *Dominique*, pour écouter cette vieille
femme hagarde.

— Il faudrait d'abord que les péchés fussent sim-
ples, bien discernables, faciles à délimiter et qu'on
pût les faire tenir dans une formule. Mais comment
veux-tu que je rende intelligibles à un prêtre les
problèmes qui me harcèlent ? Que peut-il saisir de
mes rapports avec ton père, avec les Puybaraud,
avec M. Calou, avec Michèle ? J'ai essayé trois fois
déjà : je me suis adressée tour à tour à un séculier,
à un dominicain, à un jésuite... Tous les trois n'ont
su discerner en moi qu'une de ces scrupuleuses que
les confesseurs redoutent comme la peste et contre

lesquelles ils usent de l'arme la mieux faite pour
redoubler leur angoisse, en affectant de ne pas
prendre au sérieux ce dont elles s'accusent. Ainsi
sortent-elles du confessionnal persuadées qu'elles
n'ont pas été comprises, et donc qu'elles ne sau-
raient être pardonnées d'une faute que le prêtre
n'a pas entendue... Eh bien, oui, je suis atteinte de
ce mal, ajouta-t-elle brusquement après un silence.
Mais le tout est de savoir si l'on est scrupuleux à
bon escient : le fait que nous subissons cette torture
ne saurait signifier qu'elle nous vient de fautes
illusoires...

— Dans ce cas, interrompis-je d'un ton pédant,
il ne s'agirait plus de scrupules, mais de remords...

— Tu mets le doigt sur la plaie, Louis. Nous
essayons de nous rassurer en usant de termes plus
doux ; il est trop vrai que je ne suis pas scrupuleuse : j'ai des remords, oui, des remords. Mais ce
que tu as compris, toi, du premier coup, avec cette
promptitude d'esprit qui faisait l'admiration du
pauvre M. Puybaraud, je désespère de le faire entendre à ces hommes sans expérience pour qui les
péchés sont des gestes faciles à définir et qui ne
comprennent pas que le mal infecte parfois toute
une vie, que le mal peut être multiforme, invisible,
indéchiffrable, et donc inexprimable, à la lettre
innommable...

Elle s'arrêta de parler, elle m'écrasait un peu, je
l'entendais respirer fort.

— J'ai une idée, dis-je. (Cette espèce d'excitation
m'était revenue, du temps que M. Puybaraud m'in-

terrogeait comme un oracle et que je cherchais à
l'éblouir par une réponse à la fois inattendue et
pleine de sagesse.) Le prêtre qui pourrait vous rendre la paix est celui qui non seulement vous connaît
depuis de longues années, mais qui n'ignore rien
des événements à propos desquels vous vous tour-
mentez. Oui, insistai-je, tandis qu'elle me dévisageait avec cette attention des grands malades dès
que le médecin ouvre la bouche, l'abbé Calou sait
tout d'avance, il m'a décrit dans sa dernière lettre
le mal dont vous souffrez. Scrupule ou remords, le
nom ne fait rien à l'affaire : il vous donnera l'absolution en connaissance de cause.

— L'abbé Calou ? Tu n'y penses pas ? Me confesser à lui, après ce que je lui ai fait...

— Justement : après ce que vous lui avez fait.

Elle se leva et commença de tourner dans ma
chambre. Comme elle gémissait qu'elle ne pourrait
jamais...

— Ce serait dur, sans doute, insinuai-je, vous y
auriez du mérite...

Ce mot de « mérite » lui fit lever la tête.

— Ce serait au-dessus des forces de la plupart
des gens, mais vous...

Elle se redressa encore : « Après tout... » mur-
mura-t-elle. Il faudrait le relancer dans sa famille...
Avait-il seulement le droit de confesser ? se deman-
dait-elle. Oui, sûrement, dans les limites du diocèse... Elle recommença ses allées et venues. Je fis
exprès de bâiller avec bruit et m'enfonçai sous les
draps.

— Tu t'endors, mon petit Louis ? Tu vas dormir, toi, heureux enfant.

Elle se pencha ; ses lèvres gercées touchèrent mon front.

— Avouez que je vous ai donné une riche idée ? lui demandai-je d'un ton satisfait.

Elle ne répondit pas, tournant et retournant la chose dans son esprit. Elle éteignit la lampe, mais je la rallumai dès qu'elle eut fermé la porte, et *Dominique* m'entraîna de nouveau bien loin de cette femme tourmentée.

XV

A sa descente du train qui la ramenait de chez l'abbé Calou, et comme il restait deux heures avant le dîner, Brigitte ne prit pas de voiture mais remonta à pied le triste cours Saint-Jean dans la brume, coudoyée par la foule, indifférente à tout ce qu'elle haïssait d'habitude, sûre d'être pardonnée. Elle avançait, légère, et pour la première fois à l'élan de gratitude qui la soulevait vers Dieu, se mêlait une tendresse très humble, très humaine. On lui avait ôté son mal ; elle ne souffrait plus, n'était plus gênée pour respirer. Parfois, comme un rappel aigu, une inquiétude lui venait : avait-elle bien tout avoué ? Mais oui ; d'ailleurs celui qui l'avait entendue savait tout d'avance...

Elle demeurait attentive à ce qui lui avait été dit dans cette chambre sans feu, blanchie à la chaux, à peine meublée, où l'abbé Calou l'avait reçue. Il n'avait guère cherché à la rassurer, mais lui avait fait honte de l'importance qu'elle accordait à ses fautes, comme si elle ignorait que Dieu se sert à sa guise même de nos péchés. Il l'avait suppliée de se bien pénétrer de son propre néant et de ne pas

substituer à l'illusion d'avoir été une personne fort
avancée dans la voie parfaite, celle de se croire une
pécheresse insigne. Il avait ajouté qu'elle pouvait
beaucoup pour ceux à qui elle croyait devoir répa-
ration : pour les morts, il allait sans dire ; mais
aussi pour les vivants : « Ainsi, lui avait-il assuré,
il vous appartient de m'aider beaucoup auprès du
cardinal... » (et elle avait bien compris qu'il lui
demandait cela pour elle, dans un sentiment de charité...) Ce n'était même point sa rentrée en grâce
qu'il ambitionnait, mais la permission de s'installer
à ses frais entre la Bastide et la Souys, dans le quar-
tier le plus pauvre et le plus abandonné qu'il con-
nût, d'y louer un local où il aurait la permission
de faire le catéchisme et de célébrer la messe. Brigitte Pian, sur ces trottoirs mouillés par la brume
où elle avançait si légère, décida qu'elle en assume-
rait la dépense ; et déjà elle imaginait une paroisse
nouvelle surgissant autour de l'abbé Calou.

Elle eut le temps de s'arrêter à la cathédrale
avant que les portes n'en fussent fermées, et demeura quelques minutes immobile comme une mira-
culée qui ne trouverait plus ses mots, puis repartit
et atteignit sa porte sans avoir eu presque conscience
du chemin parcouru. Dans l'antichambre régnait
une odeur inaccoutumée de tabac qui la ramena sur
la terre : qui donc se permettait de fumer dans sa
maison ? Elle reconnut une voix, celle de Michèle,
mêlée à une autre qu'elle ne reconnaissait pas, et
pourtant elle sut d'abord qui était là, dans son salon,
qui osait être là ! La lettre de la comtesse avait

bien laissé prévoir une visite du petit Mirbel, mais Brigitte n'avait pas cru une seconde que ce voleur aurait le front de se présenter chez nous. Et il était venu ! et nous l'avions reçu ! Il parlait librement avec Michèle, derrière cette porte. Brigitte Pian s'était redressée. Dans l'antichambre qu'éclairait un papillon de gaz sous un globe en verre dépoli, elle redevenait cette personne fortifiée par l'état de Grâce, assurée de son droit pour intervenir dans la vie de ceux sur qui elle avait autorité. Mais en même temps grondait en elle cette juste fureur contre laquelle il lui était si malaisé de se défendre, lorsqu'on osait braver ses ordres, et se soustraire à ce qu'elle avait résolu et prescrit.

Au moment de saisir le loquet, sa main pourtant hésitait encore. En dépit de cette colère, la paix intérieure reconquise, le calme des profondeurs ne l'avait pas délaissée. Ceux qui étaient là, dans le salon, elle savait qu'ils l'accusaient aussi de leur avoir fait du mal. Sur ce point pourtant, sa conscience ne lui reprochait rien. Quelle autre attitude aurait-elle pu avoir ? Elle avait protégé Michèle qui était une enfant, comme auraient fait toutes les mères. Pourtant l'abbé Calou voyait les choses dans une autre lumière, et elle savait ce que ce petit Mirbel était pour lui, bien qu'il n'eût pas, ce jour-là, prononcé son nom devant elle. Mais certaines de ses paroles lui revenaient que sans doute lui avait inspirées le souvenir de l'enfant perdu : chaque destinée, disait-il, est particulière, et c'est peut-être l'un des secrets de la miséricordieuse justice de qui

nous relevons, qu'il n'existe pas de loi universelle
pour juger et condamner les êtres : chacun est un
héritier pitoyable, chargé des péchés et des mérites
de sa race, dans une mesure qui échappe à notre
estimation, libre toujours de dire non ou de dire oui
lorsque l'amour de son Dieu passe à sa portée ; mais
tout ce qui influe, tout ce qui pèse sur ce choix,
qui oserait s'arroger le droit de s'en faire juge ?
C'était à propos des Puybaraud que M. Calou avait
dit : « Il ne faut pas intervenir comme un aveugle
et comme un sourd entre deux êtres qui s'aiment,
fût-ce dans le mal. Ce qu'il importe d'abord de
comprendre, c'est ce que leur rencontre signifie,
car les routes humaines ne se croisent pas au
hasard... »

Brigitte Pian écoutait, derrière la porte, deux
voix alternées, celle de la jeune fille, un peu oppres-
sée ; et l'autre, virile, mal posée, avec de sourds
éclats. Brigitte, non plus irritée, mais hésitante,
s'assit sur la caisse à bois. Ce fut pour ne point
avoir l'air d'écouter aux portes (bien qu'elle ne
comprît pas ce qui se disait dans le salon) qu'elle
gagna sa chambre un peu plus tard et y demeura
longtemps seule à genoux, dans le noir.

Jean de Mirbel avait choisi un jeudi pour tenter
de rencontrer Michèle : il savait qu'elle serait libre
depuis le matin. Ce fut moi qu'il demanda à voir.
Ma première pensée fut d'aller avertir Michèle et
je reconnus d'abord qu'elle savait que Jean était là.
Sa robe d'uniforme l'enlaidissait ; ses cheveux à
demi relevés en catogan étaient retenus par un gros

nœud de ruban mauve. Les hautes tiges de ses bottines à boutons lui faisaient des chevilles un peu
fortes. Je ne fus pas dupe du calme qu'elle affectait.
Comme il ne fallait pas que la malveillance de notre
belle-mère pût tirer de cette visite le moindre prétexte, nous convînmes entre nous que même si Jean
m'en priait, je ne les quitterais pas, aussi longtemps
que durât sa visite.

Là-dessus, nous nous rendîmes au salon. Il n'était
pas quatre heures, mais les stores de macramé et de
broderie anglaise l'assombrissaient et déjà il avait
fallu allumer un lampadaire. L'odeur du pétrole
régnait sur les tables « gigogne » pyrogravées, sur
les écrans peints, et avivait les fauteuils surdorés.
Si Mirbel avait grandi et s'était fortifié, il avait maigri du visage. Les joues creuses donnaient de l'importance à un nez que nous avions connu busqué,
mais petit. Son front était plus ridé qu'il n'eût convenu à un garçon de dix-huit ans. Il était vêtu d'un
complet neuf de confection, trop rembourré aux
épaules.

Eux qui s'étaient aimés à l'époque où leur corps
n'avait pas encore pris sa forme, se dévisagèrent
avec étonnement, et dans un silence qui me parut
long. Il fallait que les deux pauvres insectes sui-
vissent à rebours les étapes de leur métamorphose
pour atteindre l'enfant que chacun d'eux avait
chéri. Ce furent sans doute leurs yeux inchangés
qui, d'abord, se reconnurent.

Pour moi, il ne me restait rien de ma jalousie
puérile : je ne songeais qu'à m'écarter, à me ren-

dre invisible. Je n'y eus guère de peine : dès les
premières paroles, tout fut aboli de ce qui n'était
pas eux. Pourtant la conversation languissait : on
aurait pu croire qu'ils ne savaient que se dire, elle
assise, et lui debout à contre-jour. Il avait allumé
une cigarette sans lui en demander la permission.
Du coin où je me tenais, plus d'une réplique
m'échappait, surtout lorsqu'elle venait de Jean qui
répétait, avec une impatience irritée : « Ce n'est
pas de cela qu'il s'agit... Cela n'offre pas le moindre
intérêt... » Et Michèle lui demandait d'un ton moqueur : « Tu trouves ? » Je compris qu'elle faisait
allusion à la pharmacienne. Jean, les mains dans
les poches, les épaules soulevées, se balançait d'un
pied sur l'autre : à l'entendre, le plus clair de
l'histoire était que Michèle ne voulait plus de lui,
qu'elle avait recours au premier prétexte venu pour
le rejeter ; c'était trop naturel d'ailleurs ; comment
avait-elle pu croire un seul instant qu'elle tenait à
lui ? Michèle l'interrompit, sur le ton de leurs dis-
putes enfantines : « C'est toi qui m'accuses ? Ça,
alors ! c'est trop fort ! Comme si tu ne m'avais pas
le premier... » Et Jean, exaspéré, reprenait : « Tu
te butes sur cette histoire idiote. Mais essaie de comprendre que ça ne correspondait à rien, chez moi,
qu'au désir de casser les vitres, de prendre le large...
Il fallait sortir de ce presbytère... A cause de toi,
parce que je ne pouvais plus supporter ma vie...
Mais oui, c'est toi qui es cause de tout : Cette
femme ?... Tu aurais ri si tu nous avais vus à Biar-
ritz, dans cet hôtel où on m'a pris pour son fils.

Elle n'a pas osé dire le contraire. Elle n'était pas vexée d'ailleurs... Ah ! je t'assure qu'elle se moquait bien de moi. Mais je ne puis t'expliquer... » Et comme Michèle lui criait : « qu'en effet il ferait mieux de ne pas essayer... » il lui assura que dans cette histoire, seul le curé intéressait Mme Voyod : « Elle ne me parlait que de lui. C'est l'heure où il rentre, me disait-elle, maintenant il doit être averti... Quelle sera sa première réaction ? Est-ce un homme capable de pleurer ? L'avez-vous vu pleurer déjà ? Voilà les questions qu'elle me posait ! Elle avait voulu lui faire une sale farce... ou se venger peut-être... Mais de quoi ? oh ! il suffisait bien qu'il eût une soutane sur le dos pour qu'elle voulût lui faire du mal... En tout cas, moi, je ne pesais pas lourd. » Michèle riposta que c'était bien possible que cette femme se fût moquée de lui ; mais qu'il s'y fût laissé prendre, voilà ce qu'elle ne lui pardonnerait jamais. A cet éclat de rage, Jean opposa une douceur inattendue qui trahissait surtout son immense lassitude : « A quoi bon alors se disputer davantage ? » Il savait, lui, que c'était fini. Elle ignorait ce qu'il avait eu à supporter, il ne pouvait pas tout lui dire. Il s'était appuyé sur elle, sur l'assurance qu'elle lui avait donnée de lui garder fidélité, quoi qu'il arrivât... Mais naturellement, il comprenait qu'elle avait préjugé de ses forces : une jeune fille ne se lie pas à un type comme Jean de Mirbel. Elle risquerait d'être entraînée et de se perdre.

« Tu détournes la question », insistait Michèle qui, obstinément, en revenait à cette femme, à cette

Voyod. Et Jean gémissait : « Tu ne comprends pas... » Moi, seul un peu en dehors du champ clos, je voyais clair en eux. Michèle était atteinte du même mal dont j'avais souffert par eux quand j'étais encore un enfant. Ce garçon efflanqué, qu'elle reconnaissait à peine, elle aurait pu douter qu'elle l'aimât, sans cette angoisse qu'il lui avait infligée durant ces dernières semaines. Et lui, indifférent à la jalousie de Michèle, l'appelait du fond de sa solitude : « Prends-moi tel que je suis ; charge-toi de ce garçon malade que je suis. » Mais elle n'entendait pas ce cri : c'était une femme déjà, une de celles qui ne voient rien au-delà de leurs rancunes charnelles. Une femme déjà pratique, positive : « Tu es bien à plaindre vraiment, répétait-elle. On dirait à t'entendre que tu es un hors-la-loi, toi, Jean de Mirbel... » Il ne trouvait rien à répondre, ou plutôt il ne trouvait pas les mots qui eussent touché cette fille têtue. Cela l'étonnait qu'elle lui parlât des avantages de sa naissance, de sa fortune... Comment la rendre consciente de ce qu'il y avait en lui ? à la fois un refus et une exigence dont la loi lui échappait encore... Après un silence assez long, il dit : « Explique-moi, Michèle, pourquoi ai-je été cet enfant qu'on rossait, ce garçon qu'on montrait du doigt, que ma brute d'oncle voulait dresser... Et puis je te répète qu'il y a des choses que tu ne sais pas... » Elle demanda : « Quelles choses ? »

Il secoua la tête, non pour signifier son refus de répondre, comme je le crus, mais pour chasser une

image dont bien plus tard, lorsque nous fûmes deve-
nus inséparables, il me raconta qu'il était alors
obsédé : cette ruelle de Balauze, ces orties contre
le mur de la cathédrale, la carrure d'un homme à
la fenêtre et cette frêle forme blanche qui trouvait
à peine la place de se glisser entre une large épaule
et le mur. Il ajouta, après un silence : « Il faut
que je te rende... Tu sais quoi ? » Il pensait au
médaillon. Elle protesta : « Non, non, garde-le. »
Mais déjà il avait déboutonné son col et essayait de
détacher la chaîne. Il y renonça après des efforts
maladroits, se rassit et demeura sans rien dire, la
tête basse. Je ne m'aperçus pas tout de suite qu'il
pleurait. Ce fut à ses larmes que Michèle se rendit ; ils n'avaient pas fait un pas l'un vers l'autre :
ce signe matériel d'une douleur dont la cause lui
échappait vainquit la résistance de Michèle qui
n'avait cédé sur aucun point. Pas un seul de ses
griefs n'était oublié ; elle avait toute la vie pour
les entretenir, les ajouter à ceux que les circonstances feraient naître et pour en nourrir leurs dis-
putes futures. Mais il pleurait et cela ne lui était pas
physiquement supportable. Elle s'approcha donc de
lui et, se baissant un peu, lui essuya les yeux de son
petit mouchoir. En même temps, elle avait posé une
main sur les cheveux de Jean.

Je m'étais détourné, mais je voyais leur manège
dans la glace. Je vis aussi s'ouvrir la porte sur le
vestibule. Elle demeurait ouverte et personne n'entrait. Jean de Mirbel s'était levé. Brigitte Pian appa-

rut tenant à deux mains un plateau chargé de tasses
et de tartines. Je compris qu'elle avait dû poser le
plateau sur la caisse à bois pour pouvoir ouvrir la
porte. Sa bouche seule souriait et elle nous dévisageait de ses sombres yeux.

XVI

Elle nous servit avec un humble empressement qui n'était point celui dont naguère elle faisait montre lorsqu'elle souhaitait de nous édifier ; ou s'il subsistait dans son attitude quelque souci d'édification, je n'en fus pas moins sensible, dès ce jour-là, au retournement de cette nature. Les êtres ne changent pas, c'est là une vérité dont on ne doute plus à mon âge ; mais ils retournent souvent à l'inclination que, durant toute une vie, ils se sont épuisés à combattre. Ce qui ne signifie point qu'ils finissent toujours par céder au pire d'eux-mêmes : Dieu est la bonne tentation à laquelle beaucoup d'hommes succombent à la fin.

Ce ne fut point d'abord le cas de Brigitte Pian, bien que soumise aux conseils de M. Calou, nous dussions la voir se démettre en quelques semaines de toutes ses présidences, et rechercher les sources d'une religion intérieure. Mais ce qu'elle allait supprimer de sa vie, c'était en cela justement qu'avait consisté à ses yeux la religion : tout ce qui satisfaisait son goût de dominer, de régenter, de ne le céder à personne pour la pureté ou pour la perfection.

Je la revois debout, au milieu de l'affreux salon,
une tasse de thé dans chaque main. Durant ces
quelques minutes où elle nous imposa sa présence,
tout ce qui séparait Jean de Michèle et de moi-
même fut aboli : nous formions un bloc serré de
jeunesse en face de cette femme vieillissante. Trois
étoiles que séparent des abîmes paraissent proches
les unes des autres par rapport à une autre plus
éloignée.

Elle nous contemplait avec une attention avide
dont je ne compris pas d'abord le sens. « Nous
l'avons matée, elle va mettre les pouces maintenant... » s'écria Michèle lorsque notre belle-mère
fut sortie. Mais non, ce n'était pas de cela qu'il
s'agissait. Sans doute Jean avait-il été chargé d'un
message aimable pour sa mère : Brigitte avait même
émis le vœu que d'Angleterre il voulût bien nous
donner de ses nouvelles, ce qui était lui reconnaître
le droit d'écrire à ma sœur... Cette apparente défaite
prit tout son sens au long des deux ou trois années
qui précédèrent mon départ pour Paris. Pendant
cette période, Jean écrivit de Cambridge à Michèle,
plusieurs fois par semaine. Ce n'est pas assez de
dire que notre belle-mère était consentante : elle
épiait la jeune fille chaque jour, cherchant à deviner si elle avait reçu une lettre, si elle y avait
trouvé de la souffrance ou de la joie. De cet amour,
de cet interminable orage dont il faudra bien qu'un
jour je raconte l'histoire, Brigitte Pian ne perdait
rien. « Elle est contente quand je souffre... » gron-

dait Michèle. Non, Brigitte n'était pas contente : intéressée seulement, mais jusqu'à la passion.

Michèle disait encore : « Maintenant qu'elle n'a plus le pouvoir de tourmenter personne, elle est devenue une espèce de voyeuse... » Et cela déjà me paraissait moins faux. Pour Brigitte, l'intérêt de la vie s'était déplacé. Le tissu de fausse perfection à quoi elle ne travaillait plus lui laissait désormais le loisir de regarder les autres, d'observer ce jeu étrange qu'ils jouaient, qu'on appelle amour et qu'elle-même avait fui avec horreur, durant tant d'années, sans chercher à percer le mystère que ce mot recouvre.

Michèle, bien loin d'être touchée par l'intérêt que lui témoignait notre belle-mère, lui attribuait des arrière-pensées malveillantes, et elle mettait tous ses soins à ne lui rien révéler de ses rapports avec Jean. Mais Brigitte interprétait les sautes d'humeur, faisait l'exégèse des confidences échappées, du moindre soupir, des silences.

Sans doute se montrait-elle fort régulière dans sa vie religieuse et peut-être même s'approchait-elle plus souvent des sacrements, car ses scrupules avaient disparu. Mais elle menait désormais deux vies : une fois sortie de l'église, elle pénétrait dans un autre monde qui ne communiquait point avec celui de la Grâce. Elle avait découvert, à cinquante ans, la littérature d'imagination, et je la surprenais souvent dans ma chambre, occupée à choisir un livre. Elle lisait comme elle eût mangé, avec une

avidité d'enfant qui met les bouchées doubles : elle
rattrapait tant d'heures perdues à des niaiseries
qu'elle était trop fine pour n'avoir point toujours
méprisées. Je me rappelle son geste quand elle
ouvrait le paquet des « bons livres ». Elle prenait
un volume au hasard, commençait de lire, tournait
deux pages à la fois, soupirait, haussait les épaules.
Maintenant, elle abordait avec la même ferveur
Adolphe, le Lys dans la vallée, Anna Karénine. Je
flattais son goût pour la peinture exacte des sentiments. Toute histoire d'amour la retenait, pourvu
qu'elle ne falsifiât pas le réel. Ainsi un homme
condamné à une vie sédentaire se gave d'histoires
de voyages, mais en montrant beaucoup d'exigence
quant à la véracité du voyageur.

Elle ne voyait presque plus l'abbé Calou. Les
démarches pour permettre à l'abbé de « faire du
ministère » à la Souys n'avaient pas abouti. Déjà
en haut lieu, on attribuait faussement au pauvre
prêtre certains entrefilets venimeux touchant la
direction du diocèse et qu'avait publiés *la Bataille.*
L'abbé Calou était de ces innocents qui ne savent
pas toujours retenir un mot drôle et qui, plutôt que
de ravaler une boutade, s'exposeraient à être pen-
dus. Pour son malheur, un homme implacable parce
qu'il était borné, avait succédé au cardinal Lécot
sur le siège illustre des Primats d'Aquitaine. Peut-
être raconterai-je un jour la montée au calvaire du
saint abbé Calou. Déjà il était au moment d'être
suspendu, et fatiguait Brigitte Pian du récit de ses
misères ; mais c'était pour parler d'elle et non de

lui, qu'elle avait pris le train : elle revenait déçue
de ses visites, puis dès le lendemain n'y songeait
plus, toute tournée vers la passion de Michèle, ou
occupée de quelque histoire dont elle prolongeait
tard dans la nuit la lecture.

Non que la pharisienne fût morte en elle : la
lucidité qui lui avait permis de se juger et de se
condamner, la rendait fière. Elle ne croyait point
qu'il y eût beaucoup d'exemples d'une chrétienne
capable de reconnaître, à cinquante ans, qu'elle
avait fait fausse route. Elle ne s'avouait pas qu'il
lui était agréable maintenant de ne plus diriger personne. Parfois une profonde nostalgie la prenait
quand elle songeait à ses années révolues.

Un jour, nous revenions de l'enterrement de mon
tuteur, Me Malbec. On l'avait rapporté de chez sa
maîtresse, la bouche tordue. Il laissait une succession difficile, ayant mené dans le plus grand secret
une vie fort dissolue. « Ce Malbec, tout de même,
me dit soudain Brigitte dans la voiture qui nous
ramenait, tout de même il aura vécu... » Je protestai : était-ce donc là vivre ? Ma belle-mère parut
gênée, assura que je l'avais mal comprise : on rapporte d'un homme qu'il a fait la vie, qu'il a mené
la vie à grandes guides, c'était cela qu'elle voulait
dire. Sans doute était-elle sincère ; il n'empêche
que ma vie studieuse l'étonnait : « Tous les hommes sont des canailles... » me répétait-elle souvent,
non sur le ton âpre de naguère mais avec un sourire. Lorsque je me fixai à Paris pour suivre les

cours des Sciences politiques, il me fallut subir, durant les brefs séjours que je fis à Bordeaux, des interrogations serrées, subtiles. Ma belle-mère ne doutait point que je ne fusse livré à une vie d'intrigues et de passions, et entretenait avec la comtesse de Mirbel une correspondance dont Jean et moi faisions les frais (car dès 1910, j'avais retrouvé mon ami dans la capitale). Là encore, je me retiens d'anticiper sur le récit que j'écrirai plus tard de ces années parisiennes. Je n'en rapporterai qu'une seule aventure, parce que Brigitte y fut mêlée et qu'à cette occasion éclata l'incroyable changement qui s'était accompli dans cette femme.

Très tôt, j'ai rôdé autour du mariage : cette hantise, dès ma première jeunesse et alors que je me trouvais, pour tenter l'expérience du bonheur, dans des conditions que pas un jeune homme sur mille ne possède, naissait des tourments obscurs d'un cœur où je craignais de me perdre. J'aurais pu m'appliquer alors ce que Nietzsche écrit si profondément du XVIIᵉ siècle français : « Beaucoup de fauve en lui, beaucoup d'exercice ascétique pour garder sa maîtrise... »

Lorsqu'un ami m'eut parlé de sa cousine, née dans un milieu artiste mais riche, et dont il portait aux nues la grâce, je mordis à l'hameçon, à peine me fut-elle apparue. Cette familiarité dans laquelle je vivais avec Dieu, cette croyance que rien ne m'arrivait sans que l'Etre incréé s'en mêlât, et que personne ne pénétrait dans ma vie, qui ne fût en quel-

que sorte auprès de moi un délégué de l'infini, tout
cela me préparait à accueillir cette jeune fille en
ange libérateur. *Ils marchent devant moi, ces yeux
pleins de lumière...* A dire vrai, cette madone et
cette muse se montraient plus hésitantes et plus
rétives que j'eusse pu le souhaiter. Avant de rien
décider, elle exigea de voyager à travers l'Europe.
Mais mon amour s'arrangeait assez bien de ces sépa-
rations et de ces perplexités, et les portait au crédit
d'une jeune personne toute tournée au sublime.

Je n'avais pas su deviner, à l'abri de leur sublime,
ces grands bourgeois hésitant à s'engager, pesant le
pour et le contre et me jaugeant d'un œil circonspect. Je passais pour riche ; mais ma famille était
provinciale et honorable sans plus. Représentais-je
quelqu'un sur qui l'on pût tabler ? Ces gens appartenaient à la catégorie de Parisiens éclairés qui
connaissent que l'art, la littérature offrent aux spé-
culateurs des valeurs d'avenir... Déjà ils se risquaient à acheter des Matisse. Mais étais-je une
valeur sûre ? Incapables de rien décider, ils redou-
taient mon impatience et s'ingéniaient à tenir en
haleine le grand nigaud que j'étais. Si je parlais de
tout rompre, ils redoublaient leurs avances, au point
que ma belle-mère ayant eu de fort mauvais renseignements sur la santé de cette famille, ils me priè-
rent d'aller interroger leur médecin qu'ils préten-
dirent avoir délié du secret professionnel.

On croit qu'on a rêvé ces actes, ces démarches
ridicules et ignobles. Je me revois séparé par une
table de ce médicastre glacé, prêt à répondre aux

questions que je voudrais bien lui poser. Tout cela
aboutit à une suprême entrevue d'où je sortis fiancé,
et à une lettre délirante de la jeune fille. Mais, dès
le lendemain, quel revirement ! j'étais congédié,
sans excuses ni explications. Je me donnai à moi-
même la pire : c'était qu'en dépit de toutes les
preuves rassurantes que je pouvais avoir par ailleurs, j'étais incapable de plaire. Un échec de cet
ordre anéantissait à mes yeux les autres signes favo-
rables. Il y avait en moi un je ne sais quoi qui avait
écarté l'ange. Inguérissable romantisme de la jeunesse ! Comme nous l'avions dans le sang, cette
croyance à une réprobation personnelle, à une vocation de solitude et de désespoir !

J'avais brièvement avisé ma belle-mère de ces
fiançailles rompues. Au lieu de la lettre de condoléances que j'attendais, j'eus la surprise de la voir
débarquer. Ma mésaventure semblait l'avoir atteinte
au vif. Elle me manifesta une excessive pitié et me
laissa entendre qu'elle avait craint de ma part une
résolution désespérée. Ses consolations indiscrètes
m'assommaient et me révélaient aussi que j'étais
moins malheureux qu'il ne m'avait paru d'abord et
que mon amour-propre surtout saignait. Brigitte me
ramena à Larjuzon. Je la sentais déçue, en me
voyant si raisonnable. Mais durant ce torride été
de 1911, il lui fallut se rendre à l'évidence : bien
loin d'être blessé à mort par ma déconvenue amoureuse, j'y avais trouvé une furieuse excitation à exi-
ger de la vie toutes les revanches. Cet été-là, la lecture massive de Balzac me fournit un antidote

redoutable. Un auteur n'est pas en soi moral ou
immoral ; ce sont nos propres dispositions qui déci-
dent de son influence sur nous. Au point où j'en
étais, Balzac me rattachait à la vie, mais en incli-
nant au cynisme mon esprit encore enfantin ; et je
m'enchantais des calculs et des ruses de ces jeunes
ambitieux.

Ce fut alors que Brigitte Pian commença de se
détacher de moi. Je dérangeais l'idée qu'elle se faisait de l'amour. Rien ne lui était devenu si anti-
pathique dans un être que l'absence de passion.
Il lui était insupportable que je me fusse si vite
consolé. Elle n'osa me le dire en propres termes,
mais je sentis bien qu'elle me méprisait de ne pas
appartenir à la race torturée. A quel point elle se
trompait, je l'ignorais moi-même alors.

Durant ces vacances de 1911, Michèle avait
rejoint les Mirbel à La Devize. Il ne restait donc à
ma belle-mère, comme à moi-même, d'autre res-
source que les livres. Sa tristesse s'accrut. Déjà elle
montrait du relâchement dans la pratique religieuse.
Ses propos tendaient invinciblement au même
sujet : la passion humaine l'obsédait. Elle me parlait quelquefois de ma mère, avec une hostilité faite
d'admiration et d'envie. Mais le plus souvent elle
demeurait silencieuse, prostrée, dans le vestibule
assombri où de brusques bouffées de sang embra-
saient ses joues mates.

J'ai toujours eu horreur des neurasthéniques ; le
retour à Paris me fut donc cette année-là une déli-

vrance. Je n'échangeai plus avec ma belle-mère que quelques billets indifférents. Michèle, qui attendait pour se marier que Jean eût achevé ses deux années de service, habitait toujours cours de l'Intendance. Elle faisait allusion, dans ses lettres, à « une histoire incroyable de Brigitte », mais se réservait de me la raconter de vive voix lors d'un séjour qu'elle devait faire à Paris, chez les La Mirandieuze.

Histoire incroyable, en effet, au point que je haussai d'abord les épaules. Que ma belle-mère fût devenue amoureuse, et de son médecin qui avait passé la soixantaine, je ne vis là qu'une imagination de Michèle ; mais à Bordeaux il fallut me rendre à l'évidence. Il ne s'agissait pas de l'attachement d'une vieille femme malade à l'homme qui la soigne, mais d'une passion farouche, exclusive, et (c'était là sans doute le plus étrange) heureuse, comblée. Non, bien entendu, qu'il se passât rien entre eux de répréhensible : le docteur Gellis, huguenot fervent et qui avait pour clients toute la haute société protestante de la ville, était au-dessus des soupçons ; mais, séparé d'une femme qui l'avait autrefois couvert de honte, en butte aux exigences de nombreux enfants dont la plupart étaient mariés, besogneux et âpres, il découvrait avec délices, au déclin de sa vie, le bonheur d'être devenu l'unique pensée d'une créature plus forte, mieux armée qu'il n'était lui-même ; il la voyait chaque jour, ne décidait rien sans son avis. Nulle pudeur n'atténuait, chez ces deux solitaires, l'expression verbale de leur attachement, ni non plus le moindre sentiment du

ridicule. Aucun des deux ne discernait un vieillard
dans le visage baigné de tendresse qui se penchait
vers le sien. Ils vivaient l'un pour l'autre, comme
deux innocents, au milieu de leurs familles irritées
et moqueuses et de la ville chuchotante.

C'était la dernière année du service militaire de
Jean, dont le mariage devait être célébré en octobre.
Les familles échangèrent des dîners de fiançailles
et de contrat. Brigitte Pian, qui tenait lieu de mère
à Michèle, ne s'y prêta qu'avec mauvaise grâce. La
passion de sa belle-fille ne l'intéressait plus ; mais
surtout elle regrettait ses imprudentes promesses de
donation entre vifs par quoi naguère elle s'était
flattée de réparer ses torts. La fortune personnelle
de Brigitte était moindre que la nôtre ; il lui restait
à peine (elle s'en avisait trop tard !) les capitaux
nécessaires à l'achat d'un petit domaine qui touchait
la Maison de Santé du docteur Gellis. La comtesse
de Mirbel trouvait que « cela changeait du tout au
tout les données du problème... » A ses yeux, un
demi-million de moins aggravait d'autant la mésal-
liance.

Brigitte faisait la sourde, feignait de ne rien comprendre aux allusions, mais évitait la guerre, tout
ce qui aurait pu troubler son étrange et profond
bonheur. Ce bonheur, ramené à ses apparences cor-
porelles, était, sous une redingote ajustée, un sexa-
génaire bedonnant et de jambes courtes ; une barbe
teinte donnait à son austère visage chauve une certaine ressemblance avec celui du chancelier Michel
de l'Hospital ; il parlait d'abondance et n'écoutait

personne sauf Brigitte ; mais elle préférait se taire et ne perdre aucune parole du bien-aimé. Leurs propos touchaient aux sujets les plus graves, et même à la théologie. Elle se découvrait sensible à la logique du calvinisme, bien qu'aucun des deux n'eût l'ambition de convertir l'autre, soit qu'ils éprouvassent une sorte de tendresse mutuelle pour leurs croyances respectives, soit que ces sortes de questions ne leur tinssent plus autant à cœur : l'âge les rendait sensibles au prix de chaque minute dont aucune ne devait être détournée de l'unique nécessaire, qui était leur amour.

Dès lors, Brigitte s'éloigna de nos vies. Je perdis l'habitude, quand je traversais Bordeaux, de descendre cours de l'Intendance : ma chambre était devenue le pied-à-terre du docteur Gellis, les soirs où il couchait en ville pour accompagner Brigitte au théâtre ou au concert ; car il lui avait communiqué sa passion de la musique. Le docteur n'avait pas d'auto, mais un de ces vieux coupés à l'ancienne mode où l'on reconnaissait au premier coup d'œil une voiture de médecin, et qui mettait beaucoup de temps pour faire le trajet entre la ville et la Maison de Santé.

Les barbons ne s'éprennent pas toujours de fillettes, ni les femmes vieillissantes d'adolescents. Il arrive qu'un homme et une femme, après s'être cherchés durant toute leur vie, se rencontrent par hasard dans les demi-ténèbres du déclin. Leur passion y gagne en détachement, en indifférence à tout le reste. Si peu de temps leur est donné ! Le monde peut rire, qui ne connaît pas le fond des cœurs. Durant mes rares visites cours de l'Intendance, Brigitte me considérait avec une sorte de pitié : de nous deux, c'était moi le pauvre. Les aspects redoutables de sa nature se trahissaient parfois lorsqu'elle évoquait le souvenir de ma mère ou des Puybaraud, de ces personnes à qui elle n'avait plus rien à envier, qui n'avaient pas connu comme elle les délices d'un amour également partagé.

Je m'irritais de voir se rallumer, sous les épais sourcils rapprochés de Brigitte, cette flamme cruelle ; alors j'osais faire allusion à cette sorte d'amour qu'elle ne connaîtrait jamais. J'avais découvert une fissure dans sa passion orgueilleuse et satisfaite : la passion n'est qu'un fantôme si elle ne s'incarne pas, lui insinuais-je. Tant que nous ne nous sommes pas retrouvé et perdu dans la créature chérie, il nous reste de nous griser de mots, de gestes, mais nous ne saurons jamais si nous l'avons vraiment possédée... Brigitte me coupait la parole : « Tu ne sais pas ce que tu dis... Tu ne sais pas de quoi tu parles... » Elle retrouvait la même expression d'horreur qui lui était familière, autrefois, lorsqu'on abordait devant elle ce sujet interdit.

J'éprouve du remords à penser que j'aurai, par ces insinuations, troublé leur joie ; car vers le même temps où je lui avais tenu ces propos, j'appris de Michèle que des orages éclataient parfois entre Philémon et Baucis. Brigitte manifesta-t-elle quelques regrets, quelques exigences ? On n'ose imaginer ces pauvres tentatives, ces grimaces des corps qui n'ont

plus l'âge du cœur qui les anime. La jeunesse qui
souffre (et moi je souffrais) exècre les vieillards
comblés.

Pour le docteur Gellis, il avait ses enfants et les
aînés de ses petits-enfants à ses chausses. L'achat
du domaine voisin de la Maison de Santé, que Brigitte Pian conclut à la veille du mariage de Michèle,
mit le feu aux poudres. Tandis qu'un des pasteurs
de Bordeaux faisait une démarche auprès du docteur, la famille Gellis supplia Michèle d'adresser à
sa belle-mère un prêtre en qui elle eût confiance et
qui la pût chapitrer. C'était justement l'époque où
l'abbé Calou s'était vu retirer le droit de dire la
messe. Comme il était suspendu mais non interdit,
chaque matin dans une chapelle proche de la Fa-
culté des Lettres, au moment de la Communion, sa
soutane humiliée se mêlait aux robes noires des
vieilles femmes ; il revenait à sa place sous les
regards curieux ou apitoyés, et son visage était celui
d'un ange.

La famille Gellis n'eut pas le temps d'avoir
recours à lui. Pour reprendre le mot d'une cruelle
futilité dont se servit la comtesse de Mirbel, les
choses s'arrangèrent d'elles-mêmes : un soir, aux
abords de la Maison de Santé, une auto prit en
écharpe le coupé du docteur qui fut tué sur le coup.
Ma belle-mère l'apprit le lendemain matin par le
journal. Des versions sans doute fort romancées
coururent la ville sur l'arrivée de Brigitte Pian
hagarde, sans chapeau, au pavillon qu'habitaient

les Gellis ; on prétendit que le fils aîné voulut lui
interdire l'accès de la chambre funèbre mais qu'elle
le bouscula et que, franchissant plusieurs barrages
familiaux, elle s'abattit sur le cadavre, sans une
larme, sans un cri, et qu'il fallut user de violence
pour l'en détacher.

Je résidais alors chez des amis au cap Martin et
ne jugeai pas qu'un deuil aussi peu officiel que
l'était celui-là valût un déplacement. Je me conten-
tai d'une lettre fort difficile à écrire et qui demeura
sans réponse. Pourtant, comme Michèle et Jean
poursuivaient en Algérie leur voyage de noces, la
pensée de Brigitte ne laissait pas de me tourmenter.
Il ne dépendait pas de moi que je pusse rentrer à
Paris sans être allé m'assurer à Bordeaux que ma
belle-mère n'était pas devenue folle. Je remis cette
corvée au début du printemps.

La servante qui ne me connaissait pas me laissa
seul dans l'antichambre. J'entendis ma belle-mère
s'exclamer : « Mais oui, bien sûr, qu'il entre ! »
Ce me fut un grand soulagement que de ne rien
surprendre d'étrange dans sa voix. Elle était assise
à sa place accoutumée près du bureau que n'encom-
braient plus les circulaires ni les invitations aux
ventes de charité. Elle n'avait pas vieilli. Je m'aperçus après quelques instants qu'elle avait repris son
ancienne coiffure : ses cheveux relevés, gonflés par
des « frisons », découvraient les larges oreilles, le
front bien modelé. Une photographie du docteur
Gellis se dressait sur la cheminée à l'ombre d'un

bouquet de lilas. Rien dans Mme Brigitte ne manifestait du désordre ou de l'égarement. Une stricte
pèlerine de laine violette couvrait ses épaules. A
mon entrée, elle avait dû poser sur le bureau ce
rosaire dont elle se servait déjà quand j'étais enfant.
Elle s'excusa d'abord de n'avoir pas répondu à ma
lettre, et sans chercher à me donner le change me
dit qu'elle était demeurée plusieurs jours dans un
état de prostration dont elle avait eu beaucoup de
peine à sortir.

— Et maintenant ? demandai-je.

Elle m'observa d'un air pensif :

— Si M. Puybaraud était là, il jurerait que tu
es le seul à pouvoir comprendre...

Elle souriait calmement.

— Le secret de tout, reprit-elle, c'est que je ne
l'ai pas perdu... Je ne puis en parler à personne...
Cher M. Gellis n'a jamais été si proche, même
durant sa vie mortelle. Vivant, il avait déjà commencé sa mission auprès de moi, mais nous sommes
de pauvres corps... Oui, nos corps nous séparaient.
Rien ne nous sépare plus maintenant...

Elle parla longtemps sur ce thème et je crus
d'abord à une ruse de la douleur pour ravir à la
mort le cher M. Gellis. Mais après quelques jours,
je reconnus que l'amour humain ne s'était pas levé
trop tard sur l'aride destin de la Pharisienne, et
que le « sépulcre blanchi » avait été descellé enfin
et ouvert. Peut-être y subsistait-il quelques osse-
ments, un peu de pourriture. Il arrivait encore que
les sourcils redoutables se rapprochassent comme

autrefois sur deux yeux de braise. Quelque offense longtemps remâchée faisait jaillir une parole amère. Mais « cher M. Gellis » n'était jamais loin et il ramenait Mme Brigitte dans le calme de Dieu.

Une lettre pressante de la comtesse de Mirbel m'appela à La Devize où Michèle et Jean venaient de rentrer bien avant la date qu'ils avaient fixée. Ce retour précipité m'inquiéta. Je partis aussitôt et fus comme happé par le drame de ce couple que je raconterai un jour. J'en devins le satellite : il m'entraîna à sa suite dans le tourbillon de ses luttes et de ses raccommodements ; et la vieille femme que j'avais laissée, cours de l'Intendance, toute confite dans l'adoration posthume de « cher M. Gellis », demeura loin de ma pensée. Ce fut mon étrange destin d'aller sans cesse de Jean à Michèle et de parer les coups que se portaient ces deux aveugles, — étrange surtout pour un jeune homme qui, lui aussi, souffrait, mais seul, et sans que personne le secourût.

La mobilisation du 2 août 1914 nous réveilla de notre songe. Ce coup de tonnerre interrompit des milliers de drames particuliers comme le nôtre. Toutes nos sapes détruites, nous surgîmes du fond de nos passions obscures, stupides, les yeux éblouis par ce malheur démesuré, sans proportion avec celui que nous nous infligions à nous-mêmes. Je laissai Jean et Michèle qui ne pouvaient plus se faire de mal l'un à l'autre, du moment qu'ils allaient se perdre, et mesurai ma solitude à ce que je n'avais personne à qui dire adieu, hors Brigitte Pian.

Elle s'était tassée et avait maigri. Elle m'attira contre elle ; ses larmes m'étonnèrent. Le nom de M. Gellis ne fut pas prononcé une seule fois, et elle s'occupa de moi comme une mère l'aurait fait. J'ai su plus tard qu'à cette époque elle voyait beaucoup et secourait M. Calou, rentré en grâce auprès de l'autorité diocésaine, mais déjà près de sa fin.

Au front, je fus comblé de paquets, de lettres aussi où il était surtout question de ma santé, des objets dont j'avais besoin. Ce fut auprès de Mme Brigitte que s'écoula ma première permission. Peu de jours avant, M. Calou était mort entre ses bras, et elle m'en fit un récit presque sec et sans chercher à m'édifier. M. Calou était, non certes diminué, disait-elle, mais déjà absent de ce monde. Ses crises d'angine de poitrine étaient atroces, — de celles qui précipitent le malade vers la fenêtre ouverte, tant il souffre. Mais lui, dès qu'il retrouvait le souffle, c'était pour protester qu'il pouvait encore souffrir. Il avait sur sa table une photographie que j'avais prise autrefois dans le potager de Baluzac et où Jean et Michèle, pieds nus et grimaçant dans le soleil, portaient le même arrosoir. Brigitte ajouta qu'en dépit de ses grandes souffrances, M. Calou n'inspirait pas la pitié.

Elle ne se dérobait pas lorsque je faisais allusion aux événements passés ; mais je compris qu'elle était détachée même de ses fautes et qu'elle abandonnait le tout à la Miséricorde. Au soir de sa vie,

Brigitte Pian avait découvert enfin qu'il ne faut pas être semblable à un serviteur orgueilleux, soucieux d'éblouir le maître en lui payant son dû jusqu'à la dernière obole, et que Notre Père n'attend pas de nous que nous soyons les comptables minutieux de nos propres mérites. Elle savait maintenant que ce n'est pas de mériter qui importe mais d'aimer.

IMPRIMÉ EN FRANCE PAR LA SOCIÉTÉ NOUVELLE FIRMIN-DIDOT

Dépôt légal : janvier 1985
Nouveau tirage dépôt légal : septembre 1985
N° d'édition : 6779 – N° impression : 3109
ISBN 2-246-14453-1
ISSN 0756-7170